リデイ・マジック ―あまいみず―

崎谷はるひ

幻冬舎ルチル文庫

C O N T E N T S ✦目次✦

エブリデイ・マジック―あまいみず―

✦カバーデザイン＝齊藤陽子（CoCo.Design）
✦ブックデザイン＝まるか工房

イラスト・鰍ヨウ✦

エブリデイ・マジック

―あまいみず―

プロローグ

その店は、鎌倉駅裏の御成《おなり》商店街を突き抜け、由比ヶ浜方面に向かって江ノ電の線路沿いに歩いた場所にある、住宅街のくねった細い路地のなかに、ひっそりと存在していた。

外観は、一見するとこぢんまりした外国の一軒家のような雰囲気だ。

ツタの絡まる煉瓦《れんが》造りに黒く塗ったウッディな屋根。軒下にさがっている看板もごくちいさく、ペンキを塗ったそれは手書きの装飾的な文字で、いささか読み取りづらい。

知らないひとは民家と間違え、スルーしてしまうだろう。入口まえの黒板の日替わりメニューのおかげで「お店なのかな」とわかるくらいだ。

一歩、足を踏みいれても、いまひとつ『なにやさん』だかよくわからない。

雰囲気をひとことで言うなら、古書店、もしくは学校の美術室、だろうか。古い建物特有のにおいもする。湿って、ちょっとカビくさいような、ほこりっぽいような——でもふしぎとなつかしくて、いやな感じはしない。

黒光りする木の柱、漆喰《しっくい》の壁。疵《きず》のたくさんついた、ごつい木製のテーブル。曇りガラスのはまった窓際の棚には手あかで汚れた石膏《せっこう》像。微妙なタッチで描かれた謎の肖像画が古びた額装で壁に飾られ、あかるいとは言えない店内の空気によってちょっとばかり不気味にも思える。

隣接しているのは、オーナーが同じアンティークの店で、入口はそれぞれにあるが、店内で行き来できるようにもなっている。

喫茶コーナーの壁面にも一部、雑貨が展示されているコーナーがあり、年代物らしい四隅が曇ったガラスの棚には、茶器やオルゴール、ビーズのネックレスなどが飾られている。

とまれそんな具合にこの店は、ごちゃごちゃして、古めかしい。

骨董品《こっとうひん》屋というには来歴が謎な小物も多く、雑貨屋というにはファンシーさがない。

喫茶店、というには奇妙などんぶり飯のメニューがあったり、食事処《しょくじどころ》にしては選べる品数がすくなすぎる。

全体に、なんとなく小汚いし、売りになるほどの目玉もない。

でもそのなんでもない感が、なんかいい。

それが、アンティークショップ＆カフェ、《エブリデイ・マジック》。

ちなみに本日の日替わりメニューは、『店長が市場で仕入れてきた鎌倉野菜の焼きカレー』と『こだわりのチーズケーキ』でございます。

1.

店のまんなかにある、太くて黒い柱に寄りそうよう置かれた木製のラックには、客が時間つぶしに眺めるための雑誌がいくつか放りこまれていた。

すべての表紙には、くせの強い字で《エブリデイ・マジック》と書かれている。

赤野井《あかのい》三矢《みつや》は、そのなかから適当なものを見繕い、席につく。若者向けファッション系情報誌をぱらぱらとめくっていると、手元にふっと影がさした。

「お待たせいたしました、本日の日替わりメニューです。熱いのでお気をつけください」

目のまえに置かれたのは、カレーライスのうえにボリュームのある野菜をのせ、粉チーズをかけてオーブンで焼いたひと品だ。

「ありがとう、いただきます」

雑誌を閉じた三矢がぺこりと頭をさげると、料理を運んできてくれたメガネの店員は、ごくひそやかに、くすりと笑った。

「ごゆっくりどうぞ」

サーブを終えた彼は一礼し、長い脚で去る。なんとなくその背中を見送ったあと、三矢は料理に向き直った。いっしょに運ばれてきたおしぼりで手を拭《ふ》き、スパイシーなにおいを鼻腔いっぱいに吸いこむと、口のなかにつばがわいた。

（んん、うまそう）

時刻は、午後の三時直前。ランチタイムのラストオーダーぎりぎりで頼んだそれはボリュームもけっこうある。大学の講義を終えたあと、昼食を我慢した甲斐《かい》があったと三矢はにんまりした。

すこし深めの皿はよくあるグラタン容器ではなく、青みがかった地に小花の模様が描かれた、ぽってりとした和風の陶器だ。あちこちに焦げ目がついているのがまた、レトロな店のたたずまいにあっている。藍の布がかけられた、焦げ茶色の木でできた小箱には、これまたレトロな木製のスプーンとフォーク。

三矢は使いこまれた感じのするそれを手にとって、焦げたチーズのうえから突き刺した。ごろっとはいっている野菜は、ブロッコリーにカボチャ、ミニトマト、あとなんだかよくわからない、大根っぽいけど色がちょっと違うもの。

デミグラスソースのような色をしたカレーソースと、すこし硬めのごはんを一気に掬《すく》って咀嚼《そしゃく》する。焦げたチーズとパン粉の香ばしさが相まって、おいしいなあ、と思った。

あちこちから集めた古い素材でできているこの店は、いまどきめずらしいような曇りガラスばかりが使われていて、全体に薄暗い。窓際の席は、ほわっとした日の光に照らされているけれど、そのほかはまるで夕暮れの教室のような光度しかない。

店長は大抵、隣のアンティークショップのほうにいて、めったにカフェに顔をださない。

カフェを担当する常勤の店員はたいていひとり、多くてふたり。常勤以外はアルバイトのローテーションがあるのか、顔ぶれはまちまちながら、全員が男性だ。

なかでも、いちばん人気なのは、さきほど三矢にカレーを運んできた常勤の、メガネをかけたイケメンのカフェ店員。身長は高く、一八五センチほどある。胸当てのあるエプロンのヒモを結んだ腰の位置も高く、制服の黒いパンツがまっすぐな長い脚を引き立たせていた。肩幅が広く、胸板もしっかりしている。

フレームの太めなメガネを通してもわかる、切れ長の二重の目に長い睫毛《まつげ》。前髪がすこし長いので、きりっとした眉《まゆ》が隠れ気味のせいか、印象がとてもやわらかい。

清潔そうなさらさらした髪は、暗い店内だと黒くも見えるけれど、日の光があたると灰色がかっているのがわかる。といっても染めたり色を抜いているわけではない。

彼は父親がノルウェー系アメリカ人、母親が日本人のいわゆるハーフであるため、生まれつき全体に色素が薄いのだそうだ。一般的な優性遺伝子の法則では、日本人のような黒髪黒目のモンゴロイドと、金髪碧眼《へきがん》が多い北ヨーロッパ系コーカソイドでは色素が濃いほうが強く現れるらしいが、彼の場合は父親の血のほうが強かった、ということだろう。

あの髪の色はいつ見てもかっこいいなあと、焼きカレーをもぐもぐしながら三矢はぼんやり考える。そのかっこいい彼の名前は上狛零士《かみこまれいじ》。名前までかっこいいなんて、うらやましい。

三矢の名前もけっして悪くはないと思いたいけれども、赤野井、というのはなんとなくあか抜けない感じがする。しかも名前が三矢。三男だから適当につけたとまで親に言われるシンプルなその名から連想するのは、有名な炭酸飲料だろう。

三矢の小学校のころからのあだ名は、むろん「サイダー」だった。あまりに連想が容易なためか、大学二年生になるいまも、それが通称だったりする。

バッドミーニングでもなし、愛称としては悪くない。だが通り名のほうが覚えやすいせいか、あまり親しくない相手などから「サイダくんって、どういう字書くの？」と真顔で聞かれたりもするので、なんだかな、と思うことはある。

そのぶん、かっこいい名前のひとには憧《あこが》れがあるのだが、上狛のことをうらやましくは思っても、ねたましいとは思えない理由があった。

「あのひとかっこいい……」

「しっ、聞こえるよっ」

休日、たまたま訪れたらしい二十代の女性らは、メニューを開いてはいるものの、中身を読んでいる様子はない。彼が動くたびにそわそわと目配せしあい、意味もなくくすくすと笑っている。そして「ご注文は？」と訊《たず》ねてきた彼にあわてて「日替わりケーキセットを」と頼んだのち、引き留めようとするかのように声をかけた。

「あの、このお店の名前、《エブリデイ・マジック》って、どういう意味なんですか？」

「なんか、すてきな名前ですよね」

「名前の、意味ですか？」

ふたり組に話しかけられたメガネの彼は、目をしばたたかせ、おっとりとした風情でゆるく微笑《ほほえ》んだ。とたん、女性ふたりともがぽっと顔を赤く染める。

それもしかたない。なにしろ上狛はとんでもなく美形だし、体格がいいせいか、声もあまくて低い。店内でも、彼が話していると大変によくとおる。たかがオーダーの復唱でも聞き惚《ほ》れる人間はすくなくない。

だがその美貌《びぼう》から、美声で発せられた言葉は、あまりに不似合いなものだった。

「簡単に言えば、ドラえもんです」

「は？」

「すこし、ふしぎ。そんな感じで」

説明はすんだ、とばかりに、彼はまたにっこり微笑んでその場を去った。

「……ドラえもん？」

女性ふたりはぽかんとした顔をしている。三矢は笑いをこらえるため、カレーを流しこむふりで水を飲んだ。

（でた……！）

上狛は、きょうも通常営業だ。イケメンメガネでかっこいいのに、『すこし、ふしぎ』なのは彼そのもの。唖然《あぜん》としていた彼女らは、こそこそと小声でささやきあった。

「え、えっと……ちょっと残念？」

「リアル残念なイケメンかも」

苦笑まじりに言いあう女性たちを後目《しりめ》に、これだから、いくらモテてもねたむ気にならないのだと三矢は思った。

一風変わったレトロなカフェにいる、おしゃれメガネのイケメンとなればファンはとても多いけれど、あの言動のおかげで微妙に近寄りがたいらしく、本気で迫る女性はほとんどいない。遠くから愛《め》でるタイプの愛されかたばかりなのだ。

（でもまあ、ドラえもんってのも間違いじゃないんですよ、おねえさん）

こっそり胸のなかでつぶやいて、三矢は悦にいる。

三矢もまたこの店の名前を知ったとき、女性たちと同じ疑問を持ち、インターネットで検索してみたことがある。グーグル先生とウィキペディア先生があれば、大抵の疑問は解決だ。

その結果わかったことは、エブリデイ・マジックとはファンタジーのジャンルのひとつであり、十九世紀末から二十世紀にイギリスで生まれたものだそうだ。日常のなかで起こる魔法や不思議を扱った物語をそう呼ぶらしい。

ごくふつうの少年少女のまえに、ある日突然不思議なちからを持った誰か、あるいはなにかが現れる。そしてそれを使って願いを叶えるけれど、オチとしては、そうそうすべてが思いどおりとはいかず、失敗したり、思いもよらないトラブルに見舞われたりする。

要するに「簡単に魔法を使うとしっぺ返しを食うよ」という教訓話が多いらしい。あれこれ検索してまわったところ、系統的に『ドラえもん』はエブリデイ・マジックにあてはまる、と複数のサイトに書かれていた。ちなみに『すこし、ふしぎ』は、耳のない猫型ロボットまんがの作者が、自著のＳＦについて述べた言葉だそうだ。

三矢はちょっとかわいいその豆知識を、大変気にいっている。なんの役に立つわけではないけれど、楽しいからだ。

それに、知らなかったことを知るのは、それだけでおもしろい。

もぐもぐと焼きカレーを咀嚼していると、店の奥から上狛がふたたび現れた。トレイを手に歩いてくる姿はランウェイを歩くモデルのようにかっこいいと三矢は見惚《みと》れた。けれどさきほどのふしぎ発言のおかげか、観光客らしい女性客らは微妙に引き気味で彼を眺めているのがおかしい。

「こちら、日替わりケーキセット、本日はこだわりのチーズケーキになっております」

「ど、どうも」

しれっとした顔で運ばれてきたケーキに気を取り直したのか、彼女らはスイーツをつきながら、たわいもないおしゃべりを再開した。

「うん、ケーキけっこうおいしい。チーズが濃くていいわ」

「でも、こんな店あるって知らなかったよね」

「ね、ちょっと気まぐれで路地はいってみてよかったね」

彼女らの言うとおり、一見《いちげん》さんでここにはいりこんでくるのはめずらしかった。

（わかりにくいんだよなあ、ここ）

鎌倉は都市計画による整備をされた街とは違い、歴史的な建造物も多い。古くからの店がいまだにたくさん残っており、なかには創業が明治時代という老舗《しにせ》もある。

しかし、やはり時代の移り変わりとともに、家業を継ぐ相手がいなかったり、不況でたちゆかなくなったりと、消えていく店もたくさんある。

観光客御用達の小町通りなどでは、逆に激戦区のあまり店舗の入れ替わりも激しい。相場に比べて地価がかなり高いため、採算がとれず撤退するパターンもあって、長く繁盛する店というのはなかなかにむずかしい。

だが逆転の発想なのか、すこしばかり駅から遠いけれど、そのぶんぐっとお安くなる家賃に目をつけたのか。近年ではあまりメジャーではなかった御成商店街にも新規の店が続々と現れ、さらには目抜き通りからはずれた場所に、おしゃれな店が増えてきた。

この《エブリデイ・マジック》がある住宅街の近くにも、そうした一帯がある。

地主さんが「地元に若いチカラを取り入れたい」と考えたらしく、小規模ながら比較的安い賃貸料金で、若手企業家やアーティストたちに土地や家を貸しだしているそうだ。

和スイーツの店、若手アーティストの作品を飾るギャラリー、インディーズの服や小物を扱うショップ、こぢんまりしたレストラン。まだ観光の目玉となるには小粒な店ばかりだけれど、地元商工会の応援もあってそこそこ人気もではじめている。

とはいえ住宅街の奥にある《エブリデイ・マジック》を探し当てるひとはめずらしく、ふだんからあまり客の数は多くない。この日はとくに平日の午後ということもあって、現在この店のなかにいる客は、三矢とさきほどのお姉さんたちふたり、そしてうまそうに煙草をくゆらす、壮年の男性客がひとりしかいない。

条例で全面禁煙の店舗が大半となった神奈川県において、分煙するだけのスペースがあるこの店は、愛煙家の憩いの場でもあるようだ。

（もうちょっと、人気がでたほうがいいんだろうけど）

三矢がこの店に通いだして一年ほど経《た》つけれど、満員になっているのを見たことがない。閑古鳥とまでは言わないけれど、地元民の常連がちらほらと席を埋めていることが大半。ほんとにこれで採算がとれているのだろうかと心配になるくらいだ。

だが観光地の宿命ともいうべきか、雑誌やテレビにとりあげられたことで観光客がどっと押し寄せ、質が落ちた店も多くあると聞く。

繁盛はしてほしいけれど、この独特の雰囲気が壊れるのも悩ましい、というのが三矢の本音だったりする。

（ま、それもよけいなお世話だけどさ）

ひとりらちもない考えにひたっているうちに、焼きカレーを食べ終えた三矢は、あとくちを洗い流すようにごくごくと水を飲んで息をつき、コップを置いた。

小疵の多い、レトロなこれも隣のショップで扱っている品と同じだ。気にいれば、そのまま買い取りもOKらしいがセットとして売るには数が不揃《ふぞろ》いであるらしく、形もばらばら。

この店にあるものは、大半がいろいろ欠けたものばかりだ。けれどどれもかわいく個性的で、三矢は気にいっている。

価値があるんだかないんだかわからないアンティークに囲まれた、グレーの髪のふしぎな彼については、気にいっているどころではない。

すらりとした背丈、広い背中。白いシャツにジーンズ、飾り気のないエプロンという服装でも、上狛はすごくかっこいい。

そしてそれが、三矢がずっと片思いをしている相手で――同時に、恋人でもあるのが、三矢にとって最大の『すこし、ふしぎ』だろう。

(一応、彼氏なのは間違いないんだけどさ)

しかしながら、片思い。大変に不毛だ。うだうだと考えてしまうのは現状、はたして彼と自分が「つきあっている」と言いきっていいのかわからないからだ。

ひとりの席で頬杖《ほおづえ》をつき、さきほど読みかけだった情報誌をぱらぱらとめくる。

広告ページには各種の関連雑誌が載っていたのだが、この手の雑誌にはつきものの『恋愛特集』という文字に、三矢は目を据わらせた。

【この夏が勝負！　カノジョを落とす五つの決まり】

【好きなだけじゃ物足りない――飽きられないオトコになるための十箇条】

【ここがダメ!?　イケメンとブサメンを分ける七つの違い！】

【恋愛マストアイテム三パターン！　なにはなくとも、これだけは押さえろ】

なぜかこうした「きまりごと」は、三、五、七の項目でまとめられるか、十箇条として並べられることが多い。もしくは記事を埋めるためとしか言いようのない百箇条なんてパターンもあるけれど、内容はどれも似たり寄ったりだ。

煽《あお》り文句のあとには、細々した体験談やそれをもとにした記事、なかにはインタビューふうのコメントなども載っている。興味のある内容ではなかったが、誌面の端にはちいさく囲まれたコーナーがあって、セックス絡みの相談が載せられていた。

【つきあいはじめて半年、二十歳《はたち》の大学生です。ぼくの彼女は同い年で、知りあったときもすでに処女ではなかったのですが、初体験がつらかったらしく、あまりセックスが好きではないようで、回数は月に二、三度。頑張って頼んでも週に一回です。けれどスキンシップの好きな彼女は「いっしょに寝るだけで幸せ」とか言ってくる。ぼくは正直、毎日でもしたいと思うので、かなりつらいです。彼女がセックスを好きになることはありますか？】

回答者はナントカいう大学の女性教授で、女性の身体《からだ》のサイクルやデリケートさをわかったうえで、すりあわせをしましょう、という、大変あたりさわりのないものだった。

【スキンシップを好むという内容からも、あなたと彼女の関係は良好であることはうかがえます。ただ性的な欲求はひとによって大きく隔たりますので、恥ずかしがらずにパートナーと話しあい、お互いにとって無理のない妥協点を探って、仲よくやっていってください】

質問も回答もどぎついものではないし、品がいいほうだろうとは思う。だが三矢は思わず眉を寄せてしまった。

（つきあって半年で、毎月平均的に、するのか）

同年代の若者が定期的なセックスをしているという事実に、あせりに似たものを覚えるのはどうしようもなかった。パーソナルな行為をひとと比べても意味はないと思うけれど、やはりどうしても、引っかかる。

（だってもう、スローペースにもほどがあるし）

一年近く経過するおつきあいの相手といっこうに進展がないというのはどうなのだろうか。

大学生の恋愛といえば、合コンだったりナンパだったりバカンスだったりと、世間一般ではかなりイケイケドンドンなイメージがある。三矢も進学するまでは、なんとなく、大学デビューとかしちゃうのかな、なんて考えていた。

だが実態はといえば、地味に勉強して地味にアルバイトして地味に演劇サークルでの活動もがんばっていると、案外高校時代と大差はない。

ましてや相手は社会人。しかも土日がいちばん忙しくなるカフェの店員。休みをすりあわせるのがむずかしく、あらたまってデートをするにも月に二度が限界なのはわかっている。

とはいえ、進展のなさは忙しさばかりが理由でもないのだが――。

「お待たせしました」

「ひわっ⁉」

食べ終えた皿をまえに悶々《もんもん》と考えこんでいた三矢は、背後から突然ぬっと差しだされた大きな手に一瞬飛びあがった。その反応に逆に驚いたらしく、上狛はメガネの奥で目をしばたたかせる。

「……なに」

「なな、なんでもない、です」

「ランチのセットドリンク、いつものでいいよね？」

「あ、あ、うん。ありがと」

上狛の手には、レトロなデザインのラベルが貼られた、地サイダーのボトルがあった。必要以上にあたふたしながらうなずく。

すらりと長い指が汚れた皿をトレイに引き取り、代わりに氷がたくさんつめこまれた大ぶりなカットグラスをコルクのコースターに置いて、さわやかな香りの炭酸飲料を注ぐ。

なにげない一連の仕種《しぐさ》、けれど上狛の長い指がおこなうすべては、とても優雅で特別なことのように思えてくる。

じっと眺めていると、上狛は椅子の背に手をかけながら背を屈《かが》め、三矢にだけ聞こえる声でつぶやいた。

「サイダー、おれも好き」

吐息のまじったあまい響きに、ばくん、と心臓が音をたてた。

ふたりだけにしかわからない、からかいの言葉。ちいさいころからのあだ名が「サイダーくん」だったことを知ってから、ごくたまに上狛は、この手のことをささやいてくる。

「……そ、ですか」

「うん、あまくておいしいよね」

表情は平静、なのに上狛の声だけが、それこそあまくて溶けそうだ。三矢はかっと耳まで赤くなり、単純な自分の反応がくやしくて、こっそりと彼を睨《にら》みつける。

「そういうのいいから」

「なんで？　なにも変なこと言ってない」

「だから、いいからっ」

ムキになって言う三矢に、上狛はふふっと唇をほころばせた。さらになにか言うかと思ったけれど、ほかのテーブルから「すみませーん」と声をかけられ、顔をあげた。

「いまうかがいます」

軽く三矢の肩をたたいて、なにごともなかったかのように上狛は去った。

「……ほんとに、もう」

必要以上に火照《ほて》る頬《ほお》を鎮めようと、三矢はグラスをあてた。ひんやりしたサイダーを飲みたい気はするけれども、あの思わせぶりな言葉のあとは、なんだか恥ずかしい。

(ああいうこと、よく言うよなあ)

これが八つの歳《とし》の差というやつだろうか。涼しい顔で、さらっとあまいことをしたり言ったりできる彼の言葉は、どこまで本気かいまいち読めない。

本日、三矢がここにいるのも、夕方あがりの彼を待っているためだ。夕食をいっしょにとる約束をしているのだが、働く彼のいる空間にいる現時点で、三矢にとっては充分デートになる。手持ちぶさたでも、ちらちらと姿が見えるだけで嬉しいと思う。

けれどはたして、上狛はどうだろうか。喜んでくれているのだろうか。それとも——本当は、ちょっと面倒なのだろうか?

(だとしても、すこしもおかしくは、ないよな)

なにしろ上狛と三矢は、好き同士ではじめたおつきあいではないのだから。

いまでも覚えている、出会った日の上狛の言葉を、三矢はすこしの苦みとともに嚙《か》みしめる。

——おれとつきあって、ゆっくり考えて、ほんとに自分がゲイなのか、恋愛できるのか、たしかめてみるのはどうかなあ。

出会いの日、こっぴどい失恋をして泣いた三矢を、上狛は慰めてくれた。そして、ひとしきり事情を聞くなり、言ったのだ。

ゆっくり、考える。あのときは、それもありかと思えたけれど、あまりにゆっくりだった気がする。

のろのろすぎる日々のなか、思いは育ってふくらんで、もうじき破裂するかもしれない。

自爆だけはしたくないけれど。ため息をついた三矢は、すっかり本気になった自分を嗤《わら》う。

いまはもう、ただあまいだけの上狛では、足りなくなってしまっている。そして寂しい。

どうしようもないくらい、ちゃんと恋人でない自分が、哀《かな》しい。

なによりわからないのは、同情だけで同性とつきあえてしまう、上狛のふしぎな博愛精神。

果たしてそれはやさしいのかなと、胸のなかで問いかけてみても答える誰もいるわけがない。

(よくないな、これ)

目を伏せて、意味もなくこっそりとかぶりを振る。

ダウナーになりながら、無意識にじっと見つめていると、突然上狛が振り返った。目があって、ぎくっと三矢は固まったけれど、すぐに口をほころばせた。

(……あ)

表情こそ変わらないけれど、トレイを持った陰で、手をこっそり振ってくれた。三矢もこっそり、指先だけで合図を返す。

灰色の目元がなごんだ。やわらかくてあまい目つき。――勘違いをしそうなほどの。

本当に、愛されているかと錯覚してしまうほどの。

(よくないよなあ。……わかりにくいくせに、やさしいから)

きゅんとなる胸が苦しくて、自嘲《じちょう》気味に三矢は嗤い、ストローで氷をつつきまわす。

しゅわしゅわとはじける、透明なあまいみず。氷が、からんと涼しい音をたててまわる。

三矢の胸の奥もずっと、ぱちぱちしゅわしゅわとはじけて、痛いままだ。


その日の夕方、仕事を終えた上狛といっしょに店をでた三矢は、彼が最近お気にいりだという雪ノ下のイタリアンレストランで食事をとったあと、歩きながらの帰途についた。

「ごちそうさまでした。おごってもらっちゃって、すみません」

「ん、いいよ。おれが誘ったんだし。それより、帰り遅くなったけど平気?」

「はい、ここからなら、そんな遠くないし」

お互いに住まいは鎌倉市内だ。三矢は山側、上狛は海側。位置関係は駅を挟んで真反対なのに、上狛はいつも三矢の家の近くまで送ってくれる。

この日は仕事帰りだったので、自転車を押す上狛と並んで夜道を歩く。

車も持っているそうだけれど、狭い鎌倉の道を車通勤するのは大変で、通いはいつもマウンテンバイクだ。ずいぶん使いこまれたそれは、知人からのおさがりだそうで、サーフィンのボードを積むためのボードキャリアがついている。

上狛自身はインドア派で、サーフィンだとかスポーツのたぐいはまったくしない。

三矢もアウトドア趣味やスポーツに興味はないのだが、いわゆる体育会系文化部である、演劇サークルに所属しているため、走りこみや筋トレなどの基礎トレーニングは欠かしていない。

自転車を押しながら歩く。からからと、リムが音を立てる。その合間を縫うように、のんびりした口調で上狛が訊ねてきた。

「今度の夏公演の話、どうなった？」

「人手が足りないんで、とりあえず、群舞のメンバーとしてでることはでるんですけど……」

「初日、ちゃんと観にいくからね」

「う、……がんばりマス」

本音は、へたな芝居を観られたくないけれど、「こないでくれ」とは言えない。おまけにチケットノルマがあるので、自腹で買って渡そうとしたところ、上狛は知人などにも声をかけてくれて、五枚ものチケットをさばいてくれた。

「店にも、フライヤー置いてもらってるおかげで、何人か、問いあわせもありました。ありがとうございます」
「んん？　お礼言われることじゃないよ。チラシ置いてるのはいつものことだし」
鎌倉の喫茶店やショップでは、アート関係に力をいれているところも多く、レジのまえな
どには芝居の公演、絵の展覧会、コンサートなどのポスターやフライヤー、インフォメーシ
ョンカードが大量に並んでいることがある。《エブリデイ・マジック》もご多分に漏れず、
壁面には地元ゆかりの画家やオペラ歌手のリサイタルのポスターが、ところ狭しと貼られて
いた。
そのポスターも、古いもののうえから新しいのを貼りつけているさまが無造作で、ごちゃ
っとしていて。薄暗い店の雰囲気には、とてもよく似合っている。
古い映画でしか観たことのない、昭和の香りが残るあの店のなかにいると、端整で口数が
すくなく、表情もあまり動かない上狛は、無声モノクロ映画の登場人物のようだ。
（こうして見てても、絵になるもんなあ）
隣を歩く彼を、ちらりと見あげる。すぐに視線に気づいて、じっと見つめられた。
「なに？」
「や、な、なんも」
どきっとして、意味もなく笑顔を作った三矢は、わざとらしく腕をさすってみせる。
「ちょ、ちょっと、綿のパーカだけじゃ寒かった、ですね」

五月もなかばをすぎたというのに夜半は妙に冷えこむとつぶやけば、上狛は自転車のハンドルを持つ手を片方はずし、羽織っていたミリタリーブルゾンの裾《すそ》を握ってまえを開いた。

「寒い？　これ着る？」

三矢はあわてて「いいです、いいです」と手を振った。

「おれ、もうすぐ家につくし。上狛さんこそ、ちゃんと着ててください」

「そ？」

上狛は広い肩を揺すって、脱ぎかけていたブルゾンを羽織りなおした。あまり動くことのない表情はそっけなくすら見えるのに、彼は本当にやさしい。

「……いつも、ありがとうございます」

「なにもしてないけど」

すこしはにかんだ三矢の言葉に、上狛はきょとんとする。自分のなにに礼を言われているのかさっぱりわかっていない様子がおかしかった。

「じゃなくて、あの。送ってくれたり。上狛さん、仕事終わって疲れてるのに」

「そんなに忙しくないから、平気」

「なら……いいけど」

くねった二車線の道路から脇に逸《そ》れて、ちいさな橋を渡る。山沿いの住宅街はうっそうとして暗く、ひとり歩きは慣れている三矢でも夜には怖いことがあるけれど、ゆるい勾配《こうばい》のある道もふたりで歩けばむしろ楽しい。

同時に、ちょっとだけさみしくもなる。ふっと息をつくと、鈍いのかめざといのかわからない上狛が背を屈めて覗《のぞ》きこんできた。

「やっぱり寒いかな。手、冷たい？」

「え、と。どうかな、そうでもないと――」

思うけど、と言うよりさきに、あっさりと手をとられた。三矢はかっと赤くなる。

上狛はいつもこうして、人気《ひとけ》のない場所でさりげなく手を握ってくれる。嬉しくて恥ずかしい、けれど、もどかしい。

「あ、あのね、上狛さん」

すこし早足になりながら、三矢は彼を呼んだ。背が高くて脚が長い彼は、並んで歩いていてもいつも、半歩はさきにいってしまう。もう片方の手で自転車を押しているいまはなおさら、歩幅の調整がむずかしいのだろう。

それでも声をかければ、すぐ振り向いて三矢の顔をじっと見てくれる。

「ん？」

やさしい、やさしい、あまい彼氏。もっと近づきたいと思うし、もっと色んなことをしたいとも、思う。

「なに？」

「あの……」

つないだ手が、熱くなってくる。帰りたくない、いっしょにいたいとだだをこねていいものか。きょうこそはもうすこし、さきに進んでみたいと、言ってもいいのだろうか。

逡巡《しゅんじゅん》する間に、上狛はまたまえを向いてしまった。三矢はあせる。あせって、あせって、思わず口走った。

「あのおれ、上狛さん、好きです」

「うん、おれも三矢くん好きだよ。いいこだし、がんばりやで」

一大決心――というほどでもないが、けっこう思いきったはずの言葉は、ふわっと軽く受けとめられた。

（だめだ、通じてない）

そうじゃなくて、それじゃなくて。もっときちんと通じる言葉を必死に探しているうちに、彼独特のゆったりした声で、この時間の終わりを告げられた。

「ついたよ」

「えっ」

はたと気づくと、三矢の家の明かりが見えていた。どれだけぼんやりしていたのかと、三矢は内心ほぞを噛《か》む。

（……きょうも、だめか）

ここでいまさらぐずぐず言ってても、送ってくれた上狛に迷惑になるだけの話だ。こっそりとため息をかみ殺して、三矢はなんとか笑顔を作った。

「あの、送ってくれてありがとうございました」

「楽しかったし、お礼言われることじゃないから」

かすかに微笑んだ表情は、嘘ではないとわかる。ほっとしながら、三矢は言葉を探した。

「えっと、次、いつがあいてますか？」

「まだ月末までのシフト決まってないから。確定したら、メールする」

彼とふたりでいる時間を引き延ばしたくて問いかけたそれも、あっさりと現実的な言葉に叩き落とされた。

「それより寒いんだろ。なかにはいったら？」

「あ、はい……」

ぐずぐずと握った手を離せないでいるのも、もう終わり。別れ際を惜しむのは、いつも三矢のほうだけだ。

（しょうがない、よなあ）

あきらめの言葉を呑《の》みこんで、三矢はそっと指から力を抜いた。離れていく手がひんやり寒くて、哀しくなってしまいそうだから、あわてて「おやすみなさい」を告げる。

「メール待ってます。それじゃ」

「三矢くん」

玄関に向かおうとしたところを、呼び止められた。振り向いたとたん、腕を摑《つか》んで引き寄せられる。驚くよりはやく、頰にふにっとやわらかなものがふれた。

「……え？」

軽い、ちゅっという音とともに離れたそれがなんであるのか気づくまえに、上狛は腕一本ぶんの距離をとっている。なんのリアクションもできず、その場に突っ立ったままの三矢に彼はさらりと言った。

「来月末の誕生日はちゃんと、スケジュールあけておくから」

「え、あ、はい」

「約束ね」

反射的にうなずくと、上狛はにっこりと笑った。

「じゃ、おやすみ」

「え、あ……え、おやすみ、なさい？」

ぽかんとしたままでいる三矢をよそに、彼はさっと自転車にまたがると、長い脚でペダルを漕《こ》ぎ、去っていった。

彼のうしろ姿が完全に見えなくなったあたりで頰に自分の手のひらをふれさせた。

鼻先には、引き寄せられたときに感じた、彼のにおいが残っている。店からの移り香ではなく、彼が数吸う煙草と、銘柄のわからない香水。

いまさらになって、周囲を見まわした。幸いにしてここは鎌倉の駅からちょっと離れた住宅街の岐路。薄暗い道をまばらな街灯が照らしているだけの空間で、まったく人気はない。

（は、恥ずかしい……）

意味もなく「うああ」とうめき、三矢はしゃがみこんだ。別れ際、ほっぺにキス。あますぎて、唇にされるよりも恥ずかしいと思った。あんなことがふつうにできてしまうなんて、どれだけ気障《きざ》なのだ。どれだけ、慣れているのだ。

そして、どうして——唇では、ないのだ。

（いや、路上でそれってのも。いやでもほっぺだけでもキスはキスだし。いやいやいや）

羞恥《しゅうち》が去ったあとには、寂しさだけが残った。あれはもしかして、ハーフの彼なりの挨《あい》拶《さつ》だろうかなんて、自分でも信じていない仮説を立ててみたりする。

本当に振りまわされてばかりで、どぎまぎしっぱなしだ。あまやかされている、とは思うなのに、心のどこかが不安で、こんなぜいたくな自分では嫌われまいかと、おろおろして。

「おれ、みっともね……」

そのとき、三矢の物思いを引き裂くかのような、濁った悲鳴が響きわたった。

「——みぎゅるるあ、ぐるるぅあ！」

「ひっ!?」

WETDREAM
10

悶々としていた三矢は、突然聞こえてきた不気味な声に文字通り飛びあがった。勢いで立ちあがり、びくびくしながらあたりを見まわす。

「な、な、なに、なに？」

顔をあげると、屋根のうえでじゃれあう二匹の猫がいた。けんかしているのかと思いきや、二匹はすごい勢いで同時に屋根から飛び降り、草むらに飛びこむなり絡まりあう。

「んなーう、なーう、なーう……」

「なんだ……サカリかよ」

もそもそがさがさ、草陰が揺れる。妙にあまったるく感じる声に、三矢の目が据わった。猫までもがよろしくやっているというのに、自分ときたら。一瞬そんなことを考えてしまって、ひどくむなしくなったからだ。がっくりうなだれ、肺の中身をすべて押しだすかのようなため息をついた。

（まあ、さ。ぜんぶ、おれが悪いんだけど）

二十八歳の大人の恋人を、軽いにもほどがあるキス止まりの交際に留《とど》めているのは、かつて三矢が拒んだせいでもあるのだ。

はじめて押し倒されたのは、まだつきあいはじめたばかりのころだった。

相手の気持ちもわからなかったし、自分の気持ちもわからなかった。だから怖くて、のしかかってくる彼を押し返してしまった。

——ごめんなさい、できない。待って。

時間が欲しいと告げたところ、彼は「わかった」とだけ言って、それきり本当に、手だしをしてくることはなくなった。

それを不満に思ったり、疑心暗鬼になったりするのはばかげていると、自分でも思う。

(でもさ、しょうがないじゃん。順番がおかしいんだから)

好きになるまえにつきあって、それからずっと大事にされて、あまやかされて、現在にいたる。いまさら、もうちゃんと好きになりましたと、応《こた》える用意はありますと、どうやって伝えればいいのだろう。そして——。

「どうやったら、ちゃんと好きになってくれるかなあ」

いや、好かれてはいるのだろうけれど。そうじゃなくてもっと、違うなにかがほしい。

道ばたにしゃがみこんだまま、三矢は途方に暮れる。

一年近くつきあっていて、好きだとも言ってくれて、やさしくしてくれる相手に〝ちゃんとした恋人〟にしてくださいと頼むには、どうしたらいいのだろうか。

けっこう直球で、がんばったりもしているのだけれど、通じないのは鈍いのか——それとも、かわされているのか。

いくらなんでも同情だけの一年は長い。ごく軽いものとはいえ、キスはたまにしているし、まったくの友情のみ、というわけでもない、と思う。

けれど決定的に、なにかが足りないのだ。

「やっぱり、セックス、すりゃいいのかな」

どんよりとつぶやいてすぐに、「んなわけ、ないか」と自分で否定する。そんな短絡的な話ですむなら、たぶんとっくにカタはついているはずだ。

本心がよくわからないけれど、きちんと大人な恋人が、手をだすなりなんなりという行動をとらないことで、ますます関係は宙ぶらりんだ。

そして思考はループする。好きになってほしいからセックスしたいのか、していないから好かれている実感が持てないのか。どっちが卵でニワトリか。

「なんかもう、よく、わかんね」

顔をあげると、月にかかった濃い雲が見えた。湿り気を帯びた山のにおいが、もうじき降る雨を知らせてくる。

「上狛さん、濡《ぬ》れないで帰れるかな」

つぶやいたとたん、ぽつっと雫《しずく》が頬に落ちた。

すこしだけ肌寒い初夏。ひとり見あげる空からの、ひんやりした雨粒。

上狛と出会った日も、こんな天気だった。グレーの空を見あげて、三矢は唇を噛みしめた。

意味もなく浮かんだ涙のせいで、夜空がゆらゆら、歪《ゆが》んでみえる。

同じように、記憶はゆらゆらと、一年まえのあの日に戻る。

2.

三矢が東京にある大学に入学して三カ月弱の、夏も近い季節のことだった。

午後から降りだした雨は、時間が経つにつれて重たい粒になっていた。

江ノ島電鉄の終着点、鎌倉駅。ＪＲ西口と併設された改札を抜けると、目のまえには御成商店街だ。ふだんは観光客でにぎわう鎌倉駅周辺も、薄暗く、細い雨にけぶっていた。どんよりとした天気のおかげで人気はすくない。

三矢が改札口の庇《ひさし》のしたから手をだすと、さあっと風に流れる霧雨が手のひらをひんやりさせた。

「傘、ないけど、いいや」

電車に乗るまえは、空は泣いていなかった。もう梅雨はあけたとはいえ、たまにこうして予報のはずれた雨は降る。目のまえにコンビニもあるけれど、なぜだかビニール傘を買う気力もないまま三矢は歩きだした。

寒いし、喉《のど》が渇いていたし、三矢は疲れていた。けれど、そこここに見かける喫茶店やレストランカフェ、そのどこにもはいる気はしない。ちょっとばかり、自己憐憫《れんびん》にひたっていたせいで、いっそ見るからにみじめになってしまいたかったのかもしれない。

「あー。ひでえ誕生日」

自嘲の言葉をつぶやくと、地面にめりこみそうになった。

肩に食いこむ荷物が重たい。水気を吸った衣服も同様で、土砂降りとまではいかないにせよ、傘もささずに小一時間歩きまわればびしょ濡れになるのはあたりまえのことだ。

とにかくひとのいない場所、いない場所、と探し歩いて、気づけば見覚えのない住宅街にたどりついていた。

(どこだ、ここ)

ふだん八幡宮口《はちまんぐうぐち》を使う三矢にはあまり馴染《なじ》みのないエリアに迷いこんだおかげで、地元だというのにアウェー感がすごい。それでも引き返す気にもならないまま、また歩きだす。

足下だけを眺めながらうねうねとした路地をあてどなくさまようちに、ぽつんと立った一軒の店にいきあたった。

「……こんな店、あったんだ」

二十年近く鎌倉に暮らしていても、案外知らない店はあるものだ。

真っ黒に塗られた外壁に、入口付近は煉瓦造り。鉄製らしいオブジェのベンチがドアの脇には置いてあり、そのうえにはハーブらしい鉢植えがいくつか並んでいる。

軒下にさがっている、これも鉄製のちいさな看板には、《アンティーク&カフェ　エブリデイ・マジック》とある。

知っている街の、知らない場所、知らない店。なんだかそれがとても、魅力的に思えた。

しとしと、と雨はまだ降っている。なんの気なしに息を吸うと、店のなかから漂ってくるコーヒーの香りに気がつく。

（いいにおい。あったかそう）

急にぶるっと身体が震え、三矢は寒気から逃げるように足を踏みいれた。どことなく薄暗い感じのするこの店に、妙に気を惹《ひ》かれた。あかるくて清潔でおしゃれな空間になど、いたくなかったからだ。

入口付近は、薄曇りの外よりさらに暗いように思えた。床も柱も黒ずんだ木でできていて、古びた木のにおいとともに、コーヒーとたばこのにおいが漂ってくる。壁は黄ばんだ漆喰。これまた時代のよくわからない、古いポスターや看板がたくさん飾られていて、そのくせ不潔感はない。

店内に三矢には聞き覚えのない音楽が奏でられている。しゃがれた声のフォークソング。おそらく昭和の、それも七十年代くらいの曲だろう。

（へんな店）

時代を一気に逆行したかのような空間に、ちょっとしたタイムスリップ気分を味わっていると、暗がりの奥から白い大きなものが近づいてきた。

「ひっ!?」

「いらっしゃいませ。おひとりさまですか」

「は、はい」

一瞬、必要以上にびびってしまったが、よく見れば、メガネをかけたエプロン姿の男だった。店員なのだろうことは、エプロンにはいった店名のロゴでわかる。全体に黒っぽい店のなかで、背の高い彼の白いシャツが妙にくっきり浮かびあがっている。

印象的なのは、その髪と、目の色だった。曇天に溶けこんでしまいそうなグレー。けれど陰鬱な感じはせず、どこかやわらかい。

「おたばこはお吸いになられますか」

「あ、いえ、吸わないです」

ではこちらに、と案内されて、形も大きさもばらばらのテーブルが並んだ、小部屋のような場所に通される。三矢が座ったのはふたり掛けの丸テーブルだ。

「ご注文は？」

「あー、えと」

ぼんやりした目でメニューを眺める。よくわからないまま、「あまくてあったかいのがいいな」と考えていると、それが口にでていたらしい。

「カフェオレ、どうですか。あったまりますけど」

「じゃあ、それ」

手書きの文字をガリ版刷りにしたような、あまり印刷のよくない紙のメニュー。端のよれたそれを店員にわたすために顔をあげると、さっきまで歩きまわっていた外の空模様とよく似た髪の色が目についた。

「では、少々お待ちを」

丁寧ではあるけれど、平板な口調で言って、彼は去った。なんとなくそわそわしながら、三矢は席を立ち、うろうろと店を見てまわる。

（なんか、やっぱ変わってんなあ……）

この店は、ふつうの喫茶店のようにワンホールの造りにはなっておらず、客席がいくつかの壁に仕切られている。あちこち、ドアをはずしたようなあとがあるので、どうやら個人の家を改装したらしいと見当がついた。

ひとつ奥の間にいくと、すこし広めのカウンター席とキッチンスペースがあった。壁面にはずらりと酒のボトルが並び、夜にはバーとしても営業しているのだと知れた。

「あの」

「ひゃっ!?」

うろついていると、背中から声をかけられてびっくりした。無駄に胸をどきどきさせながら振り返ると、さっきの店員が立っていた。

「タオルとおしぼり、持ってきた。風邪ひくから、拭いたほうがいいかなと」

いたずらを見つかったような気分で、三矢はあわてて席に戻る。挙動不審っぷりがおかしかったのだろう、店員はくすりと笑ってそれらを差しだしてきた。

「あ、ありがとう……ございます」

気がつくと、身体が冷えきっていて、手がこわばっていた。ぎこちなくしか動かせない腕をあげようとすると、メガネの店員は大きめのタオルを肩にかけたあと三矢の手をとり、固まった指を広げさせてくれた。

（……あ）

そして、握りしめられていたものに気づき、そっととりあげてテーブルに置いたあと、あったかいおしぼりをひろげ、からっぽの手にのせてくれる。

「大事なもの？」

「いや……ぜんぜん。こんなの、ぜんぜん」

ふるふる、とかぶりを振って、握っていたことすら忘れていた代物を凝視する。まばたきを忘れた目から、なんだか熱いものが溢《あふ》れてきて、三矢は茫然《ぼうぜん》とした。

雨は、そんなに激しかったわけではない。服も髪も湿っている程度で、なのにタオルが必要なほどぼたぼた、水滴が落ちている。

涙でぐしょぐしょの顔に、熱いおしぼりを押し当てた。テーブルのうえには、さきほど店員が手のひらから取りあげた――何度も何度も道すがら、捨てようと思ってできなかった指輪がのっかっている。

江の島からの帰り道には、海だって川だってあった。その辺の草むらに投げ捨てようとも思った。いや、場所に捨てたら環境汚染だ。でも、駅の構内にはごみ箱だってあった。

（ばかみたいだ）

露店で買ってくれた安物。これもだますための小道具だったのに、どうして捨てきれなかったのだろう。というよりも、こんな乙女チックなアイテムひとつで踊らされた自分がおめでたすぎる。

かあっと頭に血がのぼった。そして沈黙の間、曲が変わり、さきほどとは違う歌手の曲が流れてくる。哀切でドラマチックなメロディ。サルビアの花がどうとか、絞りだすような声でうたうそれは、失恋のうたらしい。なんてタイムリーなんだと思うと歪んだ嗤いが浮かび、同時に言うつもりもない声が口から溢れた。

「ぜんぜん、大事とかじゃ……ない」

ひっく、としゃくりあげて、ますますおしぼりを顔に押しあてた。身体中冷えきっているのに目と鼻のあたりだけが熱い。ひく、ひく、と何度も横隔膜が痙攣《けいれん》して、止めたいのに涙が止まらない。

厚い雲からほとほと落ちる雨は、三矢にはやさしかった。涙を隠してくれたからだ。同じくらい、雨の色をした店員もやさしかった。傘もささずにいたせいで、雨に濡れそぼった迷惑な客に顔色ひとつ変えず、あったかいカフェオレを運んできてくれたからだ。

（すげえ、なんだこれ。みっともない）

人気のない喫茶店とはいえ、濡れ鼠《ねずみ》ではいってきて、いきなり泣きだして。迷惑このうえない行動をとっている自覚はあっても、止まらない。本当にどうすればいいのだろう。

哀しくてたまらないのに、同時にしらけた感情が頭をもたげている。感覚と意識が乖離《かいり》していて、ぼうっとして、そのくせ身体中が痛かった。

ついには肩まで震わせて泣きじゃくっていた三矢は、おしぼりを握りしめていた手首を不意にとられ、びくっとした。顔をあげると、そこにはさっきのメガネの店員がいる。

「す、すみません、迷惑……」

てっきり注意されるのかと思ったのに、背の高そうな彼は、思いも寄らないことを言った。

「そんなに顔を押しつけてると、よくない。レンタルのおしぼりだから、漂白剤はいってる可能性あるし」

「えっ？」

あわてて顔からおしぼりを遠ざける。彼は三矢の持っていたおしぼりを取りあげ、肩にかけてくれたのとはべつのタオルと、氷のはいった水のグラスを手渡してきた。

「水を飲むと、迷走神経が刺激されてしゃっくりが止まる」

「は、はあ」

目の縁を赤くしたまま、ひっくと三矢がしゃくりあげる。メガネを人差し指で押しあげ、

EM

「飲んで」とうながす彼の口調は平坦《へいたん》で、そのくせ妙な強制力があった。あわててグラスに口をつけ、ひとくち飲む。ちらりとうかがったさき、かぶりを振る彼の姿があって、ごくごくと一気に飲み干した。

喉を滑り落ちていく冷水の刺激に、高ぶっていた感情までも冷やされるような気がした。たしかに、横隔膜のひくつきは止まっている。

いつの間にか、店員は向かいの席に腰かけ、頬杖をついてじーっと三矢を見つめていた。気恥ずかしくなったけれど、グラスをテーブルに戻しながら礼を告げる。

「あの、どうも、ありがとう」

「いいえ」

ぼそぼそと礼を言った三矢に、彼はかすかな笑みを浮かべてみせた。よく見ると、ひどく端整な顔をした男だ。グレーがかった不思議な色の髪が印象的で、思わず口を開く。

「あの、髪、かっこいいすね。何系で染めたんですか？　アッシュ？」

「これ？　天然」

長めの前髪をいじりながら、彼は言った。

「ハーフだから。眉も同じ色してるでしょ」

「え……あ、言われてみれば」

店内が薄暗いのと、メガネをかけているせいでよくわからなかったが、覗きこんだ目の色もひどく薄い。青みを帯びた灰色のなかに、ぽつんと墨を落としたような不思議な目。

(なんか、どこ見てるかよくわからない感じだな)

虹彩《こうさい》の色が薄いと、こんなにも違和感があるのかと驚いた。おまけに、こちらを見る目は妙にまばたきがすくない気がする。落ちつかなくなるような目でじっと見られてどぎまぎしていると、彼はなんのまえぶれもなく名乗った。

「おれ上狛零士。上下の上、狛犬の狛、ゼロの零に、博士の士。そっちは?」

「あ、赤野井三矢。赤い野原の井戸、で、三つの矢」

「ふーん」

自分から訊《き》いてきたくせに、妙に気のない返事をされた。意味もなくあせって、三矢は愛想笑いをする。

「変な名前でしょ。むかしから、あだ名はサイダーで。いまだに言われてるんです」

「なんで?」

「なんでって、なにが」

てっきり、泣いていた理由を問われたのかと思って身がまえていたら、まったく違う方向から質問が飛んできた。

「サイダーってなんで?」

「なんでもなにも……三ツ矢サイダー。まんまです」

いまいち読めないひとだと思いつつ顎《あご》を引いて答える。しばらく「ん」と首をかしげていた彼は「あー、ああ」とひとりで納得した声をだした。

「そっか。だからなんか、あまそうな名前だなと思ったんだ」

「へ……」

「サイダー飲む？　三ツ矢のじゃなくて、地サイダーならあるけど」

「や、いいです、これで」

ますます話の展開が見えないと思いながら、三矢はぬるくなったカフェオレを口に運んだ。すこし口早に「あんま、サイダー好きじゃないんで」とつけくわえると、彼はなぜかにっこり笑った。

「そう？　おれ、サイダー好きよ」

（うおっと）

どきりとするような、あまったるい微笑みだった。どちらかといえば無表情な印象があっただけに、突然の笑顔は胸に悪い。なんとなくどぎまぎしていると、またもや唐突に彼は言った。

「なんで泣いてたの」

身がまえる暇もなかったせいで、三矢は固まった。ごくりとカフェオレを飲みくだし、軽いパニックに陥っていると、上狛がたたみかけてくる。

「ひょっとして、いじめ？」

「え、あ、えっと……おれもう大学生だし、いじめとか、そういう」

言いかけて、あれもある種のいじめだろうかと三矢は口をつぐんだ。そして話をごまかすように「なんでいじめだと思うんですか」と問いかけてみる。

「おれ、いじめられっこだったし」

「えっ」

さらっと言われて、一瞬は信じられなかった。身長はおそらく一八五センチ以上、アッシュグレーの髪色がこよなく似合う美形に、どんなつけこまれる要素があるというのか。

だが、続いた彼が表情も変えずに言いきった言葉で、なるほどと思わされる。

「日本語へたくそで、むかし、いじめられたりしたから。一時期登校拒否になったことあるくらいだし」

いきなりぶっちゃけられ、三矢は凍りついてしまった。気づいた彼は「あー、ごめんね、どうでもいい話して」とゆるい感じに首をかしげる。

「いえ、いや、いいんすけど」

どうでもいい話、というより初対面同士が話すには重たすぎないか。どうにも距離感の掴めない相手に戸惑いつつ、三矢はきょろきょろと店内を見まわした。

「ていうか、あの、話してていいんですか？」

「うん。いま店長も隣で〝話し中〟だから」

このひとは店長ではないらしい。そして隣というのはアンティークショップのことだろうが、薄いドアひとつで間続きになっているため、もしも来客があればすぐにわかる。だが、三矢の目には客の姿はおろか店員の姿もほかには見えないし、BGMとして流れている古いフォークソング以外、まったくといっていいほど音も気配もしない。

（え、な、なんか怖いな。古いものって、つくも神、とかいうのになるんだっけ？）

漫画かなにかで得た浅い知識が急によみがえる。薄暗い店内にある石膏像、古びた陶器やポスターなどの品々が、なにやら不気味なものに思えてきた三矢は、おずおずと訊いてみた。

「あの、声聞こえませんけど……話って、誰と？」

なんとなく薄気味悪くなりながら問いかけると、上狛はにいっと笑った。

「無機物と、手を使って話してる」

「ひっ!?」

「見てみる？」

立ちあがった上狛に、おいでおいでと手招かれ、三矢は腰が引けながらもついていった。

漆喰の壁のまんなかにある、木製のレトロなドアを大きく開けた上狛が「そこ」と顎をしゃくってみせる。

おそるおそる、隣のアンティークショップを覗きこんだ。

思っているより狭く感じたのは、とにかく雑多な品物が棚にも床にも溢《あふ》れかえっていたせいだろう。

壁面にある装飾的な陳列棚のなかには陶器や漆器、床に近い位置の低いテーブルのうえにはガラスの器やトンボ玉、水晶の固まりなどの天然石。時計、オルゴール、いかにも古びた石油ストーブに、なんだかわからない外国の標識ふうなプレート。

（なんか、ミキサーとか包丁セットまである……）

ほかにもタイプライター、扇風機など、古い品々が無秩序に並べられていて、いったいどういうラインナップなのだろうと三矢は首をかしげた。

（あ、これちょっとかっこいい）

目に止まったのは、シルバーの幅広リングだ。くすんだ色をしているけれど、複雑に絡んだ蔓草のような意匠が凝っていて、そのくせしつこくなく、これならいまつけても使えるなあ、とじっと眺める。

「なにかあった？」

「あ、いや、なんでもないです」

背後からの声に、三矢はあわててかぶりを振り、目的の相手に目を向けた。

雑多なもので溢れた店の一番奥、年代物のライティングビューローに座った店長とおぼしきひとは、無言のまま手をずっと動かし続けている。

年齢不詳な感じのするそのひとは、二十代にも四十代にも見える。ウエーブのかかった髪は長いようで、顔の左右にひとふさずつ垂れているけれど、残りは女性のようにバレッタで留めてまとめていた。うつむきかげんではあるが、その顔はひどく整っている。

（うお、こっちも美形）

睫毛が長く、鼻筋も通っている。フレームの細い丸眼鏡がよく似合う。だが作りものめいた美貌に長髪、シチュエーションの異質さのおかげで、なんだか怖《おそ》ろしげなふうにも見えた。

「近寄ってみれば？」

背中をたたかれ、「うひ」と変な声がでた。いいのかな、と目顔で振り返ったところ、上狛は、いいよ、とうなずく。背中の手のひらは離れていかず、アンティークショップの通路――というか、雑多な品々の隙間にできた獣道――をおっかなびっくり歩いて、店長のもとへと近づいた。

覚悟を決めて手元を覗きこんだとたん、三矢は思わず目を眇《すが》めてしまった。上狛の言いざまでは、なんだか水晶玉でも撫《な》でながら瞑想《めいそう》しているイメージがあったのだが――。

「……スカイプでチャットしてるだけじゃん」

ビューローの背がじゃましてて見えなかった手元には、小型のノートパソコンがあった。そして聞き覚えのあるメッセージ着信音と、わずかながら覗いてしまったモニターのおかげで枯れ尾花の正体を知る。

「嘘はついてないだろ。無機物と手を使ってお話し中」

「わざと言ったな!?」

背後にいる男を睨むと、くっくっと喉を鳴らしていた。憤慨に赤くなった三矢がなおも言おうとしたところで、パソコンを操作していたひとから声がかかった。

「零士、なに？　お客さん？　ともだち？」

「わ、邪魔してごめんなさい！」

あわてて飛びのこうとしたが、狭すぎて背後の上狛にぶつかった。またもや「ごめんなさい」と謝ると、彼はかぶりを振って三矢の身体を支えてくれる。そのとき気づいたが、上狛と目をあわせるのにかなり視線をあげないといけない。

「だいじょぶ？」

「え、あ、はい」

三矢の背中と広い胸が密着している。両肩を支えるようにしたまま問われてあたふたとうなずくと、店長がメガネをはずし、目元をもみながら言った。

「気をつけてね。さわると危ないものもあるから」

「こ、壊してないですよね？」

「んん、壊れるのはいいけどねー。いわくありのものもあるから、弱ってるひとがさわると、あんまよくないっていうか」

「えっ」

「きみちょっと、きょうは、こっちこないほうがいいなあ」

三矢は目をしばたたかせた。近眼らしい店長は目を細めて、じいっと三矢を検分したあと、背後の上狛に向かって言った。

「零士、お店に連れてって。この子よくない」

「えっ、えっ？」

なにそれ、怖いこと言わないで。青ざめた三矢は無意識に背後の男の腕にすがる。安心させるように、上狛は三矢の肩をしっかり掴んだ。

店長はそんなふたりを眺めたあと、「ふーん」とつぶやくなり、ビューローの引き出しから名刺をとりだす。

「なにかあったら、電話しといで。一応だいじょぶだろうけど」

「へ、あ、はい？」

差しだされたそれには、【鑑定士　銀上日生《しろかみひなせ》】という文字と電話番号、この店の住所だけが書かれていた。

なんの鑑定士なのか、こないほうがいいってなんなのか。派手派手しい名前は本名なのか。頭のなかでぐるぐるまわる疑問についていっさい答えてくれることはないまま、「零士、はやく」と銀上は顎をしゃくった。

「えっえっ、は、はい」

「じゃ、戻ろう」

わけもわからないまま、名刺を手にした三矢は肩を抱かれて喫茶店のほうに戻る。さきほどとは違い、ドアをきっちりしめた上狛に「あの……」と声をかけた。

「あれって、あの、オカルトチックな意味ですか？」

「店長の言うことは、おれもよくわかんないから。変わってるひとなんで」

「あ、そうなんですか」

しらっと言ってのける上狛の動じなさに、三矢はほっと胸を撫でおろした。だが安心したそばから、またもや不穏なことを言われる。

「でもいわくつきのシロモノがあるのもほんとだし、こっちの店に飾ってあるのはいいけど、あっちのはさわらないほうがいい」

「い、いわくつきって……」

「……聞きたいの？」

にこっと笑って見つめられ、三矢はぶんぶんとかぶりを振った。なんだかよくわからないものは、知らないに限る。どうにか話を変えたくなり、手のなかの名刺に目をやった。

「あの、この、鑑定士って」

「一応宝石の鑑定資格と、古物商許可証は本物。証書アレ」

指をさされて見あげた店の壁面上部には、『神奈川県公安委員会許可　第×××号　美術品商』というプレートのようなものと、英語で書かれた宝石鑑定資格の証書らしきものが額装されて並んでいた。

「美術品と骨董の鑑定については公的な資格や証明書はないらしいけど。経験だけは年の功で積んでるみたいだし、そっちも一応エセじゃないっぽい」

「へー……」

年の功、と言ったからには、やっぱりそれなりの年齢なのだろうか。ぽけっと口を開けて証書を見あげていた三矢の視界に、いきなり上狛の顔がドアップではいりこんできた。

「わ、な、なに」

「あんまし天井見あげて口開けてると、埃《ほこり》はいるかも。ここの店、造りは古いし」

あわてて手のひらで口を覆い、また肩を抱かれたまま席に戻った。テーブルのうえには、冷めて膜を張ったカフェオレ。それを見るなり、上狛はつっと眉を寄せた。

「淹《い》れなおしてくる」

「え、いいですべつに――」

断るよりはやく、さっさと上狛はカウンターのある奥に引っこんでしまった。なんとなく置いていかれたのが寂しくなって、ひょっこりと覗きこむ。

「こっちで飲む？」

カウンターのなかでカフェオレを作っていた上狛は、顔もあげずにいった。三矢はうなずき、さきほどの席に放置してきた荷物を持ってカウンター席に移動する。

「おまちどうさま」

「いただきます」

さきほどとは違う、ぽってりした素朴なカップになみなみとつがれたカフェオレを両手に持って、吹き冷ましたあとすする。ほあ、と息が漏れて、ぐずった鼻がすこし通った。

「いつからこの店、やってるんですか？　おれ、鎌倉在住なのに知らなかった」

「知らない。おれが勤めだしたのはここ二年だけど。ただ、ガワが古いのはたしか。昭和中期のころ建てられた建物、移築したらしいから」

「そうなんだ」

うまれてこのかた暮らしてきた街でも、まだまだ知らない店はたくさんあるらしい。きょう、あんなできごとがあって、闇雲《やみくも》に歩きまわったりしなければ、きっとたどりつくこともなかったのだろう。

（ああ、思いだしちゃった）

せっかく忘れていたのに、と三矢は顔を曇らせる。カウンターのなか、デミカップで苦そうなコーヒーをすする上狛がじっとこちらを見ていた。

「また泣きそう」

「……そ、ですか？」

「話す？」

グレーの、どこを見ているかわからないような目でじっと見つめられ、「どうしよう」と言ったとたん、またぼろりと涙がでた。上狛はすぐに新しいタオルをくれて、三矢は洟《はな》をすりながら「ありがとう」と言った。

「で、誰にいじめられたの？」

子どもに言うような口調の上狛に思わず苦笑した。そうではない、と言ってもいまさらのことなのだろう。三矢はたしかに傷つけられたし、自分を陥れようとした彼らはゲームでもしているかのように楽しげだった。

「おれ、ほんとにいじめとか、縁がなかったのに。なんでこんなことになったのかな……」

小中高と鎌倉育ちの三矢はのんびりした性格で、あまりひとともめたこともなかった。周囲の友人らも似たような性格で、子どもなりのけんかくらいはしたけれど、悪辣《あくらつ》な嘘やいじめと無縁のままきてしまった。

ここまで傷ついたこともないから、治しかたもよくわからない。

それもしかたがないだろう。好きだと信じた相手から嘘の告白でだまされたのだ。

「なにがあったの？」

やんわりとうながされて、三矢はつまった洟を、思いきりすすった。

＊　＊　＊

数時間まえ、三矢は江ノ島駅の改札わき、土産物売り場のまんまえで、茫然としながらこちらに向けられるシャッター音に耐えていた。

「ちょっ、まじで！　まじできたよこいつ！」

「もしかしてでっけー鞄《かばん》って、お泊まりセット⁉　だっせ！」

「気合い満々じゃゃん、なによどうすんの、久保《くぼ》ぉ」

げらげらと、腹を抱えながら笑っているのは、三矢と同じ演劇サークルに所属する他大学の学生たちだった。男女とりまぜて五人、その中心でにやにやしているのは、一泊旅行にでかけようと自分を誘った――つきあってまだ一カ月ほどの、彼氏であるはずの、久保順樹《じゅんき》だった。

背が高くて、ハンサムな顔をいやな感じに歪めた彼は、ばしばしと肩をたたきながら笑っている友人に向けて「だから言っただろ」としたり顔をする。

「こいつ、おれの言うことなんでも信じるんだって」

「なーにそれ、ほんとに悪いなあ、おめーは」

「ひどーい、久保くーん」

うに考えていた。

久保と三矢は、大学の演劇サークルで知りあった。

三矢の通う若宮犀祥《わかみやせいしょう》大学の演劇サークルは、その筋ではかなり有名なものだった。規模も大きく、複数の大学から組織される、いわゆるインカレサークルで、メンバーのなかにはすでに芸能活動をしている者もいる。

しかもOBには著名な劇団『ラジオゾンデ』を主宰する脚本家、和田康介《わだこうすけ》や、おなじく劇団俳優でありテレビや映画で人気の東雲桂《しののめかつら》、湯田直海《ゆだなおみ》と、そうそうたる顔ぶれが揃っていた。

そんなふうに有名なものだから、なかには中学高校とみっちり演劇部で鍛え、大学受験の理由も、いずれ上位組織の劇団につなぎをつけるため、という本気な人間もすくなくない。

とはいえ、誰も彼もがプロを目指したり、芝居経験者というわけではなかった。

三矢は高校生のとき、受験の下見を兼ねて大学祭に訪れたのだが、その際におこなわれていた公演があまりにおもしろく、まったく演劇の経験などないのにサークルにはいった口だ。

ただただ、すごい、楽しそう、と思っただけの素人《しろうと》だったため、高校演劇で全国コンクール優勝者のいる大学の同期などには、どうも引け目を感じてしまっていた。

そこに近づいてきたのが、久保だった。

——もしかして、おまえも初心者？　よかった。おれらもなんだよ。

久保は三矢と同じ演劇サークルには所属していたが、他大学の学生だった。同じ一年同士のうえ、芝居については素人同然というところも似ていたため、声をかけてもらえて嬉しくなり、すぐに親しくなっていった。

——サークルの下っ端って、雑用ばっかさせられんのな。はやくちゃんと芝居とかやりたいのにさ。

久保は汗だくで倉庫整理をしたり、裏方の大道具を作らされたりするのが不満なようだった。といっても、端整な顔の久保ならば、きっと舞台映えもするだろうと、プライドの高い彼に三矢は納得もしていた。ぐずぐず言う彼に苦笑し、励ましもした。

——久保、かっこいいからさ。そのうちきっと、主役とかやれるよ。

久保は東京生まれの東京育ちで、おしゃれで華やかなタイプだった。いつもつるんでいる面々も似たような遊び慣れた雰囲気の者が多かった。

湘南が近いためか、神奈川出身というとかなりチャラっとした印象もあるらしいけれど、すくなくとも鎌倉市内の高校に在学するものについていえば、おとなしいタイプが多い。流《は》行《や》りにあわせた茶髪くらいはいるけれど、それも逸脱しない程度の話だ。

ルックスの派手なサーファーたちは県外からくることのほうが大半だし、街中で見かけるアゲアゲなギャルやB系ファッションの学生は、間違いなく観光客か修学旅行生。

そして校則も厳しい進学校に通っていた三矢は、素行もまじめな生徒だった。というよりも、レベルの高い高校の勉強についていくのに必死で、あまり遊んでいる暇がなかった、というべきだが、そんなこんなで、彼女を作ったこともなかった。

三矢のそういうキャラは、久保には非常にめずらしがられた。

——えっ、赤野井って夜遊びしたことねえの？　まじで？　まあでも、鎌倉育ちのおぼっちゃんって感じだよな。

ときどき、ちょっとだけ「いなかくさい」とばかにされているのかなあとも思ったが、それでも違う大学に通う彼と交流が持てたことは、地元の狭い世界しか知らない三矢にとって、とても刺激的なことだった。

——クラブにはガキのころからよく出入りしてるし。ＩＤゆるいとこならいけるから、案外問題ないしさ。イベントとか、顔きくし。

そんなことを言う彼が、同い年なのに大人でかっこいい、などと暢気《のんき》に思っていた。

結局、あたらしいともだち、というのが新鮮だったのだと思う。演劇サークルの練習や雑用も忙しかったし、大学に慣れるのにも必死で、適当にサボったり遊んだりしている久保が、まぶしくも思えた。

何度か、遊びにも連れていってもらった。親には「大学にはいったからって、羽目はずしすぎ」と怒られもしたけれど、新しい世界に夢中だったのだ。

そしてクラブに連れていかれた二度目の夜。飲んでみろとそそのかされて、軽いカクテルで酔ったところを、いきなりキスされた。

なんで、と驚く三矢に、久保はあまったるい声でささやいてきた。

——おまえ、純粋な感じでかわいいよな。好きかも。つきあわない？

派手な照明と音楽、薄暗いクラブのなかで、ちょっとばかり憧れている相手にそんなことを言われて、舞いあがってしまった。

自分がゲイかバイかなど、よくわかっていなかったけれど、好きだと言われてものすごく嬉しくなったことで、内心では彼を好きだったのだと自覚した。勢いで「おれも」と告げた。

——おれも、久保が、好き。

言ったとたん、クラブの壁に押しつけられて、深いキスをされた。アルコールの味と煙草のにおいが混じって、舌をいれられるとちょっと気持ち悪いとも思ったけれど、それ以上にはじめての告白とキスにどきどきしていた。

——なあ、つきあってること誰にも言うなよ。いろいろうるさいしさ。

周囲には内緒にしようと言われても、三矢は当然だと受けとめた。男同士でつきあうなんて、言いふらす話ではない。サークルの先輩たちには「役者は老若男女愛せてなんぼ！」などと公言する剛毅《ごうき》なタイプもいるけれど、あれだってどこまで本気かわからないのだ。

以後のつきあいも、もともと友人同士だったから、あまり変わらなかった。芝居の稽古場《けいこば》で顔をあわせて、いっしょに雑用をやったり、たまに遊んだり。稽古時にサボりがちなのはよくないと思ったけれど、じっさい同大学の新入生でも脱落者は増えはじめるころで、さほど気になりはしなかった。

おつきあい、がはじまって変わったのは定期的にくるメールの数が増えたこと、あまい言葉も増えたことだ。

【赤野井、いいやつだし、ほんと好き】

【今度、もっといろいろしような。きょうのキス……だいぶ、慣れたろ？】

【おまえ、ほんとかわいいよな】

そんな言葉に乗せられていた。自分のセクシャリティがわかってしまったことは、ちょっと怖かったし罪悪感もあったけれど、深く考えないようにと、自分をセーブして。

そしてつきあいはじめて一カ月。

【記念に、ふたりだけで旅行にいかない？　赤野井のうち、親もうるさくてあんまり遅くまで遊べないだろ。旅行なら、泊まりって言えるだろ？　金ないから、近場でさ】

そのときに仲を深めようと言われて、湘南での小旅行に同意した。恥ずかしかったけれど、期待もあった。

とにかく、なにもかもが『はじめての恋人』に浮かれていた。

誘われた日がきょう――三矢の誕生日だというのも、ちょっと嬉しかったのだ。話題にのぼらせたこともなかったけれど、こっそりサプライズのつもりなのかな、などと、浮かれて。教えたこともないのに。三矢にしたって、久保の誕生日など、知らなかったくせに。

（おれ、ばかだなあ）

そして待ちあわせに指定された江の島には久保だけでなく、サークル仲間たちの嘲笑を浮かべた顔があった。

ほんとに、たいしたバースデイサプライズだ。

「あーもーうける、まじうける」

「つーか、くんなよばか。キモい。順樹はあたしのだしぃ」

「悪かったたって」

久保に抱きつき、あからさまに蔑んだ目でこちらを見る女は、おそらく彼の本当の彼女なのだろう。久保もまた細い腰に手をまわし、でれでれと相好《そうごう》を崩している。

「しっかし冗談で言っただけなのに、マジになるとかないわ」

「こいつずっとホモっぽいと思ってたけど、マジなんだな」

「だから言ったじゃん、こいつそっちだって。ほら、だせよ」

「あーもう、わかったわかった」

久保が手のひらをうえに向けたとたん、口々にブーイングしながら、その場の連中が紙幣をのせていく。

そのとき、なぜ久保がこんなばかばかしいことをしたのか、納得がいった。そしてとっさには反応できないくらい、傷ついた。

真っ青な顔で立ちつくす三矢のまえで、彼らはなおも笑っている。

「もーちょっと粘ってくれよ、赤野井クン」

「一応、さすがにこねえほうに賭けてたっつうのにさあ」

「くっそ。今回は、おまえの勝ちな」

「まえはヒロちんがせしめたじゃんよ。取り返さんとなー」

「んだよ、そっちだっておいしい思いしただろうがよ」

げらげら笑いながら、ひどいことを言っている連中に対し、久保に絡みついている女子が「ほんっと最低」と顔を歪めて笑う。

（いや、うん、最低……）

彼らの会話に、なにかひどく引っかかるものを覚えた。だが思考はまとまらず、三矢はぼんやりとした目で周囲を見まわした。

背後の土産物屋には、子どもの好きそうなおもちゃがたくさんあって、シンバルをたたくサルのおもちゃが、音楽とともにコミカルな音を奏でていた。

その隙間を縫うような、写真のシャッター音は、まだ止まらない。きっと彼らには三矢も、あのおもちゃのサルのようにこっけいに見えていたのだろう。

「……ふ、ふふ」

「あれ、なーに笑ってんの？」

「壊れちゃったのかもー。自殺とかしないでよ？」

「自殺ダメ、絶対！」

勝手なことを言いあう連中のまえで、三矢ははらわたが煮えくりかえるのを感じた。首筋に、鳥肌がたった。胃が沸騰しそうなほどの屈辱と怒りと哀しさがごっちゃになったまま、必死に三矢は考えた。

（ああ、ほんとに、ばかだ。この程度のやつらに、だまされて）

この場を去る方法。オモチャにされた自分が、どうすればプライドを保っていられるか。このまま踏みにじられているのは、いくらなんでも業腹だ。

幸いすべて久保と同じ大学の学生ばかりだったことに、ちょっとだけほっとした。そして三矢は言われたとおり、友人の誰にも、久保のことを相談などしていない。だからこの場さえ納めれば、三矢の学生生活に暗い影がさすこともないだろう。

（ほんとに、芝居うまいよな、久保）

最低な方向にだけれど。そう考えて、気づいた。だまされたなら、だまし返せばいい。芝居なら、芝居で返せばいいのだ。

「ふははっ……はは、ほんと、ばかみたい！」

三矢は笑いながら顔をあげ、わざとしらけた顔をしてやった。

「やっぱりね、そんな話だと思ったし」

「えっ？」

「だましたつもりだったんだろうけど、バレバレすぎんだよ」

三矢は「はーあ」とため息をついて、鞄を肩から投げた。あまりの変わりようにぎょっとしたように、久保たちは目を瞠《みは》っている。

「賭《か》けとは知らなかったけどまあ、なんか企《たくら》んでるんだろうなって予想は当たってたな。つーか、バラすの早くね？　こんな小道具まで仕込んできたのにさ、ったくもーさぁ……つまんねー連中だよな」

「な、なに？　なんだそれ」

「なんだそれって、芝居だろ？　おまえがやった、そのまんまじゃん」

心臓はばくばくいっているし、足もこっそり震えていた。それでも芝居の稽古は、サボってばかりの久保らより、よほどまじめにがんばったのだ。

（これは即興劇《エチュード》だ。さきの読めない、設定だけのシット・コム。でも、ぜんぶの流れは、おれが、作ればいい）

正直、アドリブは得手ではないけれど、いまならいける。やれる。

自分に言い聞かせながら、三矢はにやりと笑ってみせた。

「こっちだってドッキリなのはわかってたから、キスまでならさせてやったってのにさあ」

久保はぎょっとした顔をするなり、あわてて「ち、違う」とかぶりを振った。周囲の連中は「おま、そこまでしたとか聞いてねーぞ」「引くわー」と顔をしかめている。

場は摑んだ、と三矢は思った。

「う、嘘つくなよ」

「嘘じゃねーじゃん。隙があれば、ちゅっちゅちゅちゅっちゅしやがって。ヤニくせーんだよ、ばーか」

「おれはそんなことっ……」

「やりてーやりてーみたいなこと言ったのどっちだよ？　メールとか、ほら」

携帯をとりだしたとたん、久保は血相を変えて飛びかかってこようとした。一瞬ひるんだが、周囲の連中が彼の腕を摑んで止める。

「ちょ、なあ、まじで？」

興味しんしんの顔で近づいてきたひとりに「まじだよ、ほら」と三矢は画面を操作し、いちばんきわどいものを見せつけた。

【ああ、三矢やべーよな。キスするとエロいの。おれあのとき勃ってたの、わかってたよな？　握らせようとしたら、拒否ったから引いたけどさ――】

そのあとも延々と、ふたりだけの秘密を言葉で綴《つづ》る文面に、メールを覗きこんでいた男が顔をしかめた。

「わ、なんだこれ、やっべ。ここまでしてたんかよ」

「おれの返事見るならみていいよ。断ってばっかなの、わかるだろうし」

それは事実だった。妙に身体を求めようとしてきたり、フェラしてくれだのなんだのと言ってきたりしたけれど、さすがに性急すぎるせいで三矢は二の足を踏んでいた。

なにより三矢は実家住まい、相手もおなじく。男同士でホテルにはいる度胸もない。そのため、本当につきあっているふたりであれば、なんとも煮えきらない返事になっていた。

【ごめん、いきなりそういうのは怖いし、びびるから。できれば待ってほしい】

【おれ、家族うるさいから、泊まりとかはちょっと……】

【あんまりひとまえでああいうことされると、困る】

——じゃあさ、旅行いこうよ。そしたらそこで……な？

そうして何度も口説かれ、誘われてここまできたのだったが、こんな結末ならあまい言葉に流されずにいてよかったとしみじみ思う。

「なあ、この状態で、どっちがホモ？」

冷たい表情を作った三矢の言葉に、久保の友人たちは戸惑いを隠せなかった。

「えー……それって」

「ちょっと、話、違うくね？　ちょっとした引っかけだっつってたじゃん」

「なあ、うん。つうか久保、まじで……？」

彼女にまで疑いの目を向けられた久保は「違うっ、そんなんじゃ」と吠《ほ》えていた。しかし保身に走ろうにもあまりに遅いと、冷えきった空気が伝えてくる。

三矢は携帯をしまい、鞄を担ぎなおすと、じりじりとあとじさった。充分に距離をとり、退路を確認したところで、真顔になって宣言する。

「悪いけどこの件、一坂《いちさか》さんに報告するから」

「なっ……」

「一坂って、まさかサークル長のことかよ」

「ほかに誰かいる？」

ぎょっとする連中をまえに、三矢はすこしだけ溜飲《りゅういん》をさげた。

演劇サークルは複数の大学から成り立ってはいるが、組織のメインになっているのは、参加人数も多く活動も活発な三矢の通う大学だ。

サークル長である一坂緑郎《ろくろう》は、現在のサークルが手がける公演すべての演出と脚本を担っているだけでなく、プロアマ問わず演劇系コミュニティではかなりの有名人だ。

高校演劇でも名を馳《は》せており、彼の在学中、出身高校の演劇部は三年連続で全国大会優勝。各種の脚本コンペでも賞を取るなど、学生脚本家としても注目を浴びているうえ、才能ある若手として『ラジオゾンデ』の和田康介からもかわいがられている。

当然このサークルでのヒエラルキーはトップ中のトップ。その一坂に睨まれたとなれば、久保らはよくて退部か、コミュニティからの締めだしをくらう。

さらに言えば、インカレサークルの規模の大きさ、つまりはメンバーの多さと一坂の顔の広さからいって、どこの誰とつながりがあるか定かではない。ひとたび悪い噂が蔓延《まんえん》してしまうと、演劇サークルでの活動だけでなく、今後の大学生活そのものすら危うくなる。

「な、なんでいきなり、一坂なんだよ。だいたいおまえみたいな地味なぺーぺー、サークル長と親しいわけが」

ひきつった顔をする久保に、三矢は冷たい目を向けた。

「サボってばっかいるから知らないだろうけど、部室に顔だせば毎日いるんだ。雑用係やってりゃ、話す機会は山ほどあるよ」

これは誇張でもはったりでもなく、芝居はへたでも、まじめにサークル活動をする三矢は一坂に気にいられていた。専攻も同じだったので、試験対策や授業選択のコツなどを教えてもらったり、テキストを譲ってもらったこともある。

「おまえらと違って、おれは大学の後輩だからね。外部の大学にいるやつより、親しくなるのはあたりまえだろ」

そんなことすら失念するほど、侮られていたのか。それとも三矢自身をまったく、対等と見なしていなかったのか。

(両方だろうな)

内心のむなしさと哀しさを押しこめて、冷ややかな顔をつくろった三矢は「それじゃ」ときびすを返そうとした。

「ちょ、待てよ、冗談だって」

久保は立ち去ろうとする三矢の背後から腕を摑み、あせったようになだめにかかった。その腕を振りほどき、捕まらないだけの距離に逃げた三矢は一刀両断した。

「冗談にしちゃタチ悪すぎるだろ。やっていいことと悪いことと、その歳になっても判別つかないとか、ばかじゃないの」

憤怒の表情になった久保が次に口走った言葉は、あまりにも幼稚だった。

「そ、そっちこそ、おれらのことだましてたんじゃねえかよ！」

「……はあ？」

啞然とした三矢をよそに、ほかの連中もまた、盗《ぬす》っ人《と》猛々《たけだけ》しい久保の尻馬に乗った。

「そうだよ、おれらをはめやがって！」

「冗談じゃねえよ、ばか！」

「ふざけんな！」

いっせいに摑みかかってくるのは想定内だったため、三矢はすぐにダッシュで駆けだした。相手もむろん追いかけてきたけれども、鬼ごっこには場所が悪かった。

なにしろ観光客でごったがえす、ごちゃついた江ノ島駅周辺。あちこち入り組んだ小路は慣れていなければ相当にややこしく、わかりづらいものだ。

先手を打って走りだす際に、集団で群れている観光客の隙間を縫うようにしたため、追ってきた久保らは修学旅行生とぶつかって、そちらでまずひともめ。何人かがそこをすり抜けてはきたものの、幼いころから、江の島は何度も訪れている。地の利は完璧に三矢にあり、思うよりもはやく煙に巻くことができた。

「ちょ、あいつどこいったんだよ……」

「あっちか⁉」

いらだった叫びが風に乗って聞こえてはくるけれど、もはや互いの姿は見えない。

(こっちは地元民なんだよ、ばーか!)

まんまと逃げおおせた三矢は、ぐるぐると細い小道を駆けめぐり、ふたたび駅に戻ると、江ノ電に乗りこんで鎌倉に戻った。

坂道をのぼったりおりたり、必死に走ったせいで血糖値もテンションもあがり、ざまあみろ、と最初は思っていた。

けれどそんな気分は、鎌倉駅につくころには整ってしまった心拍数といっしょに、すっかり消え失《う》せていた。

駅をでたところで、途方にくれた。家には友人と泊まってくると言ってでてきた手前、戻れるわけもない。けんかしたのか、などと詮索《せんさく》されるのも、いまは耐えられそうにない。

これからいったいどうすればいいのかな、と見あげた空が、三矢よりはやく泣きだした。

「ほんと、最悪」

つぶやいた口元は、震えるまま、芝居の名残を残して笑っていた。

＊　＊　＊

「そんなこんな、で。家に帰りたくないなと思って、ぶらぶらしてたら……ここ、見つけたんです」

「ふーん」

かなりぐちゃぐちゃな打ちあけ話を、上狛は黙って聞いてくれた。

一度席を立って、ぐっしょりになったタオルの代わりにあたらしいものを渡してくれた以外、離れてもいかなかった。

(やさしいなあ、ほんとに)

迷惑でしかないだろうに、いやな顔ひとつせず。淡々と聞き流すような「ふーん」が、妙に楽に思えた。

初対面の相手にやけくそ混じりに洗いざらい、ぶちまけたあと、三矢は軽い放心状態になっていた。ぼうっとして、なにも見ていない目でテーブルのうえを眺めていたところ、唐突に上狛は言った。

「で、サークル長ってひとに、だまされた報告はすんだ？」

「え……いいえ」

三矢はかぶりを振った。上狛はふしぎそうに首をかしげる。

「なんで？　しないの？」

「忘れてた、っていうか。あれはあくまではったりというか、その場の勢いで言っただけのことだし……」

三矢がぼそぼそつぶやくと、上狛はじっと、灰色の目で三矢を見つめてくる。妙に目力の強いそれに気圧《けお》され、三矢は顎を引く。けれど目は逸らせない。

「携帯、だして」

「え、な、なんで」

上狛は、平坦な――どうも彼は平素からそういう口調らしい――声で、重ねて言った。

「忘れてたなら、いましておこう。もう遅いかもしれないけど、さきにあることないこと言われたらまずい」

「でも、もうサークル辞めようと思って」

「なんで？」

上狛の問いに、三矢は「なんでって」とうつむき、口ごもった。

これ以上あのサークルにいるのは気まずいから。いやなことを思いだすから。どれも口にするにはちょっと、情けなくもある。

「悪いことなにもしてないのに、辞める必要ない」

さらっと言われたことに驚いて顔をあげると、あの目が三矢をまっすぐに見ていた。どぎまぎしながら、三矢は言い訳を口にする。

「で、でもそこまで個人的な話をするほど、サークル長と仲がいいわけでも、ないんで。この程度の話、自分で処理しなきゃ迷惑かけちゃうし」

「組織のトップが、トラブルがあったこと知らないでいるほうが問題だと思うけど」

でも、と言いかけた三矢を、視線ひとつで上狛は黙らせた。

「それに、個人的な話、ではないと思う。そういう連中のさばらせたら、次にターゲットになる子がでてこないとも限らない。悪縁は切っておくに限るんじゃないかな」

静かで淡々とした口調なのに妙に説得力があるのは、声がいいせいだろうか。言われてみればごもっともな話で、けれど三矢はうつむいた。

「……なんて言えばいいんですか。おれ、まだ混乱してるし、泣いちゃってるし、ちゃんと話せるか、わかんない。それに、信じてもらえなかったら……」

「おれには話せたよ。話はちゃんと通じたし、きみのこと信じた」

「で、でも……それは、店員さんが」

「上狛」

「……上狛さんが、知らないひとだから」

演劇サークルは文化部でありながら体育会系的な性質が強く、完璧な縦割り社会だ。自分が所属するコミュニティのしがらみもあって、双方顔見知りで——そんな状態でもめたことを、うえに報告するのは気が引ける。

ましてー坂は多忙で短気、ふだんの口癖が「おれに面倒かけさすな」だったりする。

なにより問題はそこではない、と三矢はかぶりを振る。

「だって、説明するには、おれが、ゲイだって言わなきゃ話がとおらないです。それで、その……偏見の目で、見られたりとか」

ぶるり、と三矢は震えた。

久保も三矢も同じ新入生で、そこまで強い信頼を得ているわけでもない。さっきは、他大学の連中ばかりだとほっとしたけれど、考えてみればほかにも知りあいがいる可能性がある。

(やばい。こわい。どうしよう)

すでにいやな噂を流されていたらと考えただけで、血の気が引いた。かたかたと小刻みに手が震えはじめ、もう片方の手で握りしめても止まらない。

「無理、ちゃんと話とか、できない……」

ふたたびべそをかく三矢に、上狛は「そんなときのためにメールがある」と言った。

「へ？　メール？」

「泣いてるからうまく話せないなら、メールにすればいいんじゃないかな」

そういうことではない、と言いかけて、自分でも言い訳じみていると思った。論点をずらしているのは自分も同じだ。何度も唇を噛み、三矢はまたうつむく。

「でも、もうあいつらがいろいろ、言ってるかも」

「嘘や中傷を信じるようなひとなんだったら、それこそ切っちゃえばいい。べつにサークル辞めたからって、死にはしない」

「そりゃ、そうですけど……」

あまりにあっさり言われ、すこし悔しくなる。不服そうな顔に気づいているのか否か、上狛はなおも言った。

「コミュニティからはずれたら、よそで仲間を作ればいい。それだけのことだろ。それとも、ほかにともだち、いない？」

さすがにむっとしながら、三矢はぶんぶんとかぶりを振った。

「ちゃんと、います」

「じゃあ、そのひとたちに信じてもらえばいいんじゃないか」

反抗的な目で睨んだのに、上狛はふっと笑った。その目が妙にやさしくて、どきりとした。

（ほんとに、ものすごくきれいな顔）

こんな完璧な美形のまえで、どれだけみっともない顔をさらしたのか。本当にいまさら恥ずかしくなってもじもじしていると、上狛が急《せ》かすように手を振った。

「情報戦はスピード勝負。急いで、ほら」

「は、はい」

あわてて携帯を引っぱりだした三矢がおそるおそる電源をいれたところ、大量のメールが舞いこんできた。

「うわ……」

着信リストの名前を見て、三矢はぎくりと固まった。

「どうしたの」

はやくもくじけそうになった三矢は、すがるように上狛を見た。差しだされた長い手に携帯を委《ゆだ》ねる。画面を確認した彼は、「あー」とうなずく。大量に届いたメールのほとんどは久保からのものだったけれども、一通だけ、問題のサークル長、一坂のものがあったのだ。

ほんとにどうしよう、とうなだれていた三矢をじっと眺めた上狛は、「見てもいい？」と言うなり、返事も待たずにメールを開封する。もう止める気力もないまま黙りこくっていると、指先で肩をつつかれた。

「怖くなさそうだから、見てごらん」

「え……」

画面を開いたまま返された携帯を、おそるおそる三矢は手に取った。

【久保とあいつのツレが妙なこと言ってきたけど、どうなってんだ？　とりあえずそっちの話も聞きたい。メールじゃ埒《らち》あかなそうだし、電話くれ】

端的な文章だが、とくにこちらを責めている感じはない。すこしだけほっとして、肩で息をした三矢へ、上狛は、穏やかな声で問いかけてきた。

「シンプルに考えて。サイダーくんは久保ってやつと一坂くんと、どっち信用できる？」

三矢ははっとした。軽薄で調子はいいが、ひどいだましをした男。やや独善的だが、公明正大なサークル長。天秤《てんびん》にかけるまでもなく「一坂さん」とつぶやいた。

うなずいてみせる上狛に励まされるようにして、三矢は震える指で携帯を握りしめる。立ちあがろうとしたところ、見透かしたように上狛が言った。

「ここでかけていいよ」

店内での電話はマナー違反だ。「え、で、でも」とうろたえる三矢のまえで、彼は胸ポケットから煙草をとりだした。

「いま、お客さんいないし。おれも一服するから」

「……ありがとう」

気遣いに感謝して、三矢は短縮ダイヤルを呼びだし、電話をかける。コール音が聞こえてきたとたん心拍数は跳ねあがり、二コールもしないで通話がつながったときには耳から破裂するかと思った。

『おー、サイダー。どうなってんだ』

一坂のすこし皮肉っぽい、低く重たい声が聞こえてきて、緊張はひどくなる。

「あ、あの。個人的なことで迷惑かけて、すみませ……」

『面倒な前置きいらね。要点だけよろしく』

ずばりと切りこまれ、却《かえ》って言葉につまった。思わずすがるように上狛を見ると、カウンターごしに手を伸ばしてきた彼が励ますかのように頭を軽く撫でてくれた。

おかげで、ふうっと肩の力が抜ける。じっと上狛を見つめていると、電話から『おい、聞こえてんのか』と、かすかにいらだったような一坂の声がした。

「す、すみません。あの、よ、要点っていってもまだ、おれ、混乱してて」

『安心しろ。おまえが陰険な詐欺師だとか、ホモで美人局《つつもたせ》とか、あっちも大混乱だ』

「うへあああああ!?」

『サイダーみたいなぴよちゃんを、まるで魔性のビッチ扱いしやがるんで、いいだけ爆笑させてもらった。どんな不条理劇のプロットかと思ったぜ』

いらぬ情報だけは渡っていたらしい。頭を抱え、妙な声をだした三矢の耳に、一坂の皮肉っぽい笑い声が聞こえてきた。

『……で？　ほんとのとこ、どうなのよ』

トラブルをおもしろがるような様子に、そういえばこういうひとだった、と脱力した三矢は、もはや開き直るしかないと悟る。

「えっと、じつはさっきまで、久保といっしょだったんですけど……」

深呼吸したあと、数時間まえのできごとを語りはじめた声は震えていたけれど、思ったより混乱もない自分に驚く。それはじっとカウンターごしに見守ってくれる、グレーの目の持ち主のおかげだったかもしれない。

『……なるほどな。おまえの話のほうが筋とおってるわ。やっと全容が見えた』

幾度か言葉につまりつつ、ことの起こりからすべてを話し終えたところ、傲岸不遜《ごうがんふそん》だが頭の回転も速いサークル長は、三矢の言うことを完全に信じてくれた。

「お、おれの話、信じてくれますか？」

不安のあまり問いかけると、一坂は逆に気分を害したようだった。

『あほか。んなもん訊くほうがどうかしてる。サイダーと久保じゃ、そもそもの信用度が違いすぎんだろうが』

久保の大学から演劇サークルに参加しているのは、今回江の島で待ち伏せていた彼らのみ。遊びにかまけてまじめに稽古もしないと、とにかく評判が悪かったそうだ。

『ツラだけよくたって大根じゃあ、役者のヒエラルキーは下層だってこと、ちっともわかっちゃいねえみたいだったしな』

そんな連中がなぜ、三矢たちのサークルへとすり寄ってきたかといえば、要するに人脈やコネがほしかったり、自分たちだけではできない公演に参加させてほしいという下心があったのだろうと一坂は断言した。

「そんなだったんだ……おれ、ちっともわからなくて」

『だから、サイダーがあいつらとつるみだしたときは、ひやっとしたぜ。まあ、おまえは稽古も雑用もちゃんとしてたし、朱に交わったりしなきゃ、口だす気もなかったけど』

言葉を切った一坂は、めずらしいことに言いよどんだ。「なんですか」と三矢が問えば、彼は軽くため息をついて、こう告げた。

『じつはな、今回みたいな話の被害者、おまえだけじゃねえんだわ』

「えっ？」

『うちの二年の見上《みかみ》とか、……聖ヶ原《ひじりがはら》女子大の佐野《さの》も、なんかやられたらしい。直接、おれにまで話が届いたのはおまえの件がはじめてだけどな』

名前のあがった女子たちは、いずれも比較的まじめでおとなしいタイプ、そしていずれも、突然サークルに顔をださなくなった子たちだ。

どうやら久保たちは、サークルにはいってくるなり同じような賭けをあちこちでやらかしていたらしく、そのことを知って激怒しているものも少なくないのだそうだ。

「でも、あの、おれたしかに噂にうといですけど、完全に初耳です」

告白ゲームなどという、ひとの気持ちをもてあそぶ最低な行為をする連中が、何人もの相手をターゲットにしたならば、さすがに噂になるのではないか。自然と浮かんだ疑問に対し、一坂は言いづらそうに、苦い声で絞りだすように言った。

『……その、サイダーは男だったからさ。逃げきれたから、未遂で済んだんだと思う』

口ごもりながらほのめかされたことの意味を悟り、三矢はざっと血の気が引く。

——くっそ。今回は、おまえの勝ちな。

——まえはヒロちんがせしめたじゃんよ。取り返さんとなー。

彼らの会話でなにに引っかかったのか、三矢はやっとわかった。複数回、同じことをしているとにおわせていたからだ。

——んだよ、そっちだっておいしい思いしただろうがよ。

そしてあの言葉に、女の子はひどく顔をしかめていた。おそらく同性からするとさすがに許容範囲を超えたなにかが、起きていたからではないのか。

被害にあった女の子から、金銭だけでなくおいしい思いを共有する。もうそのさきは、具体的に想像するのも吐き気がした。

『……これ以上は言う気もないから、訊くな』

一坂から重々しく低い声で告げられ、相手から見えないのも忘れて三矢はうなずいた。そして無言では伝わらないと遅れて気づき、「はい」とかすれた声を発する。

『あいつらについては、おれのほうで話はつける。おまえは心配しなくていい。ていうか、もういっさい関わらなくていい。電話とかメアドに関しては、着信拒否しろ。ただ、あっちから送られてきたメールとかは、いやだと思うけどまだ削除するな。バックアップとって、おれによこせ』

「わかりました」

『それなりの始末はつけるから、心配しなくていい。見上たちにもフォローはいれてるし、心配せんでいい。おまえは、……とにかく、忘れろ』

きっぱりと言う一坂は頼もしかったけれども、心は晴れなかった。

そのあとも、いくつか言葉をかけられ、返事をしたと思うけれど、うつろになった三矢の頭はさきほど以上の混乱をきたし、まともに働いていなかった。

「お疲れさま」

自分が電話を切ったあと、茫然としていたことに気づいたのは、煙とともにやわらかく届けられた、上狛の声のおかげだった。

「信じてもらえた？」

青ざめた顔をあげ、三矢はこくんとうなずく。きな臭い話だったことは、会話の断片だけでも知れただろうに、彼は詮索することもなく、ひとことだけ言った。

「終わって、よかったね」

「はい。あの。お世話に、なりました。ありがとうございま……っ」

ほっとしたのと同時に、また涙がでてしまった。ひっく、としゃくりあげる三矢に、彼はまた新しいタオルをさしだしてくる。折りたたんだままの、ふかふかのそれに顔を埋《うず》め、さきほどとはまた違うショックで三矢は泣きじゃくった。

「頼りになりそうなサークル長さんで、よかったね」

こくこく、と三矢はうなずいたけれど、えずきそうなほど泣いていて、顔があげられない。泣きやまない三矢をじっと見守っていた上狛は、二本目の煙草に火をつけて、そっと問いかけてくる。

「無事におさまったのになんで泣くの」

「……哀し、いから」

落ちついた声をだしてはいたけれど、一坂は怒れば怒るほど冷静になっていくタイプだ。複雑な人間心理を描きだす頭脳と、十代のころから培った半端ではない人脈で、それなりの制裁をくわえることは決定しているだろう。

でも、だからといって傷ついた女の子たちが、なにもなかったことにはならない。

そして三矢自身も——被害は最小だったとはいえ、戻れない自分を知ってしまった。もういったいなにがショックなのかわからずにしゃくりあげていると、湿った髪にそっとふれてくるものがあった。

「なんで哀しいの？　だまされてたから？」

「そ、れも、あるけど」

頭を撫でる上狛の声に、ぐしゃぐしゃになった顔をあげる。ひいっく、と大きなしゃっくりがでて、自分のみっともなさに赤面した。

「だまされた、おんなのこ。かわいそう、だし」

「うん。そうだね。……でも？」

それだけじゃないだろうとうながされ、三矢は震える喉から声を絞りだす。

「久保が、言ったのは嘘でも、おれ、そっちだって気づいちゃった、よ」

悪辣な冗談として仕掛けてきたゲームのおかげで、自分のセクシャリティに気づいてしまったこと。だまされた悔しさとか哀しさだとかよりも、そのことのほうがよほど衝撃だった。

「ひ、被害すくなかった、んだし。こんなんでショックうけるとか、すげ、自己中かもって。でも、でもおれ、怖い……」

恋を仕掛けられた事実がすべて幻だったとわかってしまっても、同性を好きになってしまった――好きだと思えることがわかってしまった自分は、どうすればいいのだろうか。

「このさき、女の子好きになれないかもしれないし。男は、嘘つくかもしれないからコワイ。そしたら、おれ、どうすればいいのかな……」

こんなかたちでだまされてしまって、ひどく傷ついた。たとえいつか、好きだと言ってくれる相手がでてきても、まっさきに疑ってしまいそうだし、そもそも、恋人ができる確率自体がぐっとすくなくなる。

「すごい、怖い。なんでおれ、ゲイかもなんて、気づいちゃったんだろ。まともに、誰かと恋愛とか、ほんとにこのさき、できるのかなあ……」

じっと見つめていると、途方に暮れた独白を無言で聞いていた上狛が、煙草をくゆらせながら目をしばたたかせていた。

その表情を見て、はっとする。

煙が目に染みたのかもしれないけれど――じっさいには困っているのかもしれないと、いまさらになって気づいたからだ。

(おれ、いったい、なに考えてたんだ。関係ないひとに、こんな、べらべら……)

すうっと冷水を浴びせられたように頭が冷えた。

いきなり泣きだした客を相手に、小一時間は邪魔されて、迷惑になっているのも当然だ。どれだけ恥をさらせばすむのかと、真っ青になって三矢は詫《わ》びた。

「す、すみません、こんな話されても迷惑ですよね」

「んん。どうせきょうは客いないし。おれも暇つぶしになったから」

あくまであっさりと上狛は首を振るけれど、頭をさげたまま、三矢はうなだれた。とんでもないやつだと、きっとあきれられているに違いない。

「でも、とにかく、すみませんでした。……ありがとう」

本当に助かった、とさらに深く頭をさげて、目を伏せたままの三矢は財布をとりだした。

「えっと、いくらですか？　カフェオレ、二杯ぶん。あと、タオルとかのクリーニング代と」

カウンターごしに、「いらないから」と手をそっと押さえられる。はっと見あげると、上狛が目を細めた。そのやわらかい目つきに、どきっとした。

平時の彼はかなり無表情っぽいのに、笑うといきなりやさしい、あまい目になる。同性相手に恋をしてしまう人種だと自覚したばかりの三矢にとって、ひどく目に毒だ。

「これは、おれのおごり」

「え、悪いですそんな」

「でも伝票チェックつけてないから」

なおも固辞しようとした三矢に、上狛は言った。

「じゃあ、誕生日のサービス。ね？」

そこまで言われたら「ありがとうございます」と財布を引っこめるしかなかった。また、こちらが引かなければ、彼はいつまでも三矢の手にふれていそうで、それはとてもまずいと思えたからだ。

「あの、じゃあ。今度きたらちゃんと、お金とってください」

できるだけ上狛から顔を逸らし、不自然なあかるい声で三矢は言って、立ちあがりながら鞄を手にとる。まだ湿ったままのそれはずっしりと重く、ちょっとだけうんざりする。その一瞬の隙を突くように、上狛は言った。

「うん……お金、払いたい？」

「え、そりゃ、客だし。あたりまえでしょ？」

よくわからないことを言いだした上狛は、「んん」とまた首をかしげた。

そうしておもむろにカウンターからでてきたかと思うと、エプロンをとるなり三矢の隣へと座った。そしてテーブルに頬杖をつくと、じっと三矢を見つめてくる。

「あの、なんですか」

椅子から立ったものの、これで立ち去りそびれた。居心地が悪くなった三矢がもじもじしながら問いかけると、微妙に斜めな返答があった。

「いま、エプロンとったから、おれも休憩」

「はあ……」

訊きたかったのは、そういうことではないのだが。

（ていうかなんで、こんなじーっと見るんだろ、このひと）

自分は濡れ鼠で、ひどい格好をしているだろうに、目のまえの男はどこまでも涼やかでかっこよかった。この対比はちょっとないなあ、と落ちこんでいると、上狛はいきなり言った。

「じゃあ、つきあおうか」

「へ？」

あまりに唐突すぎて、一瞬本当に言葉の意味がゲシュタルト崩壊していた。じゃあ、という接続詞がどこにかかるかもわからず、三矢は目をしばたたかせる。

「えっと、じゃあって、なにが？　つきあうって、どこにですか？」

まわらない頭でどうにか問い返すと、またまじまじと見つめられた。責められたわけでもないのに、三矢はばつが悪くなる。

「あ、察しが悪くてすみません……」

「うん、まあ、この場合はしょうがないかな。いきなりすぎた」

詫びる三矢にうなずいた彼は、頬杖をやめるとまっすぐに三矢へ向き直る。

長い脚を組んだ彼は、カウンター用の背の高い椅子に腰かけているせいで、あまり目線の高さも変わらない。おかげで、グレーの目から放たれる目力が、猛烈に揺さぶりをかけてくる。――吸いこまれて、目が、離せなくなる。

「サイダーくん」

三矢はびくっとして、「は、はい」とうわずった声をあげた。

「どこにとかじゃなくて、交際しましょうか、おれと」

笑うでもなく、ごくまじめな顔で言われ、三矢はフリーズした。まばたきすら忘れ、ぽかんと口を開けていると、鞄の肩掛けヒモを握っていた手をとられる。

「座って」

やわらかい口調なのに、抗《あらが》うことができなかった。言われるまま鞄をおろし、もういちど隣へと座りなおす。その間上狛は、手を離さなかった。

「で、どうかな？」

冷えきった三矢の手を握るそれは、上背《うわぜい》に見あう、大きな手だった。メガネの奥の目は楽しげに細められ、ますます三矢はわけがわからない。

「……なんで？」

さきほどから、何度も上狛が繰りかえした言葉を、今度は三矢が放った。だが相手は三矢のように困惑したりせず、にぎにぎと三矢の手をもてあそびながらさらっと言ってのける。

「なんでって、だってきみ哀しそうだから」

「同情してるんですか」

「うん」

すっぱりと言われ、失礼だと怒るよりもなんだか、笑ってしまった。うわべだけの好きだのなんだのの言葉ではなく、正直すぎるそれがいまは、いっそ心地いい。

「ちょっとボランティアにしては、いきすぎじゃないですか、それ」

「うーん。でも、きみいま頭のなか、ごちゃごちゃしてるっぽいから」

言いながら、上狛は握っていた手をほどき、濡れて跳ねた三矢の頭をくしゃくしゃと撫でた。笑っているときの目と同じ、やさしくてあまい手つきだ。

「好きだと思った相手にだまされた痛さと、セクシャリティに対しての不安と怖さと、人間不信になりかけてるのが三つ巴《みつどもえ》になってる感じ」

「そりゃ……」

さっきのいままで、切りわけられるわけがない。うつむきそうになったところで、髪を撫でていた手に力がはいり、三矢は彼を見つめるしかなかった。

つくづく、とんでもなくきれいな顔だ。そしてそのきれいな顔を近づけられてしまうと、緊張してうろたえて、まともにものが考えられなくなる。ただただ、長い睫毛に見惚れるしかできなくなる。

「でね、おれの場合、事情は知ってるわけだし」

「……はあ」

「彼氏できないかも、って不安なら、とりあえず彼氏作ってみればいいんじゃない」

「とりあえず、って……」

ますます困惑した三矢に、上狛は微笑んだ。だからその顔はずるい、と、落ちつかない胸を押さえるように、胸元のシャツをぎゅっと握る。

「とりあえず、おれとつきあって、ゆっくり考えて、ほんとに自分がゲイなのか、恋愛でき

抑揚があるようでないような、ふしぎなテンポの話し方をする上狛の言葉は、声がいいせいもあって、変な説得力があった。

「誕生日だったよね。いくつ?」

「十八……じゃない、きょうで十九になりました」

言ったとたん、上狛はちょっと目を瞠った。よくわからない反応に、三矢が「なにか?」と問いかける。

「ああ、いや。もうちょっとうえなのかなと思ってた。三矢くん大人っぽいし」

「どこがですか」

泣いたし愚痴るし、未熟でみっともないところをさんざん見られたのにと口を尖《とが》らせた三矢に、上狛は「礼儀正しいし、言葉がちゃんとしてたから」と言った。

「敬語とかおれ、かなりグダグダな気がしますけど」

「んー、そういうことじゃないんだけどね。まじめだし、きちんとしてるから」

ますますわからない、と困惑する三矢に「まあこっちの話」と彼はつぶやき、ちいさく息をついたあとに手を差しだしてくる。

「十九歳、おめでとう」

「……ありがとうございます」

握手ということだろうか。おずおず握り返すと「これからよろしく」と微笑まれた。
いつの間にか雨があがっていたらしく、日の光が磨《す》りガラスごしに差しこんでくる。
グレーの髪、きれいな頭の輪郭がふわっと光るように縁取られて、ひどくまぶしい。
「だいじょうぶ、悪いことにはならないから」
十九歳になったその日、ハツカレにふられたと思ったら、次の彼氏ができていた。
ほんとにとんだサプライズだ。

3.

おつきあい、というのは具体的にどうしたらいいものだか、十九歳になるまで男女交際すらしたことがなかった三矢には、さっぱりわからなかった。

しかも上狛の年齢は二十七歳。八つも歳が離れている社会人など、そもそも関わったことすらろくにないのだ。

たとえばメール。働いている相手には、どんな頻度でだせばいいのか。即レスしたらうざいのかもしれない――初心者すぎてそんなことすらわからない三矢だったが、上狛はその予想を斜めに飛んでいた。

「……うぐ」

携帯を手にした三矢は、口にメロンパンをくわえた状態でフリーズした。

【From：上狛】

【Subject：携帯やっとつ買えたけどメールってこれでいいの皮】

句読点なしの件名は意味不明のうえ、妙なところで切れている。そして、本文は真っ白だ。

しばし眺めたのち、三矢はようやく解読できた。

(えっと……携帯、やっと使えたけど、メールってこれでいいの……皮？　あ、もしかして、『これでいいのかわからない』っていれようとした？)

理解したとたん、腹筋がひくつき、眉がハの字になる。三矢は「ぐふっ」とパンを喉につかえさせた。苦しさのあまり胸をたたいたのちに、パック牛乳で飲みくだす。激しく噎《む》せたあと、微妙な笑いが浮かんだ。

「つうか、これ間違いなく件名のとこに全文入力したよな」

あのクールそうな顔に似合わない、おぼつかないメールには脱力するしかなかった。

午前の講義がひとつ休講になり、昼をまたいで午後の講義もあるため、三矢は時間つぶしに演劇サークルの部室にいた。中途半端な時間のせいか、室内には誰もいない。

細長いプレハブの一室、脚本、演劇雑誌、他大学や劇団の公演の案内チラシ山積みで、センターにある長机のうえはごちゃごちゃだ。

壁面やロッカーの扉には、チラシがべたべた貼りつけられている。剝《は》がしたうえからまた貼って、という状態なので、お世辞にもうつくしくはない。

パイプでできたハンガーラックには奇抜なドレスや衣装がずらりと吊りさげられている。

傘立てには傘のほかに模造の剣や刀がごっちゃになって差さっているし、備えつけの棚には、なんだか得体のしれないもの——作りかけの小道具や、着ぐるみの頭にカツラなどが無造作に積みあげられているが、その隙間を縫うように、焼酎《しょうちゅう》や日本酒などの一升瓶《いっしょうびん》が大量にずらりと並ぶ。空き瓶はもはやオブジェと化すかのように床に転がっていて、微妙に酒臭い。

部屋の隅には何枚も重ねられた畳があり、いちばんうえにはなぜか布団が敷いてある。その脇では照明器具と暗幕、大道具の大工道具に衣装ケースやコンテナが所狭しと積みあがり、とにかく、まあ、カオスだった。

そのカオスな空間で開いたメールの画面は、非常に珍妙なことになっていた。しばらく机に突っ伏したあと、苦笑いで三矢は顔をあげる。

「想定外ですよ、上狛さん……」

とりあえずつきあおう、という話になった際、三矢はどうしたものか必死に考え、「とりあえずメールアドレス教えてください」と伝えた。

ところが上狛は、じつにふしぎそうに首をかしげ、こう言ったのだ。

——なんで？

なんでじゃなく、メルアド知らないのにどうやって連絡をとるのだと言えば、上狛はようやく納得したように「ああ」とうなずいた。おまけに教えられたそのアドレスは、どこをどう見てもパソコン用、しかも@マークのまえを見て、三矢は顔を引きつらせた。

——あの『everyday_magic』ってこれ、お店のアドレスじゃ……。

——うん。まずい？

私用なんだからまずいだろうと言えば、なんと彼は携帯もパソコンも持っていないという。じゃあどうやって連絡をとればいいのだと問うと、彼も首をかしげていた。

——困ったな。家の電話はあるけどほとんど店にいるからつながらないし。

その結果、翌日にでも携帯電話を買いにいくと言うから三矢はあわてた。無理に買おうとしなくても、と止めたのだけれど「でもいるでしょ」と首をかしげられれば否定できなかった。なにしろ現代っ子の三矢は、携帯なくしてコミュニケーションはあり得ない。

——とにかく、買ったらすぐメールするから待ってて。

そうして待ったあげく、連絡がきたのは三日後の本日だ。

一日経ち、二日経ってもメールはなく、正直からかわれたのかなと思った。だがこのメールを見るに、上狛は本当に携帯を使いこなせていないらしい。

（やっと、って書いてあるし）

マニュアルを片手に、器用そうな長い指で、ちまちまと入力する姿を想像したらまた笑えてきた。かっこよくて大人な上狛の、意外なだめさにちょっとだけほっとしたのも事実だ。

しかしせっかくのメールをいつまでも放っておいてはいけないと、三矢は返信を作成する。

【To：上狛さん】

【Subject：メールありがとうございます！】

【無事届きました。でも内容は、本文のところに書いてくださいね（笑）】

「こ、こんなもんかな……？」

あまり長い文章になって、彼に返事を強要させてはいけないだろう。考えた時間のわりにはこちらも短文で返し、ほーっと息をついた。

上狛と出会って、きょうで三日。その間、三矢の心臓は、忙しいことこのうえない。びっくりして、おろおろして……戸惑うことも多いけれど、楽しいし、おかしい。いまもメールひとつで悩んだけれど、なんとなくにやにやしてしまう。

（なんかまだ、あんまり実感ないけど）

久保のときとはあきらかに違う、新鮮な戸惑いだ。無意識に携帯を胸に抱え、物思いにふけっていると、突然声をかけられた。

「――おい」

背後からのそれに、三矢は「わっ！」と飛びあがった。振り返ると、そこにはあきれ顔の同期、夏木幹生《なつきみきお》が、汗だくで立っていた。

「わってなんだよ」

「な、なんでもない」

長身の男前に睨まれ、三矢はすくみあがる。同じ一年ではあるけれど、夏木はなんとなく近寄りがたかった。

（なんか、苦手なんだよな……）

夏木は一坂に同じく高校演劇でそれなりの成績をおさめた演技派だ。おまけにそこそこ偏差値の高いこの大学で、入試はトップ合格。新入生総代としてスピーチしたため、学内でもちょっとした有名人だ。三矢は詳しく知らないけれど、小学生のころ子役として劇団にはいっていたとか、モデルクラブに所属していた時期もあるらしい。

ただそれらの噂が「さもありなん」とうなずける程度にはハンサムだと思う。つり目に凛《り》々《り》しい眉、太くはないがしっかり筋肉のついた身体はさすがと言うしかない。

（トレウェアだけでも、かっこいいもんなあ）

ただ、印象のやわらかい美形の上狛や、理知的なイケメンである一坂とはまったくタイプが違い、なんというか——押しだしが強く、迫力がすごくて雰囲気が怖いのだ。

「つうか、おまえ邪魔。そこ、ロッカーまえ。おれの荷物はいってる」

「あ、悪い」

あわてて三矢が場所を空けると、舌打ちした夏木はロッカーを開け、着替えのシャツをとりだした。

「え、もう稽古やってんの？」

「わけねえだろ。休講になったんで、走りこんでた」

そういえば夏木とは、いくつか同じ講義を選択していた気がする。少人数のゼミではなく、大教室での講義だからほとんどすれ違うばかりだが、目立つ男なので何度か見かけたことはあった。

（同い年っぽくない、っていうか。苦労してるからかな）

なにしろ半分芸能人のような立場の夏木なので、噂にうとい三矢の耳にすら、ゴシップじみた話がまわってくる。それによると夏木は家庭環境が複雑だそうで、ステージママだった母親と父親で意見が対立したのをきっかけに離婚騒動になった。夏木はそれを厭《いと》い、中学生くらいからひとり暮らしをしていると聞いたことがある。

親の監視の目はないのにきちんといい成績をとり、身体のメンテナンスも怠らないなど、そう真似できるものではない。

「自主トレしてんのか、偉いな」

感心してつぶやいたのに、なぜか睨まれる。「いやみか」と問う彼に驚き、三矢はかぶりを振った。

「いやみとかじゃねえよ、なんで？」

「どうせ今度の舞台は、おれの出番ないからな」

(努力してるぶん、裏方やるの、納得いかないんだろうな)

この夏の公演は大学内の講堂やホールを借りてのものでなく、小さめとはいえ都内の小劇場を借りてのものになる。サークルのメンバーでも実力派の先輩らが選出され、プロの役者が客演するなど、かなり本格的だ。

三矢のようなぺーぺーは当然ながら雑用のみ。それも当然だと思う。しかし夏木は先だっての初夏の新人公演で主役に抜擢《ばってき》されたぶん、はずされたことが納得いかないらしい。

（でもなあ……）

本音を言えば、それも無理からぬことではないか、と三矢は思っていた。

夏木も一坂の脚本が好きでこの大学を目指してきたらしいのだが、いざ芝居で組んだところ、理想と現実のギャップにいらだっているようだ。

というか、一坂と夏木の我の強さがぶつかりあってどうもしっくりいかないのだ。稽古となると、一坂は夏木に延々ダメだしをするし、夏木は一坂にくってかかってばかりいる。

沈黙に耐えかね、三矢はどうにか話題を探した。

「あ、えっと……次の公演、おれは小道具のほう、手伝うけど。夏木は？」

「音響」

むすっと吐き捨てるなり、夏木は汗に湿ったトレーニングシャツを脱ぐ。使い捨てのボディシートでざっと身体を拭いたあと、頭からTシャツをかぶる。

（うーん、さすがにかっこいいなあ）

なめらかな肌に整った骨格。流れるような引き締まった背筋には、思わず見惚れてしまう。

じっと見ていると、彼は乱暴にロッカーを閉じる。音の大きさに三矢はびくっとした。

「なに見てんだよ」

「あ、いや、背筋スゲーなと」

「……おまえはゆるそうだよな」

あからさまに冷たい目で見られたが、根本的な鍛えかたが違うのは事実なので、三矢はあいまいに笑うしかなかった。じっさい三矢には夏木のように、言われもしないのに自主的に走りこみや筋トレをやるなど、ストイックな真似はできない。

「えっと、とりあえず、がんばろう、な？」

「言われなくてもがんばるっつの」

一緒にするなと言わんばかりの口調に顎を引く。夏木は、まだ言い足りないかのように顔をしかめていて、「なに？」と三矢はこわごわ問いかけた。

「赤野井って、まだ久保とつるんでんの」

「え、あ……」

突然でてきた名前にびくっとする。思わず目を背けると、夏木が怪訝《けげん》な顔になった。

（まだ、久保がやめることになるの、知らないのか）

江の島で物別れになってから、たったの三日なのに、もう何カ月も経ったかのようだ。この始末が終わるまで——要するに久保らの処罰が確定するまで、三矢は彼らについていっさい口を閉ざしておけと一坂に言い含められている。

「な、なんで？」

とりあえず質問ではぐらかそうとすると、夏木の切れ長の目がさらにつりあがった。

「なんでって、まじで言ってんのか。久保とか、チャラいばっかで中身からっぽで。なんであんなのとつるんでんだって話だよ」

「え、あ、心配してくれてんの？」

三矢の言葉に、夏木は「はあ？」と顔をしかめた。

「ちがうっつの。ギャル男に混じって大学デビューとか思ったのかもしんねえけど、おまえパシリにされてるだけじゃん。相当だせえし、どうかしてるっつう話」

ぐさっとくることを言われ、それも自業自得だと三矢はうなだれた。

「ダチならダチで、もうちょっとまともにやるよう言えよ」

「……ん。気分悪くさせてたら、ごめん」

言い訳がましいことを口にしたくはなくて、三矢は青ざめたままこくりとうなずく。

「気分悪いとかじゃねえけど。やることはきっちりやれよな」

「うん、そうする」

着替えを終えた夏木はじろりとこちらを睥睨《へいげい》したあと、「はっ」と吐き捨てるような息をついて部室をでていった。

（やっぱ、ばかにされてたんだなあ）

久保らの派手な遊びが目新しく、一時は夢中になっていたけれど、それがはたからどう見えるかについては完全に失念していたことを思い知らされた。

——サイダーがあいつらとつるみだしたときは、ひやっとしたぜ。……朱に交わったりしなきゃ、口だす気もなかったけど。

一坂はやんわりとしか言わなかったけれど、タイプの違う友人に乗せられている間、夏木のように冷ややかな目で見ていたメンバーもいるだろう。むしろ、真っ向から言ってこられただけ、ましだと思うしかない。

「あーでも、へこむ」

利用され、からかわれていただけの久保たちに傷つけられて、まだ三日。さすがに同じ大学の同期から軽蔑《けいべつ》の目で見られるのは痛いとうなだれていた三矢は、机のうえに放っておいた携帯がぶるりと震えたのに気づいた。

手にとってみると、さきほどの返事が返ってきている。

【From：上狛】

【Subject：間違えた】

【本文の　入力欄ここなんだね　こつもわかったから　次からちゃんとします】

上狛はすこし慣れたのか、文章がずいぶんマシになっていた。句読点は打てないらしく、スペースで代用しているのはご愛敬だろう。

(なんか、かわいい)

夏木のきつい言葉にへこんでいた気持ちがふっと浮上する。モデルのような美形なのに、メールがへたくそな上狛が、ちょっとだけ身近にも感じたし、かわいいとも思えた。

だが続いて届いた二通目のメールの文面に、三矢は赤くなった。

【ところで　今度の木曜日　休みがとれたんだけど　デートしませんか】

「お……おお」

思わず妙な声をあげ、きょろきょろと周囲を見まわしたあと、「デート……」と三矢はひとりつぶやき、ぽちぽちと返事を打つ。

【木曜日は午後から休講ですから、ＯＫです。時間とかどうしましょうか】

【なんじでも　いいです　サイダーくんの　つごうで】

ゆっくりゆっくり返ってくる返事。短い文章でも時間を置くそれが、ちょっとじれったくて、でも悪い気分ではなかった。

かつて久保とのやりとりでは、あちらが携帯メールになれているのか、場合によると一分以内の返信もあって、まるでチャット状態だと思ったことがある。こちらが返事を考えるよりはやく、一文のみのメールが二通、三通ときて急かされている気分になったこともあった。

思えばあれも、友人らと反応を見て遊んでいたのかもしれない。

デコラティブなメールだったり、絵文字を多用していたり、いかにも楽しげに装ったすべてが、いまはただ嘘くさく薄っぺらに感じる。

あのころに比べると、絵文字どころか変換すらあやうい、不器用そのもののメールがひどくやさしいものに思えた。

（待ちあわせの時間とか、どうしたらいいかな）

都合にあわせると言われても、どこまで言っていいものか。迷っているうちに、次のメールが届いてしまった。

【ごめん　そろそろ休憩おわる　あとで電話します】

締めくくりの一文で、昼休みに連絡をくれたことがわかる。三日という時間が空いたことでちょっと疑心暗鬼になっていたけれど、働いている彼が学生の三矢ほど暇でないのはあたりまえのことだった。

【わかりました、電話待ってます。連絡ありがとうございました。携帯も、買わせちゃってすみません。でもメール嬉しかったです！　電話待ってますね！】

勢いで送信したあと、最後は催促っぽかったかな、とちょっと悩んだ。けれど今度はすぐに【了解】という単語のみのメールが届いて、ほっとする。

「ふは」

どきどきした、と三矢は胸を撫でおろした。握りしめていた携帯電話が熱を帯びている。ものすごく緊張していた自分を知って、なんだか変な感じだった。

久保のときは、好きだと口説かれてその気になって、舞いあがっていた。はじめて他人に告白されたということに、浮かれきっていたのだといまは思う。

（妙に興奮はしたけど、あれも目新しかっただけ、なのかなあ）

けれど、キスされたりさわられるのに抵抗はなかった。やはり、自分はゲイなのだろうか。よくわからなくて、三矢は小首をかしげてしまう。

さきほど、夏木が着替えていたとき、純粋にかっこいいなと思った。だが妙な気分になったりはしなかった。メンテナンスされた肉体美に、憧れと羨望《せんぼう》を抱《いだ》いただけだ。

（でも、あれが上狛さんなら……）

想像しようとして、まったくできずに眉が寄る。なにしろ長袖《ながそで》シャツにエプロン姿の彼は、顔と首筋、手首くらいしか露出している部分がない。

すらりと背が高いから痩《や》せて見えるけれど、近づいたとき、意外に肩幅が広かったことだけは覚えている。容姿も動作の印象も鋭角的な夏木とは違い、優雅でやわらかく歩く姿は、とてもきれいだった。

（んで、やさしい）

携帯の画面を開き、さきほど届いたメールをじっと眺める。

どうして、同情しただけの相手にここまでしてくれるのかわからないし、自分もまたこのさき、上狛と『おつきあい』をして、どうなるのかもわからない。

変わったカフェの店員で、同じ市内に住んでいるという以外、ろくな情報もない年上の男。しかも、とんでもない美形。ふつうなら、また調子のいいこと言われてだまされてるんじゃないのかと、警戒すべきだろう。

けれど上狛は、初対面の三矢にどこまでもやさしかった。三日、放置されてはみたけれど、このメールを見てもやっぱりやさしいと感じる。

「好きに、なるのかな」

奇妙にへんてこなはじまりで、ゴールも見えない『おつきあい』。

それでも上狛の言うとおり、悪いことにはならない気が、した。

＊　＊　＊

同じ週の木曜日、上狛との初デートは江の島でどうかと提案され、三矢は「なんでまた」と驚いた。お互いに鎌倉住まいで、目新しくもない場所だ。三矢がチョイスを不思議がると、

「地元だからだよ」と上狛は言った。

「近場に、変な思い出だけ残すのはいやかなと思って。決めてあったデートコースがあるなら、そのままやりなおし、しようか」

記憶の上書きをしようと言われ、三矢もまたうなずいた。上狛の思いやりが嬉しく、ありがたかったからだ。

そして当日、午前の講義を終えた三矢ができるだけ急いでたどりついた待ちあわせ場所。

これもまた久保が言ってきたのと同じ、江ノ島駅だ。

電車に乗っている間、すこしだけ三矢は不安だった。これでまたなにかいやなハプニングがあったら立ち直れない――そんなふうに緊張しつつ赴いた目的地で、違う意味で心臓がひっくり返ることになった。

「サイダーくん。こっち」

あざけりを受けた土産物売り場のまえで、ひらひらと手をふる上狛は、あたりまえだけれど私服だった。エプロン姿しか記憶になかった三矢は、上品なカジュアル系ファッションでまとめている上狛の姿にしばし見惚れた。

(おしゃれさんだぁ)

やわらかそうな素材の、ショールカラーのロングカーディガンに胸元がゆったりしたカットソー、細身のデニム。けっして派手ではないけれど、長身でとんでもなく脚も長い彼が着ると、どこのモデルだというかっこよさだった。

むろん、あのすばらしくきれいな顔に独特の髪色、おしゃれなメガネというアイテムも加味されてのトータルコーディネイトだろう。

対して三矢はといえば、ハーフジップのポロシャツとクロップドパンツという夏仕様だ。

(ガキくさいかなあ)

さんざん悩んだけれど、出歩くのが江の島ということであまりに決めまくっても妙だったし、派手な服が似合うタイプでもない。

そもそも上狛に比べたら立派なガキだと開き直って、顔をあげた。

「お、お待たせしました」

「時間より五分はやいよ。えらいね」

小走りに近づくと、上狛は三矢の頭をぽんぽんと撫でてくれる。さらっと髪を梳《す》くような手つきに赤くなると、かすかに彼が笑った気がした。

「なんですか？」

「うん、サイダーくん顔赤い。かわいい」

会うなりそれか、と三矢はますます赤くなった。おもしろそうに目を細めたけれど、上狛はそれ以上外でからかうことはしなかったのでほっとする。

「とりあえず観光しましょうか。おなかはすいてない？」

「昼は食べてきたので、いまんとこだいじょうぶです」

小腹がすいたら、適当に食べようと告げ、並んで歩きだす。

気づいたけれど、歩幅が広いはずの上狛は三矢にあわせてゆったりと歩いてくれて、どこにいくにもすぐそばにいて、細かく目端をきかせてくれていた。

まずは江島神社辺津宮《えのしまじんじゃへつのみや》を目的に、青銅の鳥居から参道にある土産物屋を冷やかしつつ、江の島エスカーのりばへと向かう。ロープウェイやモノレールに乗るための通路だと勘違いされがちなエスカーは、それ自体が神社へ向かうための高速エスカレーターだ。

平日でもなかなかのにぎわいで、列に並ぶ間に上狛が話しかけてくる。

「観光するなら、水族館でなくってよかったの？」

　上狛の問いかけに、三矢は口ごもった。

「あ……久保に、それは興味ない、って言われて」

　というよりも、江の島江の島言うわりには、久保のプランはずいぶんずさんだった。とにかくいってみればいいだろう、と言うばかりで、無計画だなと感じたものだ。

（そりゃまあ、駅前でねたばらしするつもりなら、考える必要ないよな）

　思いだせば、さすがにまだ苦いものを覚える。うつむいて無意識にシャツの胸元を握った三矢を眺めた上狛が、ぽつりとつぶやいた。

「江の島って、まともに歩きまわるのは小学校のとき以来なんだよねえ、じつは」

　話題が変わったことにほっとして、三矢は「遠足とかですか？」と食いついた。

「うん、写生大会。画板と絵の具抱えてうろうろしたっけ」

　地元に住んでいればいるほど、あまり観光地には近寄らなくなるものだとお互いに笑った。

「三矢くんこそ、海水浴とかは？　ともだちと遊んだりしなかった？」

「あんまりアウトドア派じゃないんで。学校が江ノ電沿いだし行き帰りにちょっと寄ったりはしたけど、シーズンは混《こ》みまくるから……」

　それからエスカーに乗りこみ、ぐいぐいとうえへ運ばれながら、いろんな話をした。

ここにくるまで緊張もしたし心配もしていたけれど、思ったより会話に困りはしなかった。地元だけに共通する話題――どこそこの店がおいしいだとか、買いものをするのはあそこだとか、たわいもない話をするうちに、お互いの出身校が同じことがわかり、驚いた。

「三矢くん、後輩になるのか。あ、森下《もりした》先生ってまだいる？」

「はい、学年主任で……めちゃくちゃ怖いです」

「そっか。おれのころはまだ新任だったけど、当時から迫力すごかった」

なんの接点もない年上の彼と共通項が見つかって、三矢はすこしだけほっとする。上狛も同じだったのか、表情がすこしやわらかくなった気がした。

上狛は無口なわけではないのだが、ゆったりした口調のせいか、おしゃべりな印象はない。むろんあの不慣れなメールのように、言葉が不自由な感じもない。

（なんか、落ちつくな。大人の声、って感じだ）

低くてあまい声を聞いていると、落ちつくと同時にふしぎな気持ちになる。三矢は大学にはいってからこっち、感情表現が派手な久保に振りまわされてばかりだった。テンションがあがればマシンガントークになったり、逆に不機嫌になると口もきかなかったり。考えてみれば、たいしたお天気屋だったと思う。

比べて上狛は、凪《な》いだ海のようだ。表情も声も、一定のリズムで穏やかに満ちている。

「お、いい眺め。富士山発見」

展望台に登っての第一声はそれだったが、あまり抑揚がない上狛の話し方のせいで感動が伝わりにくい。でもその口元はほころんでいるし、額のあたりに手をかざして遠くを見る姿は、それなりに楽しそうだ。シーキャンドルという名前のとおり、ろうそくのような形をした展望台の屋上部分は、直接外を眺めることもできる。見晴らしはいいけれど、高所恐怖症にとってはちょっと怖いかもしれない。

「天気いいですね」

なんとなく三矢も笑顔になり、同じ方向を見つめた。眼下に広がる湘南の海のうえを、海鳥が飛んでいく。寄せて返す、穏やかな波。パノラマに拡がった光景になごんでいると、上狛が「んー」と首をかしげた。

「どうしました？」

「うん、コロッケ食べたくない？」

急になんだ、と目をまるくした三矢に、上狛は「あれ見て」と指をさす。

「あれって、どれ……」

長い指のさきには、野生の鳶《とび》がいた。展望台を囲む柵のうえに止まり、鎌倉名物の紫いもコロッケを貪《むさぼ》っている。

「うわ、こええ。観光客から奪ってきたのかな」

「おいしそうだよねえ」

同時につぶやいて、目を見あわせた。引き気味の三矢と違い、上狛は「おなかすいたな」と薄い腹を撫でる。

「三矢くん、しらす丼食べない？」

「……へ？」

「このへんでおいしいとこあるかなあ」

コロッケを見て、なぜしらすに発想がいくのだ。まったくわからずに目を瞠っていると「しらすコロッケ思いだして」と彼は言った。それで説明はすんだと言わんばかりの上狛に、三矢は思わず噴きだす。

「なに？」

「あー、いや。なんとなく上狛さんの脳内で、どういう連鎖になったのかわかりました」

「そう？　じゃ、いこうか」

笑いをこらえる三矢にかまわず、彼はくるりときびすを返した。あわててあとを追った三矢は、つんのめって「わっ」と声をあげる。

「気をつけてね」

「あ、は、はい……」

すぐに受けとめてくれた上狛は、転ばないようにというのか、三矢の手をしっかりと握って歩きだした。周囲の目が気になり、三矢はぎくっとなる。

「あ、あの、上狛さん。手は、ちょっと」

「だって三矢くん、また転ぶだろう」

「子どもじゃないですってば、あのねっ……」

恥ずかしくて赤くなりながら抗議すると、思ったより大きな声になった。はっとして周囲を見まわすと、観光客らしい老婦人に声をかけられる。

「仲がいいのね、ご兄弟？」

「あ、いや……」

三矢が愛想笑いでごまかすよりはやく、上狛がにっこり微笑みながら言った。

「彼は、恋人です」

「ばっ……ばか言ってないでいきますよ！」

あまりに堂々とした上狛の態度と三矢のあせりっぷりに、冗談だと思われたのだろう。老婦人はころころと笑いながら「かわいい恋人さんね、仲良くね」と手を振ってくれた。

（もう、なんだこれ、もう……っ）

くだりの階段をおりる間中も、上狛は手を離してくれなかった。もがきながら引っぱられる姿がおかしいのか、すれ違うひとびとに多少笑われたけれど、嘲笑のたぐいではない。

「……目立ってますよ」

「目立つのいや？」

こくんとうなずいた三矢に上狛は「ふうん」と相づちを打ったあと、問いかけた。

「恥ずかしがりなのに、なんで演劇サークルにはいろうと思ったの？」

「え……あ、おもしろそうだった、から」

思いも寄らないことを訊かれ、しどろもどろに三矢は答えた。

「で、おもしろい？」

「稽古とか大変ですけど……おれ高校のとき部活とかしてなかったから、おもしろいです」

一坂、夏木をはじめとする個性的な顔ぶれの話を聞くだけでも楽しいし、やったことのなかった集団作業は、面倒な部分もあるが興味深い。

「高校で部活しなかったのは、どうして」

「ちょっと背伸びしてはいったから、勉強で手一杯で」

階段をおりながら話している間に、三矢は息がはずんできた。なのに、さきをいく上狛は平然としたままだ。一応鍛えているのになあ、と悔しくなる。

細いように見えて、広い背中だった。じっと見つめていると妙な安心感がある。たぶんここで三矢がまた転んでも、彼は支えてくれる気がする。

「……なんか、いままでと違うことしてみたかった。久保とつきあったのも、それでかも」

「違うタイプの人間だったから？」

「違いすぎるってこと、わかってなかったですけど」

顔を見ていないせいか、思う以上に本音が口から溢れでる。その間中、ずっと上狛の手は離れていかなかった。

「違っても、すりあわせができる相手なら、いいんじゃないかなあ」

ゆったりした口調でつぶやく上狛に、それはあなたのことですかと言いたくて、できなかった。まだ出会ったばかりだし、踏みこみすぎるのは怖い。期待しすぎるのもまた同じくで、つないだ腕のぶんの距離を、三矢はくすぐったい気持ちで持てあました。

「はー、ついた。疲れた」

「エレベーター使えばよかったじゃないですか」

螺旋《らせん》状の階段を降りきったのち、伸びをした上狛のおかげで手は自然と離れた。かすかに汗ばんだ手が恥ずかしく、三矢はこっそりとシャツの端で手のひらを拭《ぬぐ》う。

（ざらっとしてたな）

見た目はしなやかで白いのに、水仕事をするせいだろうか、上狛の指はずいぶん荒れているのだなと思った。ときどきちくりと引っかかり、むずがゆい。彼は、痛くないのかなと心配になる。そういう気持ちは、なにかに似ている。

頭のうしろで指を組み、肘《ひじ》を曲げたポーズのまま、上狛はくるりと振り返った。

空と海が青い。はやい夏の陽差しを浴びた上狛の髪は、銀色にひかってまぶしかった。

「で、おれときみは、どこまでいこうか」

意味深な言葉にどきっとする三矢の気持ちを知ってか知らずか、上狛はきれいな顔で微笑みかけてくる。

ざわざわと胸が騒いだ。

ふふふと笑う、よく知らないひと。でも三矢の、彼氏になってくれたひと。

このひとと、どこまで自分はいくのか。そんなことはなにもわからないし、答えられない。

目を逸らして、無難な言葉を口にした。

「……しらす丼食べるんじゃありませんでした？」

「ああ、そうだったね」

うっかりしていた、と暢気につぶやくのは計算なのか、天然なのか。

ひとつだけはっきりしているのは、このさき、ものすごくこのひとに振りまわされそうな、そんな予感がすることだけだ。

「しらすサンドもありじゃないですか？」

「なにそれ食べたことない」

「最近けっこう、有名なんですけど……」

エスカーは上り専門のため、くだりの道は、ひたすら徒歩だ。長い斜面をずっと歩いていると、身体に軽いGがかかって、まるでなにかに引き寄せられているかのように錯覚する。

ゆるやかで静かに落ちていく、この感覚がなんなのか、三矢はまだ決めかねていた。

4.

七月もなかばをすぎて、暑さはいよいよ本格的になってきたと同時に、前期の試験期間に突入した。三矢が選択した授業は比較的日程が楽なほうだったけれど、それでも一週間近くの間は試験まみれになる。

「試験終わったらそのまま、試験休みから夏休みになるんで、いいんですけどねー……」

勉強疲れでぐったりした身体をカウンターテーブルにのばした三矢に、上狛は「お疲れさん」と苦笑して、地サイダーのボトルを置いた。

「おごってあげる」

「わ、すみません……」

恐縮して、三矢はぺこりと頭をさげた。

入学して初の定期試験はあまいものではなく、上狛と会うのは大学をひけてから《エブリデイ・マジック》に顔をだしたときのみとなっていた。じつのところ江の島デートの直後からすぐ試験準備期間に突入したため、それ以外に会う方法がなかった。

――なんかいろいろ半端な時期に、つきあってもらっちゃってすみません。

半月はまともにデートもできないと誘いを断り、ひたすら謝る三矢に「じゃあ店においで」と上狛が言ってくれたのだ。

——おれも仕事してるけど、三矢くんも試験勉強していけば？　いいのだろうかと迷ったが、せっかくつきあいはじめた相手とそうそうに距離が開くのも怖くて、言葉にあまえさせてもらった。

おかげで、上狛にもこの店にも、だいぶ慣れたように思う。

（けどそれ以外、ほとんど接点ないんだよなあ）

メールはだいぶ慣れたようだけれども、相変わらず用件のみの短文だ。三矢自身、女子高生よろしくマメにやりとりするタイプでもないので、最近は店にいく時間と上狛のシフトを訊ねる程度にとどまっている。

つきあいはじめの彼氏（仮）とは、そんなわけで、いたってゆるやかに親交を深めている状態だった。

「演劇部の練習はないの？」

「試験期間はさすがに休みです。レポート提出もあるんで」

この日は午前のみで試験が終了だったけれど、あすは午前午後みっちりとつまっている。レポートについては以前から準備をしていたし、一坂にアドバイスを受けられたので、だいぶマシだろう。

「大人になってなにがいいかって、試験受けなくていいことかな」

「……それ、ぼくに対しての皮肉かなあ」

三矢がうらやましいとなげくよりはやく、銀上があくびをしながら、カフェコーナーへと顔をだした。手には、電話帳かのような分厚いテキストを抱えていた。

「銀上さんが資格とるのは、ほとんど趣味だろ」

「ほっとけ。あ、零士コーヒーちょうだい」

もしゃもしゃと髪を掻きむしった銀上は、三矢の隣へと腰かける。重たそうなテキストの表紙には、『古民家鑑定本』とあった。

このところ銀上は、鑑定資格をとるための勉強を続けているようだった。試験勉強のテキストをひろげる三矢にシンパシーを感じたのか、ときどき話しかけてもきてくれる。店長公認で常連になれたようで、すこし嬉しかった。

「古民家鑑定って、どういう仕事なんですか？」

「そのまんま、古民家の鑑定するのと、保全とかのアドバイス。骨董の買いつけで蔵とか見せてもらうことも多いからね、とっとけばなんか役にたつかなと思って」

「建築士さんとかじゃなくても、試験受けられるんですか？」

「二十歳以上なら学歴とか資格問わず、誰でもとれるよ」

銀上によると古民家鑑定士試験は厚生労働省認可の財団法人、職業技能振興会が創設したもので、ちゃんと公的な資格なのだそうだ。

「試験範囲はこの一冊からでるからね。丸暗記すりゃ、試験には受かる。やってみる？」

「いや、大学の勉強だけでおなかいっぱいです……」

ずっしりくるテキストをまえに、三矢は両手を振って遠慮した。カウンターのなかで銀上のぶんのコーヒーをカップに注ぐ上狛が、そっと笑う。

「試験終わったら、なんかご褒美あげようか」

「えっ」

顔をあげると、「なにがいい?」と軽く首をかしげた上狛が問いかけてくる。悪いから、と断るよりはやく、銀上がにやにやしながら言った。

「零士がご褒美とか言うと、なんだかいやらしいねえ」

「銀上さんの顔のほうがいやらしいよ」

しれっとしたまま上狛が雑《ま》ぜ返す。三矢がなんとなく赤くなると、銀上は「かわいー」と笑って頬をつついてきた。

「こういう純情な時期がなかったよなあ、零士は」

「周囲の環境がよかったんでしょ」

「違《ちげ》えねえわ」

悪びれない上狛に、銀上がきれいな顔でげらげら笑う。ここ半月ほどまめに通ってわかったけれど、彼らはどうやら長いつきあいらしい。雇用主と店員というには、かなり親しげだ。どんな関係なのかな、と思うけれど詮索じみているので口にはだせない。

(プライベートとか、知ってそうだなあ)

嫉妬《しっと》するほどの強い感情ではないけれど、ちょっぴりだけ「いいな」と思う。

上狛と知りあって、ようやく一カ月が経つかという三矢は、まだ彼がどんな家に住んでいるのかも知らないままだ。

(ていうか、いろいろ想像つかん)

変わった髪の色やきれいすぎる顔のせいか、日常生活というものがまったく見えてこない。好奇心はあるけれども、踏みこみすぎてしまうのも、まだ怖い。

(家にいきたいですとか、ちょっとまだ図々しいかもだし)

うむむ、とちいさくうなる三矢の頭を、上狛が長い指でつついた。

「で、ご褒美なにがいい?」

「え? ……えっと」

ぼんやり考えこんでいるうちに話が戻って、三矢は困った。唐突にそう言われても思いつくことなどない。サイダーのグラスをじっと眺めていると、銀上が口をはさむ。

「まだ若いんだし、おいしいものでもくわせてやれば?」

「や、お金使われるようなのはちょっと。おごってもらうようなことでもないし、学生が試験受けるのあたりまえなんだし」

ますます困り果てた三矢に、上狛は「ふむ」と目をしばたたかせた。

「じゃあ金じゃなくて労力でいくか」

「え」

「ごはん作ってあげるから、試験終わったらうちおいで」

そう言われてしまえば、「はい」とうなずくほかになにもできない。

ほんの数分まえまで知っていいのかだめなのか、と軽く悩んだ事態は一瞬でかたがついてしまい、三矢はぽかんとなった。

上狛についてはすべてがこの勢いで、わけがわからないうちに話が決まっていく気がする。それがいやかと言われれば、けっしていやではない。けれど、やさしく笑うメガネの美形に、自分ごときがここまでしてもらえるほどの、なんの価値があるのだろう。

「おいしいもの、用意しとくから」

すくなからず困惑して、眉をさげた三矢の頭を大きな手が撫でた。

そしてこのやさしい手つきで、疑問も不安もなんとなく、うやむやになってしまった。

＊　＊　＊

試験が明けて、七月の最終日。ようやくの休みとなった三矢は遅寝をして試験疲れをとり、午後から上狛のマンションへと向かうことになった。

教えられた住所は材木座。それだけでもある種の予感はしていたけれど、たどりついてみた住まいは、三矢の予想を超えたものだった。

「散らかってるけどね。あがって」

ドアを開けた上狛は、料理中だったのかエプロンをしていた。店でつけているような胸当てのあるものではなく、短めのギャルソンエプロン。スタイルのいい男はどんな格好をしていても似合うなあ、などと暢気にかまえていられたのは、玄関のドアをくぐるまでのことだった。

「おじゃましま……す?」

なにしろまず、はいってすぐに玄関の広さに度肝を抜かれる。見あげるほど高い扉つきの棚が靴箱だということに、しばらく気づけなかった。

長い廊下を歩き、小じゃれた装飾的なドアノブを開けてみれば、4LDKのそのマンションは、とんでもなく広かった。

「……すっげえ」

おそらく最低でも二十畳はあるだろう広い部屋には、アンティークふうの外国製テーブルや調度類。スタンドになったランプなど、まるで映画のセットかのような品のいい、豪華なしつらえに驚かされる。

(なんか、この部屋、とんでもなくない!?)

築年数はそれなりにあるらしく、外壁などはいまどきのデザイナーズマンションに比べれば地味なものだ。しかし改装を繰りかえしたらしい内装は、三矢のような若造にすらすべてが重厚で上品な素材でできているとわかる。

とくにそのなかにあった、見覚えのあるソファに三矢は目を剝《む》いた。

「あれってもしかして、チェスターフィールドのソファ、ですか？」

英国製のブランドソファは、たまたま見たことのあるファッション雑誌で、とある海外セレブが撮影に使っていた代物と同じ型のものだった。グリーンレザーのそれは、お値段もたしか六桁の数字のまえに¥マークがついていた。

「あの、もしかして上狛さんって、ものすっごい、おぼっちゃま？」

おそるおそる訊ねれば、「まさか」と彼は一笑に付した。

「これも半分、バイト。管理人代わりに住んでるだけ」

その答えに胸を撫でおろしつつ、「誰のおうちなんですか？」と好奇心半分に訊ねる。上狛はこれもさらっと答えてくれた。

「銀上さんの親戚。仕事の都合で五年かそこら海外にいくことになっちゃってね。戻ってくるまで部屋を空けっ放しだと傷むし、かといって賃貸にするのはいやなんで、居抜きできれいに使ってくれさえすればいいって」

ふしぎなバイトもあるものだ、と三矢は驚いた。呆気《あっけ》にとられていると、またもや上狛が驚くようなことを言う。

「まあ、戻ってきてもここんち、使うかどうかわかんないけど」

「え、なんで」

「これよかでかい家、葉山にもあるっていうし……あと、どこだか忘れたけど、東京にもマンション持ってんだって」

思わずぽかんと口が開いてしまった。三矢の家も父がそこそこ大きな会社の役職づきで、さほど貧乏なほうではないとは思うが、ここに比べれば父の自慢の一戸建て4LDKなど、本当にささやかなものに感じてしまう。

「セ、セレブだ」

「なのかなー。本人、ごくふつうのおじさんだけどね」

この空間で臆《おく》さない上狛もまた、そうした育ちの人種なのだろうか。問いかけてみたいような、訊いてしまえば彼との間に隔たりができそうな、微妙な気持ちになって、三矢は口をつぐんでしまった。

「なにか訊きたいことある？」

微妙な表情に気づいたのか、上狛が顔を覗きこんでくる。どうしよう、としばし迷った三矢は、以前から疑問だったことを口にした。

「えっと、親戚紹介するとか、上狛さんと店長って……？」

「親の代から知りあい。歳の離れた幼馴染みみたいなものかな」

なるほどそれであんなに親しげなのか。こくこくとうなずいていると「ま、適当に座って」とうながされた。

「シチュー煮込んでるんだけど、もうちょっとかかるから。コーヒーはいってるから、飲むよね？」

「い、いただきます」

適当という言葉がここまで似合わないソファもなかろう。おそるおそるチェスターフィールドに腰かけてみる。密度が高くどっしりしたクッションはさすがの座り心地ではあったけれど、心理的圧迫感がすごすぎて、すこしもくつろげない。

「なんでそんな端っこに座ってんの」

「な、なんとなく」

コーヒーを手に戻ってきた上狛は、涙目の三矢には気づかないようで、「変な子だね」と笑いながらソファのまえにある、木目にレースのような細かい柄の描かれた、これまたドがつく高そうなローテーブルへと、コーヒーサーバーの載ったトレイをおいた。

「なんか、すっごいトレイですね……銀？」

「ジョージ・ジェンセンのオーダー品。カトラリーもこれしかない」

聞き覚えのない名前だけれども、高いことだけはわかった。三矢は喉にあがってくるものをぐびっと飲みくだす。

「カップどれがいい？」

「ど、どれって、言われても」

だだっぴろい居間の壁面には、大ぶりな食器戸棚がある。そこに陳列——としか言いようがない——された、幾種類ものカップとソーサー。「こっちきて、見て」と手招かれ、三矢は顔をひきつらせながら上狛に近づいた。

「お、お皿のほうは、なんかあの、これ、見覚えが……マイセン？」

にこっと笑った上狛が子どもをほめるように言った。

「よく知ってるね。そうだよ」

「いや……母が、たしか、持ってたんで」

しかし白磁に青い繊細な柄のそれは、高級品として有名にもほどがある。三矢のような世間知らずでも目にしたことのある代物だ。自宅にワンセットだけあるティーセットは、ものすごく大切なお客さまがきたとき以外、使わない。

「えと。まえから思ってたんだけど、マイセンの模様って、なんか中華風ですよね。これって、いわゆるシノワズリ？」

「あたり。この模様はツヴィーベルムスタっていうんだけど、青い着色剤の開発されたのは1739年だからシノワズリブームどんぴしゃ。ツヴィーベルムスタは英語にするとブルーオニオン。中国のザクロ文様をもとにしたんだけど、当時のヨーロッパはザクロってものを知らなくて、青いタマネギが描かれてるって思っちゃったんだってさ」

「ザクロ？」

「ここ、見て。菊とか竹のモチーフと絡みあってるけど、根元のまるいとこ」

指で示された部分を見ると、たしかにまるっこい実のようなものがあった。

「これが意匠化されたザクロなんだけど、タマネギっぽくも見えるでしょ」

「ほんとだ」

さすがアンティークショップ兼カフェの店員らしく、すらすらと上狛の口からは説明がこぼれでた。感心してうなずいていると、彼はマイセン一式が納められた棚の隣を指さした。

「ちなみに、あっちのクリスタルグラスとかはぜんぶバカラ。左隣がロイヤルコペンハーゲン。下段はぜんぶアンティークので、さすがに細かいブランドは忘れた」

「そ、そうですか」

ガラス窓のついた大きな食器棚自体が、おそらく特注品ではなかろうか。金属製の扉の引き手部分も、複雑でうつくしい装飾が施されているし、アールヌーヴォー調の飾り彫りは、各々のパーツひとつひとつが芸術品のようだ。

「好きなのにサーブしてあげる。さっき落としたばっかりだけど、冷めるからはやく決めて」

「すきなのって言われても……」

店と同じように、おいしいコーヒーを上狛は淹れてくれただろうけれど、こんな超高級食器でいただいては、味もなにもわからない。青ざめつつ、三矢はおずおず挙手した。

「……ふつうのコップとかないですか？」

「ふつうって？」

「ふつうの、安いの。よ、予算はいっこ、三千円までで……っ」

涙目になって言えば、上狛は「なんで三千円？」とふしぎそうに問いかけた。

「万が一割っちゃった場合、きょうのおれの手持ちで補塡《ほてん》できる限界予算だから！」

やけくそになって三矢が言うと、彼はあの印象的な目を瞠ったあと、ぶふっと噴きだした。はずみでコーヒーサーバーの中身が大きく揺れ、あわてて奪いとりながら三矢はわめく。

「なんで笑うんだよ！」

「い、いや、ごめ……」

腹に手をおき、身体をふたつ折りにした上狛は全身を震わせて笑っている。真っ赤になって睨みつけると、何度か咳払《せきばら》いをした上狛はまだ顔をひきつらせつつも、立て直した。

「ごめん、ちょっと意地悪した。もうちょっとラフなのもあるから」

言いながら、シンプルなものをだしてくれた上狛の声は震えている。素朴な風合いのカップは《エブリデイ・マジック》でも見覚えのあるもので、三矢はほっとしたと同時に腹がたった。わざと超高級なカップを見せて、からかわれたのだ。

「あるなら最初から、そっちだしてください！」

「ふだん、おれが使ってるやつだから、お客さんにはいいのをって思ったんだけど」

上狛は軽く肩を抱いてくる。ごく自然な仕種で背中を押す手にうながされ、広いソファに腰かけた。超のつく美形に、目のまえで、さきほど選んだ素朴なカップにコーヒーをサーブされるのは、なんともいえないぜいたくな感じがした。

「さめないうちに、どうぞ」

「ど、どうも」

軽く背を屈めた上狛のすらりとした手で、ソファまえのローテーブルに置かれたカップを示される。服装はいたってラフなサマーセーターにボトムだが、一瞬、三つ揃いのスーツでも着ているかのような錯覚を覚えた。

(ほんと、へんなひとなのに)

どこまでも優雅な仕種に見惚れた三矢は、我に返って「いただきます」と手を伸ばした。

ひとくちすすったとたん、エプロンをはずした彼が隣に腰かけてくる。近い、と思って尻を浮かせると、至近距離から顔を覗きこまれる。

「……なんで逃げ腰？」

どうしてそこで、吐息を絡めたような無駄ないい声をだすのだろうか。耳がぞわっとなり、思わず涙目で横を見やると、相変わらずのすまし顔だ。

「上狛さん、ひょっとしていじめっこでしょう」

「おれはいじめられてたほうだってば」

疑わしい。うろんな目で見た三矢に「本当だって」と苦笑して、上狛は軽く肩をすくめる。

「言ったと思うけど、この見た目って子どもにとっちゃ、インパクトありすぎだからね。日本語へたくそだったし」

長い指で前髪をつまんでみせる上狛に、三矢はふと疑問を口にした。

「日本語へたくそって、上狛さんって帰国子女とかなの？」

「いや、日本生まれの日本育ちだけど、ちいさいころは親が家で英語でしかしゃべらなかったから。父親が日本語しゃべれなくて」

「じゃあバイリンガルなんだ？　すごい」

「いや、一般的な高校英語レベルだよ」

幼いころはインターナショナルスクールに通わされていたせいもあり、ほとんど英語ばかりを使っていたそうだが、十歳のときに転機が訪れたそうだ。

「両親が離婚して、父は国に帰っちゃったんだ。それからは金銭的な事情で公立の学校に通って、なじまないなりにしゃべってたら英語忘れた」

「あ、じゃあ、いじめってそのころに……」

幼いころのエピソードを聞けば、ガイジンよばわりされたり、仲間はずれにされたりということはあっただろうと三矢は同情しかかった。けれど続いた思い出話は、そんな単純な話ではなかった。

「転校した初日、うまく話もできないし、時間つぶしで本読んでたんだ」

しゃべるほうは苦手だったが、母親の教育のおかげで読むのは得意だったという上狛は、当時好きだった小説に目を通していた。そのとたん、「日本語わかるのかよ」と突っかかってきたクラスのボスみたいな男児がいたそうだ。

「自分がからかわれるぶんには、しょうがないと思ったんだよね。スクールカーストだとか人種についての差別は、インターナショナルスクールのほうでもあったし」

いやなことを思いだしたのか、ふっと上狛の眉が寄せられた。

「ただ、そいつが女の子に乱暴してね」

「えっ」

「そのころは公立の学校って、掃除の時間があったんだけど、机をぜんぶ教室のうしろのほうに一度、まとめて並べてね。掃き掃除と拭き掃除。まえの学校ではやったことなかったんで、おれは要領が悪かったんだけど。おとなしそうだけど、ふっくらした感じの、やさしいひとがいて」

親切な女の子が、掃除のしかたを教えてくれた。まだ日本語で話すのがあまり得手でなかった上狛は素直に感謝したそうだけれど、それを悪ガキに見咎《みとが》められた。

「おれに突っかかってくるならまだしも、その子についていやな言葉を浴びせた」

上狛は細かく語りはしなかったけれど、容姿や服装、家のことなど、本人にはどうしようもない残酷な台詞《せりふ》を吐いたことは想像がついた。

「その子ももしかして、いじめられっこでした？」

「よくわかるね」

ほろ苦い笑みで肯定した上狛に「ありがちなんで」と三矢も顔をしかめた。子どもの社会は単純で残酷だ。転校生でハーフ、いじめられっこ確定の上狛に声をかけるのは、同じような弱者の立場にいる人間しかいない。

「とにかくそれで、ボスはおれより彼女をターゲットにしていた。気が弱い子だったのかな、真っ青になって震えてたんだけど、言い返しもしない彼女をいきなり、机のほうに突き飛ばしたんだ」

「えっ、ちょ！　怪我《けが》したらどうするんですか」

小学校も高学年になってくれば、男女の体格差はそれなりになる。三矢はあまりのひどさに目を剥いたが、話はさらにひどかった。

「そこで怖かったのは、誰も彼女を助けようとしないことだった。膝《ひざ》すりむいてたから、おれは保健室にいったほうがいいって、へたくそな日本語で話したんだけど。それをさらにからかわれて」

——うっわ、ガイジンとブタがイチャイチャしてらあ！

「あれだけは一生忘れられないかなあ。まあ、あっちも一生忘れられないと思うけど」

「……なにしたんすか」

「まあ、同じようなこと？　幸い、体格だけはこっちに有利だったしね」

にっこりと笑う上狛は、十歳にしてすでに一六〇センチを越えていたという。遺伝子レベルでの成長の違いが幸いして、その場のとっくみあいは上狛の完全勝利だったそうだ。

「ただそれから、正攻法じゃ負けるってわかったらしくて。卒業まで延々、ねちねちやられたりしたけど」

ものを捨てられたり集合写真に疵をつけられたりと、オーソドックスないじめは数年続いたようだが、無視していればいいと気にしなかったらしい。

（なんか想像つくなあ……）

上狛はむかしからこの飄々《ひょうひょう》としたキャラクターだったのだろう。相手にしなかったからますますヒートアップしたのではないかと三矢は苦笑した。

「やられたことはいじめかもだけど、上狛さん自身はいじめられっこって言わない気がする」

「そうかな。じゃ、どういうのがいじめられっこ？」

「や、もうちょっとこう、泣き寝入りするっていうか。反撃してる時点でカテゴリエラーじゃないですかね」

三矢の小中学校時代にもいじめはあったけれど、暴力行為は縁がなかった。せいぜい、一時的な無視だとか、裏サイトのＢＢＳやメールで悪口をまわすとか、そういうものだったと言うと「時代だなあ」と目をまるくされた。

「おれのころは、いじめにネット使うっていうのは、さすがにまだなかった」

「あのでも、おれらのときもそんなひどくないですよ。わりと暢気な感じで」

「うん、そんな雰囲気だね」

ふ、と笑った上狛が言葉を切り、三矢の顔を見つめてくる。

「そんな、って、どんなですか」

「きみは、もめごととかなくて、大事にやさしくされて育ってきた感じがする」

やわらかい口調とまなざしにどぎまぎしていると、すっと肩を抱かれて心臓がばくんと跳ねあがる。

（お、落ちつけ。べつにそんな、深い意味ないだろうし）

上狛はひととのパーソナルスペースが狭いのか、出会いから三矢にふれてくることが多かった。きっとスキンシップにためらいのないタイプなのだろう。外国人の親がいるそうだし、ハグにも抵抗がないのだ。

意識しすぎる自分がいやで、必死になってそう言い聞かせていると、肩を抱いた腕の力が強くなった。引き寄せられ、心臓が、こんな動きをするのかというくらいに激しく大きく、高鳴る。

「あのね、三矢くん」

「は、はい」

「って呼んでいい？　それともサイダーくん？」

笑いながら問われ、またからかわれたかとむくれつつ、ほっとした。思わず笑ってしまいながら「どっちでもいいですけど」と彼を見あげたとたん、あの目に捕まる。

（わ、あ）

メガネごしの、グレーの目がじっと三矢を見ていた。

「サイダーくん。似合うよね。しゅわしゅわしてるし」

「お、落ちつきないって、意味……」

「あまそう、って意味」

恥ずかしい台詞だなと思うのに、上狛が言うとふしぎに似合っていた。

どんどん近づいて、とっさにぎゅっと目をつぶる。くすりと笑われた気配がして、鼻先になにか、いいにおいがした。上狛のつけているほのかなフレグランスに、くらくらする。

「やっぱり、三矢って呼んでいい？」

「はい……」

なにも考えられずにこくんとうなずく。すがるものがなく、両手で包むようにしていたカップを、彼の長い指がそっと取りあげ、テーブルへ置いた。

「キスするね」

「えっ？」

いいも悪いも答えられないまま、さらに引き寄せられて、キスをされた。相変わらずの、前後がつながらないしゃべりかたと急激な距離のつめかたに面食ったまま、ふわりとした感触が三矢の唇を覆った。

（わっ、ちょっ、えええ……っ）

上狛のキスは、久保のそれとはまったく違った。やわらかくて、しっとりしていて、唇全体が包まれるようにくすぐったい。そしてなんだか、ぞくぞくした。さきほどよりずっと強く、あまいにおいがする。

目がまわって、心臓が口からでそうになっていると、驚きに開いた唇へといきなり舌がはいってきた。

「……っう、うわ！」

三矢はびっくりして思わず胸を押し返すと、はずみで床に転げ落ちた。驚いて目をぱちくりしていると、同じような顔をした上狛が頭上から覗きこんでくる。

「……なにやってんの？」

「なにって、そっちこそな、なに!?」

しりもちをついたまま、真っ赤になってあとじさると、上狛のほうも床に膝をついた。

(え、な、なんでこっちくんの)

じりじりと迫られ、三矢はあせりながらも逃げ場を探す。だがそれよりもはやく手首を摑まれ、退路を断たれてしまった。

「な、んで、いきなりするんですか」

「んー、なんか、してあげたいと思ったから」

こちらはうろたえきっているのに、上狛は妙に間延びした声をだす。とぼけた言いざまに、かっと頭に血がのぼった。

「あげたいって、そのうえから目線なに!?」

「あ、間違えた。キスしたいって思ったから?」

なにを間違えたのか、というかなぜ半疑問形だ。混乱したまま上目遣いに睨んでいると、上狛がくすりと笑った。

「で、いや?」

小首をかしげてみせる、その仕種はやけにかわいらしくも思えるが、色素の薄い目でじっと見つめられると怖い。たじたじとしながら腕を引くのに、捉《とら》えられた手首は離れない。

「で、って。あの、いやとかなんとかじゃなくて、あの」

「ん?」

虹彩の色が青みがかった灰色なせいか、瞳孔《どうこう》だけが妙にくっきりと見える、日本人らしからぬこのひとの目は、どこか猫科の大型動物を思わせた。

(名前は、いぬなのに。ちっとも犬っぽくない)

おっとりぼんやりして見えるくせに、かなり強引で勝手なところもある。

へたりこんだ三矢になかば覆い被《かぶ》さり、床に手をついてにじりよってくる。左右の肩の高さが違うところとか、くっきり浮かんだ肩胛骨《けんこうこつ》とか。しなやかでゆったりした動きなのに、どこにも隙がないところとか。まるっきり捕食者そのものだ。

怯《ひる》んでいるのがわかったのだろう。くすりと上狛が笑った。

「もういっかい、キスしていい？」

「あの……」

「いやって言わないから、してもいいね？」

食いしばった口元に、笑ったかたちの上狛の唇がふれる。久保には、キスがへただとあざけられたけれど、あのときよりもずっと身がまえて、ずっとへたくそなキスをしているのに、彼はなにも言わず、何度も何度もついばんできた。

その間も、髪をやさしく撫で、肩にまわした手がこわばった身体をさすってくれる。

(あ、やさしい)

緊張も、未経験ゆえの未熟さも、このひとは笑ったりしない。そう確信を持てたとたん、ふっと力が抜けた。長い腕に預けるようになった身体をもっと引き寄せられて、唇の角度が変わる。

ふれてなだめるようだったキスが、重なり、ぴったりと吸いつく動きに変わった。上唇を軽く噛んだあと吸われ、慣れない感触にびくっとしたとたん、背中を撫でられる。

「ん、んん」

くすぐったくて身をよじると、はずみで口が開いた。今度はいきなりではなく、唇の際と、歯の隙間を撫でてすべりこんできた舌を、三矢も受けいれる。

「ふあ……」

いつの間にか床に倒されて、いつの間にか舌をなめられた。長く、長く、キスは続いた。

上狛のキスは、お菓子にたとえるならすこしきつい洋酒の利いたクレームブリュレのようだった。とろとろにあまくておいしいのに、ふと気づけば酔いそうになる、大人の味。

じっさいには、煙草を吸う彼の舌は苦いし、抱きしめてくる身体もかたくたくましいのだけれど、ふれてくる指も唇も舌も、びっくりするほどやさしいせいだろう。

「……きもちい？」

「ん、ん」

キスの合間にそっとささやかれて、こくこくと三矢はうなずいた。もうなにがなんだかよくわからなくて、ぽわんとなったまま上狛を見あげると、メガネごしにけぶるような長い睫毛がはっきり見えた。青みがかったグレーの目が妙に色濃く思える。明かりを背にしているせいだろうかと思ったが、ふと違和感の理由に気づいた。

（あ、瞳孔、開いてるのか）

気のせいではなく、いつもよりも、灰色のなかにぽつんとある黒が大きい気がした。それとも、こんなに近くで見つめあっているせいだろうか。じっと目を見ていると、上狛がふわりと笑った。

「かわいい」

不明瞭《ふめいりょう》な発音に、こちらへ向けての言葉というよりも、ただつぶやいただけだとわかった。それだけに胸が苦しくなり、三矢は驚く。

（おれ、かわいいって言われて、嬉しいのか）

仲のよい女の子たちに、マスコットキャラクターを愛でるのと同じ意味で「カワイイ」と言われたことがある。先輩たちにも、いい後輩だという意味で「かわいいやつだ」とかほめられたりもする。どっちも悪い気分ではなかったし、三矢にとっては嬉しい言葉だった。けれど上狛にかわいいと言われるのは、なにかが違った。せつなくて、息苦しくなる。

はふ、と胸をあえがせれば、なだめるようにさすられた。そのせいで気づいたけれど、三矢のシャツのボタンがすべてはずされている。まだインナーのTシャツは着ているけれど、まえをはだけた状態が、なぜか恥ずかしかった。

（もう、ほんとにいつの間に）

上狛のサマーセーターの襟元《えりもと》も、なんとなくよれて皺《しわ》が寄っていた。キスの間中、どこに手をおけばいいのかわからないまま、三矢があちこち掴んだせいだ。

「ご、ごめんなさい、伸びたかも」

「いいよ」

鎖骨が目立つV字の襟元をなんとなく撫でると、その手を取って甲に口づけられた。そんな気障なことをされたのははじめてで、三矢はどっと赤くなる。

「ほんとかわいい」

「あ、あの、あ……んっ」

「耳朶《みみたぶ》、まっか」

あわあわしているうちに、赤いと言われた場所を軽くつままれて、声がでた。あわてて手のひらで口を押さえると、今度は耳殻をなめられる。唇をぐっと噛んだのに、喉の奥から細い声が漏れ、ますます恥ずかしくなってきた。

（どうしよう、どうしよう）

逃げたいのに、逃げられない。耳を噛まれているだけなのに、身体中がびくびくして、股間《こかん》が熱くなってきた。混乱と羞恥に悶《もだ》えている三矢とは違い、上狛はあくまで冷静に見える。あの目で、じっとこちらを見おろし、まるで観察するかのようだ。

「あ、あ……」

膨らみはじめた高ぶりを、上狛は衣服のうえからやわらかく、やわらかく、何度も撫でさすってきた。あっという間に硬くなったそれを軽く握って、くすりと笑う。

「どしたの。まださわってるだけなのに」

「だ、だけ、って……」

手首を使い、大きな手のひらでこねるように強弱をつけるそのやりかたはいかにもいやらしくて、喉が乾《ひ》あがる。

（なにこれ、この手つき）

なんといっても未経験。自慰のときも、ごく単純にこすってだす程度しかできない三矢にとっては、複雑にうねるような指の動きは見ているだけでも刺激が強かった。

どうしてこの日に限って、デニムをはいてこなかったんだろうと三矢は後悔した。上狛の手を阻むには、ソフトタイプのカーゴパンツではとても太刀打《たち》ちできない。

（もう、ほんとに、なにされてんだろ、おれ）

彼の手は本当に大きくて――自分がちいさいとは、あんまり思いたくない――指のさきで先端近くをくすぐりながら、根元の膨らみを手のひらのふくらみで押しもむような真似までできてしまう。片手だけでこんな複雑な愛撫《あいぶ》ができるというのもまったく想定外で、怖い。

「あ、あ、あう……」

ちいさくあえぎ、三矢は涙目になった。

股間をいじるのとべつの手が、やさしく髪と頬を撫でつづけている。ゆったりあまくて、すこしもあせっていない。そのギャップに気づいて、ぞくりとした。

(こんな手、両方使われたら、どうなるんだろ)

たぶんまだ、このひとは本気をだしていない。それがわかるから、怖い。

「どしたの?」

泣きそうになっていることに気づいたのか、上狛が顔を覗きこんでくる。その表情はまるっきり涼しげで、自分だけが乱れてしまうのがひどく怖い。覆い被さってくる彼の脇腹あたりをぎゅっと摑んで、三矢は震える声で言った。

「さ、さわりかた、やらしい……」

「やらしいことしてるから、あたりまえ」

そういうことではないだろう。がくがくと顎を震わせ、三矢はかぶりを振る。

反射的に逃げ腰になる身体を抱きしめなおされ、一瞬だけ股間をぐっと手のひらで押したあとに、返した手首をうえにして、腹から胸へと指がのぼってくる。

くすぐったいような、そうでもないような、ふしぎな感覚に震えた。

「あ、あ……」

三矢のTシャツのやわらかい布地に、上狛の指がしわを作る。どきどきしている胸をさする指先が、ときどき突起に引っかかる。

波が押し寄せるように、わずかにたぐまり、それを乗り越え、またうえへと進む。目指すさきは、敏感になった皮膚のなか、かたく凝《こご》っているちいさな乳首だ。

（さ、さわられるのかな）

心臓があまりに高鳴っているせいで、呼吸とはべつのリズムで胸が振動していた。びくりびくりと動く左胸のうえ、もうすこしでかすかな突起に届くところで、上狛の指が止まる。

「あ、や……くすぐ、ったい」

ぷくんと立っているそれの周辺、乳暈《にゅううん》の輪郭をなぞるように、くるりと指がまわった。見えてもいないはずなのに、まわりの皮膚とは色が違うその形を的確にくすぐってくることに驚いて、なぜ、と目顔で問いかける。

「このTシャツ、着心地いい？」

「え？　う、うん？」

「だろうね。身体にぴったりしてる」

言われて胸を見おろすと、乳首の先端だけでなく、その周囲が興奮のせいでかすかにこわばり、隆起しているのがわかった。その形を上狛の指が何度も何度もなぞって遊ぶのを見たとたん、三矢の全身にどっと汗が噴きだし、目がちかちかした。

「まだくすぐったい？」

ぶんぶんとかぶりを振って、三矢は手の甲を唇に強く押し当てる。くるくるとまわる指を見ているだけで変な声がでそうで、怖い。腰が浮くのをこらえるのが精一杯だ。

（えっちだ。すごく。めちゃくちゃ、やらしい）

相変わらず、頬に添えた手のひらはなだめるように三矢の肌を撫でている。それがあやしているわけではなく、愛撫の一種だということもだんだんわかってきた。だってものすごく、顔がくすぐったい。肌が過敏になって、彼の手に慣れていこうとしている。

「気持ちいい？」

うなずこうとして、なぜかできなかった。足の間にあるものは信じられないくらいに硬くなっているし、身体中が汗ばんでいる。

「ご、ごはん。食べさせてくれるって」

「うん、でもまだ煮こむのにしばらくかかるから」

やさしく笑っているのに、上狛の目を見ただけで身体がすくんだ。

息が乱れて、震える。鼓動が速い。体温があがっている。心臓どころか身体ぜんぶが破裂しそうで、肌がびりびり痛い。興奮状態を示すすべてのサインを自分でも自覚していて、なのに——胸の奥がひやっとするから、流されきれない。

（やられんのかな、おれ）

声がでなくて、身体中が熱いのに、手足が冷たくなってくる。心臓が皮膚を破るかという

勢いでどくどくと脈打ち、もうあとちょっとで破裂しそうだ。

耳が、自分の心音で遠くなる。血管が膨れて、なにもかもはじけ飛びそうで――怖い。

(待って、だってまだ、デート一回しかしてなくて。ぜんぜん心の準備できてないし)

このひとのことを好きかどうかすら、わからない。そう考えたとたん、ざっと血の気が引いていった。

「や……っ」

考えるよりさきに、広い胸を押し返していた。驚いたような顔をした上狛が、乱れた長い前髪の隙間で目をしばたたかせている。

「三矢くん?」

なぜか、三矢はぽろぽろと泣いていた。手のなかで撫でさすられていたものもすっかり萎《な》えてしまっている。反応に気づいた上狛は困ったように眉をさげ、頬を撫でてきた。

「いやだった?」

「ちが……」

自分でもなぜ泣いているのかわからないのに、訊かないでほしい。言葉にならないほど混乱したまま、ぶんぶんとかぶりを振る。

ふわっと笑った上狛は「ごめんね」と言って三矢を抱きしめた。ぽんぽん、と背中をたたくやさしい手に、涙がもっと止まらなくなる。

「ま、……待って、ください。ごめんなさい、できない。待って」

ひとこと言うだけでも、ひくひくと息が苦しかった。三矢は何度も喉を嚥下《えんか》させるように動かし、しゃくりあげることだけはどうにかこらえる。じっとその顔を見つめ、頬をこぼれていくものを指で拭っていた上狛が、そっと問いかけてきた。

「やっぱり違った？」

「え？」

「萎えちゃったし、男は無理ってわかったのかな。これからどうする？」

「ど、どうって」

まだいっぱいいっぱいなのに、そんなことを訊かれても。困惑しながら見あげると、読めない表情のままこちらを見おろしてくる上狛の目とぶつかった。

（あ、引いちゃう）

反射的に、そう思った。これで三矢が「無理」と言えば、上狛はきっと「じゃあこれで」とお試しのつきあいをやめるのだろうか。

それだけはいやだ。とっさに思って、三矢は言葉を絞りだす。

「無理とかと、違います。おれ、なんか、こういうの、は、はじめてで」

心の準備をする時間がほしいだとか、そういう乙女じみたことを口にするのはさすがに恥ずかしかった。

「こ、混乱しちゃって、その……」

へどもどと言いながら顔が赤くなる。察してくれないかともじもじしていたところ、上狛が「ああ」とうなずいた。

「童貞なのか」

「は、はっきり言いすぎ！」

おかげで涙も引っこんだ。目をつりあげた三矢にも動じず、上狛は目を覗きこんでくる。

「ごめんね。怖かった？」

謝られて、三矢はまたかぶりを振った。そしてじっと「嘘をつくな」という目で見つめられ、渋々うなずきなおす。

「怖いけど、あの、怖いのは上狛さんじゃなくて……」

「無理してしゃべらなくてもいい。わかったから」

いつものとおり、穏やかに言った上狛は三矢を抱いたままそっと起きあがらせてくれて、シャツのボタンもぜんぶはめ直してくれた。そのあとでもういちど、背中から膝にあらためて抱えあげ、よしよしと頭を撫でてくれる。

「ちょっとだけ、こうしてようか」

なだめてくれるのは嬉しかった。けれどどうにも落ちつかないのは、尻のしたにある彼のそれが硬くなっているとわかったからだ。

「あの……ご、ごめんなさい、おれ、あの」

べそをかきながらあたふたしていると、上狛が「ああ」と苦笑する。

「気にしないでいいから。ほっとけばおさまる」

そんなことを言われても、気にせずにいるのはむずかしかった。けれど、ただただやわらかく抱きしめてくるだけの彼から離れるのも怖くて、三矢は背後からまわされた腕にしがみつく。

すこしずつ呼吸がおさまって、頭の混乱も冷えてきた。そして、なぜあんなに「だめだ」と思ったのか、うっすらとわかった。

まだ出会ったばかりで、同情されていて。自分が彼を好きかどうかもわからなければ、彼がどう思っているのかもわからない。そんな状態で、こんなにキスも愛撫も上手な相手に抱かれてしまったら、気持ちが置き去りのまま落ちてしまう。

それはとても、いけないことのような気がしたのだ。

(だって、好きじゃないのに、するとか)

それでは久保と同じだ。夢見すぎだとか、乙女思考だとか言われるかもしれないが、いいかげんな気持ちでしたくなかった。

上狛とだけは、絶対に。

(……あれ、でも)

ならばほかのひとならいいのか、と妙な方向に思考が逸れたとき、上狛がぽつりと言った。

「そういえば、十九歳かあ」

「え？」

「いや。いろいろ反省中」

よくわからないことをつぶやく彼に眉を寄せると、ふっと上狛が笑う。

「かわいかったから、ついがっついた。ごめんね」

やっとおさまりかけていたのに、そのひとことに三矢はまた赤面した。もぞもぞと身をよじり、離れようとするのだけれど、腰にまわった腕は離れていかない。

「お、重くないですか」

「べつに。三矢くん軽いし、ちっちゃいし」

「一応一七〇センチあるんですけど……」

ソファに背中をもたれさせた上狛は、三矢を揺すって抱えなおすと、腕を撫でるように這《は》わせて手のひらをあわせてきた。

「おれよりはちっちゃい。手もちっちゃいし」

「そりゃ、上狛さんに比べたら、大抵のひとはちっちゃいです」

「三矢くんはちょうどよくて、いい」

微妙に嚙みあっているのかいないのか、という会話だったけれど、上狛を座椅子にした状態で話すのは、案外悪くなかった。美形すぎる顔が見えないぶん、落ちつく気もした。

「体温さがってる？」

「や、もともと、低いほうみたいです。筋肉ないし……」

演劇サークルでも、もっと筋力をつけろと言われているけれど、体質らしく肉が薄い。そのためか知らないけれど、三矢は末端冷え性気味だった。

「サイダーくんだよね、ほんとに」

「え？」

「つめたくてあまい」

そのひとことで、ふわっと体温があがった気がした。気づいていても、上狛は指摘しない。ただ三矢の手を何度も、にぎにぎと握る。

さきほどとは違う、欲情のまじらないふれかたに、ほっとする。

「いろいろ、ゆっくりいこう」

「……はい」

こくんとうなずくと、後頭部の髪に息がかかった。笑ったのか、ため息なのか、見えない上狛の気持ちはわからなかったけれど、ふれた手のやさしい力が心地よくて、怖くなかった。

5.

【あさっての休みが確保できました。どこかでかけるなら一日時間はあるよ】

なっていた。

「……んー」

文章入力にもすっかり慣れた上狛からのメールをまえに、三矢は自室のベッドのうえでう

大学にはいって最初の夏休み。思った以上の暇を持てあましている三矢にとって、この誘いは朗報でもあり、同時に悩ましくもある。

どう返事をしようか、と固まっていたところ、階下からの怒鳴り声が響きわたった。

「三矢！　休みだからってごろごろしないのよ！」

母親の声に「はぁあぁい」と返したとたん、そのやる気のない声が引っかかったらしい。すごい勢いで二階にあがってきたかと思うと、したに敷いていた夏掛けを引っぺがされる。

「おわ！」と声をあげて三矢は携帯もろともベッドから転げ落ちた。

「あっぶね……母さん、なにすんだよ」

あわてて起きあがり、壊れていないか確認したあと、携帯のフラップを閉じる。母親は布団を抱えたまま、足先で息子をつついた。

「布団干すのよ、どいて」

「バイトだったから、まだ眠いんだって」

あくびしながらの言葉は嘘ではなく、現在の三矢は毎日コンビニの早朝シフトで働いていた。シフトは朝の六時から九時まで。本当は時給のいい深夜帯を希望していた。十九歳になったため、法律的には問題はないのだが、親に「未成年がとんでもない」と反対されたのだ。手がたりないときなどは昼の時間帯もバイトにはいるけれど、そちらは希望者が多くて、あまり枠がなかった。また夏休みの前半には、サークルの夏公演の準備で忙しかったため、融通がきかなかったのだ。

とはいえ小道具係に任命された三矢は不器用で、あまり力になれず、公演に使えるものは先輩の手でほとんど作りあげられて、うろちょろするだけ邪魔と言われてしまったけれど。

「バイトって、たかが三時間でしょう。えらそうに言うけどあなた宿題やったの？　部活はいかなくていいの？」

「小学生じゃないってば。それに公演はもう終わった」

高校などの部活動とは違い、演劇サークルでは毎日練習があるわけではない。公演まえに集中しての稽古や準備はおこなわれるが、それ以外はいたってフリーダムだ。夏木のように自主練に励む者もいるが、サークル棟の部室にたまって、ただ漫画を読んでいたり、仲間としゃべったり飲んだりしているだけの場合もある。

休み中も部室は開放されているが、三矢はこの暑いなか、県境を越えて学校におもむく気力はなかった。

ベランダに布団を干し終えた母親が、うつぶせに寝っ転がる三矢の尻をぴしゃりとたたく。

「若いんだから、ともだちと遊びにいくとかしなさいよ」

それを言われればぐうの音もでない。

同じ講義をとっているなかでそこそこ友人もできたけれども、演劇サークルでの活動に明け暮れていたため、積極的に休みの日まで遊びにいくほど、仲が深まりはしなかった。

そしてサークルのメンバーはといえば、夏公演を終えてもそれぞれに忙しい。

一坂はコンペに応募するための新作にとりかかっている。夏木などはいくつか芝居の――むろん、プロの劇団のだ――オーディションを受けたりするようだ。それ以外のメンバーにしても、アルバイトだなんだと駆けずりまわっている。

高校時代の地元の友人らも、いつの間にやら彼女を作ったり、バイトや旅行の予定をいれていたりと、あまり芳しくなかった。

とはいえ三矢自身、積極的にともだちとの遊びの予定をいれる気にはならないでいた。

「とにかく、家で寝てるだけならどっかいきなさい。冷房代かかるし、じゃま」

「ひっでえ……」

「それにほら。最近、いきつけの店ができたんでしょ。いってくればいいじゃない」

「え」

三矢がぎくっとしたとたん、階下から赤ん坊の泣き声が聞こえてきた。続いて、二年まえに長兄と結婚した義姉が「おかあさーん！」と声をあげる。

「はいはい、いまいくわ！」

長兄夫妻は仕事の都合で、東京に独立した住まいをかまえている。盆も近いのと、長兄が長期出張にでているため、一週間ほどこちらに滞在しているのだが、母親はすっかり孫に夢中だ。新米ママの義姉は中学生のころ母親を亡くしたとかで、幸いなことに男ばかり三人で、娘が欲しかったという三矢の母——姑《しゅうとめ》とかなり仲がいい。

昨年大学を卒業した次兄は実家住まいだが、本日も朝から仕事だ。慣れないスーツに汗をかきつつ営業まわりだそうだ。

おかげで三男坊の三矢は、すっかりごくつぶしの扱いだ。

（肩身せま……）

もそりと起きあがって、部屋着から着替えた三矢はテキスト類とミニパソコンを適当なバッグにつめこむと、階段をおりた。

「外でレポートやってくる」

玄関で声をかけたけれども、母の笑い声と義姉の心配そうな声、そして甥《おい》っ子のぎゃんぎゃん泣く声に掻き消されたらしく、返事はなかった。

運動がてら歩いていこうかと思ったけれど、数分もしないうちにどっと噴きだした汗に負けて、通りにでるなりバスに乗りこんだ。向かうさきはむろん《エブリデイ・マジック》だ。

きんと冷えたバスのなかで窓際の席を確保した三矢は、さきほど返事をしそびれたメールの画面を開く。

あさって。なんの用事もない。バイトはあるけれど早朝のうちに終わるし、問題もなにもない。それでもちょっとためらうのは、これって本当にデートかな、と思ってしまうからだ。

（いや、うん、おれが悪いんだけどもね）

押し倒されて泣いてしまったあの日から、半月ほどが経過していた。

あのあと上狛はゆっくりと三矢をなだめてくれて、前日から煮こんでいたという牛肉と大根の赤ワイン煮を食べさせてくれた。ステーキじゃないのか、というくらいの大きさのブロック肉はナイフがいらないほどにとろとろで、大根も味が染みてものすごく美味だった。

満腹になって、気分の乱高下もおさまった三矢に上狛は「よかった」とつぶやき、怖いことはなにもしないから、と頭を撫でながら言ってくれた。

みっともないことこのうえないのに、あまやかされて許されて、それはそれでとても、嬉しかったのだが——いまになって、なんだかちょっともやもやしている。

（いきつけの店、かあ）

窓にごつんと頭をぶつける。母が言うとおり、このところほぼ毎日のように《エブリデイ・マジック》に通っているのは事実だ。

大抵は、静かな店でレポートをまとめたり本を読んでいるのだが、上狛のシフトによっては、そのままご近所デートもする。駅周辺の店を冷やかしたり、食べ歩きをしたり、時間があればまた江の島にいくこともあるし、上狛のマンションでDVDを観ることもあった。

ふれてきた手や唇の感触が忘れられず、どぎまぎしたのは最初の三日ほど。そこをすぎたときに、三矢は「あれ」と気づいたのだ。

上狛はあれ以来、なんとなく距離を置いて接してくる。手をつなぐことすらなくなった。それどころか、ほんのすこし身体がふれるだけでも、するりと避けるようになっている。

(気を遣われてんだ、よなあ？)

取り乱し、子どものように泣いてしまったし、慎重に振る舞ってくれているのだと思う。だが、いちばんはじめの江の島デートのときのほうが、よっぽどスキンシップは多かった。深いキスには驚いたけれど、まるっきりなにもない、というのは逆に、どうなのだろう。

開放的な夏、恋の季節だ。デートだナンパだとはしゃぐ若者は山のようにいる。というかこういうときは、観光地でもあるデートスポットに住む自分が恨めしくなる。

ちらっと車窓から見おろした通りには、中高年に混じって仲よく歩くカップルたちがいた。パワースポットめぐりの女子に連れられている男は、汗をかきつつもけっこう幸せそうだ。海の方面にいけば、さらに臆面もないカップルが山ほどいるだろう。

(一応おれだって、毎日彼氏に会ってる、はずなんだけどな)

上狛と話すと楽しいし、会えば嬉しい。けれどごくごく健全に遊ぶばかりの日々が続いていると、それはそれで、ただのともだちみたいではないかと思えてくる。

（いいのかな、これで）

ゆっくりいこう、と上狛はいった。そうさせたのは三矢で、けれどそれでいいのかな、と思ってしまう。

――気にしないでいいから。ほっとけばおさまる。

言葉のとおり、あれからしばらくして、上狛の身体は鎮まったようだった。けれど、あのきれいな彼が自分に欲情することができるのだ、という事実は、三矢にとってけっこうな衝撃でもあった。

恋愛、セックス。ひとそれぞれで答えはないというひともいるけれど、じゃあ三矢の答えはどこにあって、なんだろう。

（むずかしい）

考えこんでいるうちに、目的地に近づいていた。鎌倉駅に降り、乗り換えも考えたけれど、こちら発のバスはどれも混みあっていそうで、三矢は鞄をさげたまま歩きだす。

一歩進むごとに、上狛に近づく。こんな感じでゆっくりいけばいいのか、すこしは走ったほうがいいのか。悩むうちに、三矢の足は自然と地面を蹴《け》り、軽い駆け足になっていた。

おかげで《エブリデイ・マジック》につくころには、すっかり汗だくになっていた。

「どうしたの、走ってきた？」

迎えいれてくれた上狛は驚いたように目をまるくし、そのあとで彼らしい、控えめな笑みを浮かべる。

ぜいぜいと肩で息を切らした三矢は、軽く咳《せ》きこんだあと、「待ってて、冷たいおしぼり」と奥に引っこもうとする彼の腕を摑んだ。

（むずかしい、けど）

なぜだか唐突に、待っているだけではだめな気がした。彼から近づけないのなら、三矢からいってもいいはずだ。どうしてそうしたいのか、深く考えるとこんがらがるけれど、いまはただもっと、上狛を知りたいと思う。

汗だくの手で摑んだこの腕の持ち主との距離を近づけたいと、思う。

「あさって、おれも、ひま」

息切れしたまま告げると、いきなりのそれに上狛はすこし驚いたようだった。

「ああ、メール？　うん、あれは――」

「だから、デート、してください」

顔を真っ赤にしてうつむいたまま、小声で告げた。直後、自分がなにを言ったのか気づいた三矢は、あわてて周囲を見まわす。

「いまちょうど、お客さんきれてるよ。誰も聞いてない」

「あ、そ、そですか」

「顔まっかだな。ちょっとおいで」

手招かれ、いつものカウンターがある奥へ向かった。じっとり湿ったシャツに指を引っかけて、空気を扇《あお》ぎいれていた三矢の首に、上狛は凍ったおしぼりを押しあてる。「うひっ」と飛びあがった三矢に、彼は笑った。

「これで首筋と顔冷やして。熱中症になるから、水分とらないと」

「あ、はい」

しゃりしゃりしているおしぼりを受け取り、顔に押しあてた。痛いくらいの熱が冷まされていくのにほっとして息をつくと、頭にくすぐったいような感触を覚えた。

上狛が、くしゃくしゃと頭を撫でている。遊ぶように髪を梳き、右に左にと流すその手が、ますます三矢の顔を赤らめた。

「ちゃんとでかけるの、ひさびさだね」

「……うん」

「どこにいこうか」

誰もいない店のなか、のんびりと上狛が問いかけてくる。

心臓がどきどきしておさまらない。走ったせいなのかと思うけれども、もうとっくに肩や腕は冷えていて、なのに顔だけが熱いままだ。

「デート、誘ってくれてありがとうね」

やさしいあまい声に耳が痺《しび》れて、ぶんぶんと三矢はかぶりを振った。

ちゃんとデートして、もっと近づいて、たしかめたい。すこし不安で、でも嬉しいこの気持ちがどこからくるのか、上狛と自分は、どこにいけるのか。

なにもわからないままなのに、三矢はなぜだかにやける口元に、冷えきったおしぼりを押しつけていた。

6.

二日後、三矢と上狛は横浜のみなとみらいを訪れていた。

本日の予定は映画を観たのち、コスモワールドに寄ってアトラクションを冷やかす、という、定番中も定番のデートコースだ。

(とにかくきょうは、いままで以上にデートっぽくする!)

この日がなにかのターニングポイントだと、三矢は気合いをいれていた。ここしばらく早朝バイトを続けたせいで、そこそこ軍資金もある。心おきなくすごすために、課題ででたレポートのうち、ひとつはすでに終わらせた。

そしてまずはと、ひとがすくないだろう午前中にシネコン、ワーナー・マイカル・シネマズみなとみらいへと向かったのだが——最初のつまずきはここにはじまった。

「え……満杯?」

「みたいだね。予約いれておけばよかったな」

なにしろ、夏休み。公開中のハリウッド大作映画は大入り満員で、しかも事前予約制のおかげで並びの空席はほとんどない。

「いまからとれる席だと、夜になっちゃうね」

しかも観るもののチョイスにも困った。女の子相手であれば、恋愛映画もありだろう。けれど上狛とふたりでとなると、なんともしらじらしい感じがする。ヒューマンドラマ系のものはお互いきらいではないけれど、現在上映中のもののなかに、該当する作品はなく。

特撮系、アニメ系は、いくらなんでもないだろう。

「三矢くん、これなら空《す》いてるみたい」

「どれですかっ⁉」

上狛が上映スケジュールを指さして告げたものはと言えば、先月封切りされた『見捨てられた街』という、ホラー小説をもとにした映画だった。

「ちょ、それ、パス」

青ざめてあとじさる三矢に、上狛は「おや」と首をかしげる。

「怖いの苦手？　これ、原作読んだとかいってなかった？」

「映像はだめなんですっ。小説はまだいいんだけど、映画とかもう、だめだめだめ。音ついてるのがとくにだめ！」

両手をまえに突きだし、首を振って拒む三矢に、上狛はにやあと笑った。

「ふーん、そうなんだ。怖いのだめなんだ」

両方の手首を、大きな手でひとまとめにがっしりと摑まれる。ますます笑みを深めた上狛に、三矢は顔をひきつらせた。

「やっ、観ませんよ⁉　絶対やだから！」

「お芝居の勉強になると思うよ。これの主役、英《はなぶさ》奎吾《けいご》って若手でも演技がいいって評判だから」

「いや、ほんとあの、えっ……いや、えっ、えっ⁉」

見たこともないほど楽しげな上狛に気圧され、引きずられていった三矢の抗議はひとつとして聞きいれられず。

「……つぎゃぁあああ！」

数十分後、防音の効いた扉の向こうでは、ひときわ大きな三矢の悲鳴が響きわたっていた。


「いや、予想以上におもしろかったね。最後とか泣けたし。原作、神堂風威《しんどうふうい》だったよね。今度買ってみよう」

二時間後、映画を観終えたふたりは、シネコンをあとにした。ぐったりしたままの三矢と対照的に、上狛は妙に機嫌がいい。恨みがましく隣にいる男を見つめ、三矢はうめいた。

「……上狛さん、いじめっこだやっぱり」

「そうかな？」

「そうですよ！」

いまだに涙目の三矢は、声を荒らげる。外は炎天下と言ってもいいくらいなのに、怖さとショックで体温のさがった身体は冷えきっていた。無意識に腕をさすっていると「寒いの？」と問いかけられる。

「いや、平気です。すこし歩けば」

「そこまで怖がるとは思ってなかった。おもしろがってごめんね」

「……ってやっぱりおもしろがってたんですか！」

まじめな顔でひどいことを言う上狛にツッコミをいれると「あはは」と彼は笑う。

「怒る元気あるなら平気か。とりあえず、なんか食べよう。おごってあげるから」

シネコンのはいっていたワールドポーターズのなかにも食事処はあるけれど、どこもここも混みあって満杯だった。フードコートでは味気ないし、散策しながらレストランでも探そうという上狛にうなずいてうしろを歩いているうちに、三矢はそのシャツの裾に握りじわがついていることに気づいた。

「あ……」

「なに？」

「それ、おれのせいですよね、すみません」

薄暗い映画館で、ねっとりじっとりと肌に迫ってくるようなホラー映画を観る間じゅう、手にふれたなにかにしがみついていたことはうっすら覚えていた。

「ちょっとすればもとに戻るし、気にしなくていいよ」

「でも」

おそらく麻が素材の涼しげなシャツは、高価なものだろう。気にするなと言われても、やらかしたものを放っておける性格でもない。

しかも泣くわわめくわ、悲鳴をあげるわで、みっともないばかりの自分にもへこんでいると、上狛が頭を撫でてくる。

くしゃくしゃっと髪を乱したあとに、整えるように指で梳くのが上狛のくせのようで、一連の動作にも、だいぶ慣れてきた。

(気持ちいい)

無意識に目を閉じると、その手が止まった。どうしたのだろうと思っていると、上狛が口を開く。

「じゃ、お詫びに昼飯は三矢くんがおごってくれる？」

「あっ、は、はい！」

「おなかすいたし、すぐ食べたいからそこでよろしく」

親指で上狛が示したのは、シアトル発祥のカフェチェーンだ。思いっきりファストフードではないかと思ったけれども、これも彼の気遣いだろうと三矢は受けいれた。

「んじゃ、いっぱい食べてください。どーんと」

胸を張ってみせる三矢の頭を、もういちど上狛は撫でてくれた。けれど、今度はぽんと頭をたいてすぐに離れていくその手が、なんだかさみしかった。

とりあえず昼食は平和にすませ、今度こそはと三矢《みつや》は気合いをいれた。

遊園地、これまたデートの定番だし、みなとみらいのコスモワールドは人気のスポットでもある。あちらこちらで、この暑いのにべったりと腕を絡め、腰を抱いて歩くカップルも多数見受けられた。

「とりあえず、どれに乗る？」

「コスモクロックがいいです！」

恋人同士のデートといえば、観覧車。よく、頂上にのぼったあたりでキスをする、なんてベタなシチュエーションは、少女マンガやJポップの歌詞にもあるほど、定番の乗り物だ。

そしてこのコスモクロック21は、直径百メートルの高さを誇るもので、シースルータイプのゴンドラは、足下の光景がよく見える。

恋愛初心者の三矢としては、ふたりきりの空間で、ちょっとくらい、恋人らしい雰囲気がでたりしないかな、などと思っていたのは否めない。

しかしこれまたリサーチ不足の残念さが、裏目にでてしまった。

コスモクロックのゴンドラは——八人乗りが可能だった。

組みあわせだったからだろう。

きゃっきゃとはしゃぐ家族連れといっしょに押しこめられたのは、間違いなく男ふたりの組みあわせだったからだろう。

カップルの場合は多少の配慮があるようだけれど、混《こ》みあった休日、十五分待ちの観覧車をどんどん回転させるべく、係員に誘導されるまま乗りこんだ。

「高いね」

「……そうですね」

「高いとこ好き？」

「え、まあ、ふつーに」

この微妙な会話はどうしたものか。盛りあがらないことこのうえない。あてがはずれたからといって、テンションをさげていてどうするのだとあせるけれども、三矢がどうにも複雑なのは、乗りあわせた顔ぶれに問題があった。

「ね、あのひと……」

「いけてるよね。ね、ね」

「ちょ、やばくない？」

ゴンドラの端に腰かけて長い脚を組み、遠くを眺める上狛《かみこま》を見て、女子大生らしい女の子三人連れが、きゃっきゃとささやきあっている。

（そうなんだよな。このひと、目立つんだよ）

地元を一緒に歩いているときや、江の島でのデートの際にも視線は飛んできた。

しかし、店ではすでに上狛のキャラクターも知れ渡っているし、また客層からいってもあまり積極的にでてくる女性は多くない。またあの地の空気感のせいか、たとえ観光客といえど、男に対してあからさまなタイプは見かけなかった。

だが、ここはアウェーだ。大学に通いだしてから、東京と鎌倉とはこんなにも空気が違うのかと驚いたことがあったけれど、同じ県内の横浜でもやはりそれを感じてしまう。

（なんつうか……ギャルだ）

同じようなゆるく巻いた髪に、目元を強調するメイク。痛いくらいの視線を無遠慮に投げてくる彼女たちのことが、なんだか急に怖くなった。

（あのときも、こういう目で見られたっけ）

久保《くぼ》の連れていたあの女の子よりは品よくまとまっているけれど、つけまつげをしばたたかせ、上目遣いでこちらを見る目つきが、ひどく似ている。好奇心もあらわに品定めする、マスカラを濃く重ねた、あの目。

いやなことを思いだし、うつむいた三矢に「どうしたの？」と上狛が訊《たず》ねた。

「なんでも……」

あいまいに笑ってごまかしたつもりだった。けれど納得いかなかったのか、メガネごしのグレーの目は三矢を見つめたままだ。

「あの、上狛さん。外、見たほうが」

「三矢くんこそした向いてる」

その後三矢が逃げるようにゴンドラの外へと顔を向けていても、上狛は三矢の顔から目を離さなかった。あまりにじいっと見られるので、違う意味でいたたまれなくなってくる。

（ちょっとほんとに、見すぎ……）

組んだ脚に肘《ひじ》をつき、軽く握った拳《こぶし》に顎《あご》を乗せた上狛の視線があまりに強い。なんだか肌がちりちりして、顔が赤くなってきた。

「お帰りなさいませ、終了です！　足下お気をつけて！」

気づけば観覧車が一周してしまい、係員のやたらとあかるい声にほっとした。そそくさと外にでた三矢は、隣にいてまだじっと見ている上狛の気配にたじろぐ。

「上狛さ……」

「——あのぅ」

どうしてそこまでじっと見るのだと、問おうとした矢先だった。すっかり存在を忘れていた、さきほどの三人組から声をかけられる。

「こんにちはぁ。あの、ふたりできてるんですか？」

「え、あ」

「うちら、三人なんですけど。よかったらいっしょしません？」

巻き髪の彼女らは、上狛ではなく三矢に対し、にこにこと話しかけてきた。狙《ねら》いはあからさまだったのになぜ——と一瞬戸惑ったが、おそらく御しやすいほうから攻めてきたということだと気づく。

（ど、どうしよう）

逆ナンされた経験などない三矢は、ただひたすらにうろたえた。おろおろしながら無意識に傍らの上狛を見あげると、彼もまたふしぎそうな顔をしている。

「か、上狛さん、あの」

「三矢くんは、いっしょにいきたい？」

「えっ」

まさかデート中なのに、そんなわけがないだろう。しかし、目のまえで期待いっぱいに待っている女の子たちがいる。いやだと直接言ってしまうのははばかられた。

（でも、そうじゃないじゃん。きょうはデートするんだし）

まさか上狛がいくと言ってしまったらどうしよう。ひたすらうろたえていると、しばしなにかを考えこんでいた上狛は「あれ」と首をかしげた。

「きみの大学の知りあいじゃないの？」

「えっ、ち、違います。初対面」

ピントのずれた言葉におかしいとは思ったけれど、三矢はぶんぶんとかぶりを振った。

「じゃあ、ひと違いだと思います。失礼」

上狛の言葉にぽかんとなったのは三矢だけではなく、彼女らも同じようだった。話が見えず、いったいどういう流れでの「じゃあ」なのだと思っていると、上狛は三矢の頭をぽんとたたく。

「いこうか、三矢くん」

「えっ、えっ？」

わけもわからずにいるまま、すたすたと歩きだした上狛のあとをあわてて追う。

「上狛さん、あの、ひと違いってなに？　どゆこと？」

「ん？　いや、あちらがきみのこと、大学の知りあいと誤解してるのかと」

だから偶然会うなり声をかけてきたのだろうと思ったと言われ、三矢は唖然《あぜん》となった。

「んなわけないでしょ!?　逆ナンですよさっきの！　ナンパ！」

「え？　そうなの？　あれが？」

目をしばたたかせるあたり、本気で言っているらしい。どうしてこんな派手な容姿で他人の秋波に鈍くいられるのかがわからず、三矢は混乱した。

「あれが、って。ナンパされたことないわけじゃないですよね？」

「なくもないけど……へえ、ああいうのもナンパになるんだ。わかりにくいな」

あれがわかりにくいって、いったいどういうことだ。二の句が継げなくなった三矢をよそに、上狛はひとりでうなずいている。

――こういう純情な時期がなかったよなあ、零士《れいじ》は。

(銀上《しろかみ》さんだって、ああいうふうに言ってたし。たぶん経験がないとか、そんなわけない)

まして一度は手をだされた身だ。年齢も年齢だし、けっこう遊んでいたのではないかということくらいは、経験値がほぼゼロの三矢にだってわかる。

「あの、上狛さん、質問」

「なあに?」

「ちなみにいままで、どのようなナンパのされかたをしてらしたのでしょうか」

三矢が挙手して問えば、上狛は目をぱちくりとさせて、そのあとゆったり細めた。

「……訊《き》きたい?」

長い睫毛《まつげ》がけぶる流し目に、なぜかわからないがぞわっとなる。「いや、いいです。ごめんなさい!」とあわてて手を振れば、彼は喉《のど》の奥で笑いを転がした。

「若いころ、よく遊んでたのが横須賀でね。あんまり日本人の、あれくらいの女の子って相手したことがなかったんだ」

横須賀といってもエリアは広い。しかしなんとなくぴんときて、三矢はおずおず問うた。

「もしかしてそれって、ベースの近く……ですか」

「よくわかるね」

どぶ板通りには三矢も次兄に連れられて遊びにいったことがある。昼間はちょっと異国風でおもしろい街だが、夕方をすぎればとてもではないけれど、一般の学生が近寄れる空間ではない。なにしろ夜になれば、治安維持のために米軍兵士が通りをブロックごとに担当し、見張っているような場所なのだ。

――悪いこと言わないから、米軍か自衛隊員に知りあいがいねえなら、ガキだけで遊びにきたりすんのはやめとけ。

ある意味日本だと思うなと、きっちり釘を刺されたことを覚えている。

そんな場所に若いころから通っていたというのか。

「言ったように、日本語得意じゃなかったし」

「って、やっぱ英語しゃべれるんじゃないですか！」

「高校英語程度だってば。それに、言葉が通じなくても問題はなかったし」

そのひとことで、細かく聞く気は消え失《う》せた。脳内では、肉食系の外国女性が上狛に猛烈なアピールをしてくる図がなまなましく浮かびあがる。

（ぱっと見、草食系っぽいのに）

大人らしく、それなりのことはこなしてきたらしい。いや、当時こなしまくったからこその、こののんびりかまえた態度なのだろうか。

それとも結局は、三矢のレベルにあわせてくれているということだろうか。

また上狛がわからなくなった、と三矢がため息をつくと、「どうしたの」と覗《のぞ》きこんでくる。灰色の目をじっと見つめて、こういうことには気がまわるのにと複雑になった。

「なんか黙りこんでるけど、高いところ、やっぱり怖かった？」

「……いや、そういうんじゃないです」

力なくかぶりを振ると、しばらく考えこんだ上狛は「あ」と声をあげた。

「あそこにソフトクリームあるけど、夏限定のメニューだって。買ってあげようか」

長い指で示したさきには、フードコートがあった。

三矢がへこんでいると食べものを与えようとするのは、上狛のくせなのだろうか。

（なんか、ピントがずれてるんだよなあ）

それとも子ども扱いをされているだけか。ますます複雑になったが、気を遣ってくれるのをむげにもできず「ありがとう」と三矢は力なく笑った。

フードコートは、子ども連れの客でにぎわっていた。

ワンダーアミューズ・ゾーンと名前のついたエリアの上層階にはゲームセンターや子ども

が好きなアニメキャラクターのデザインの乗り物などがあるらしく、BGMと子どもの声がまじりあって、かなりやかましい。

スタンドテーブルの一角を確保して、ふたりはふうっと息をついた。

「騒音レベルすごそうだね」

「ですねえ」

苦笑いしながら、すこし大きめの声で会話する。あまりのにぎやかさに、さきほどの妙な気まずさは吹き飛んで、三矢はちょっと安心した。

手にしたソフトクリームのフレーバーは、上狛はバニラ、三矢はミックスベリーをブレンドしたものだ。歩きまわって火照《ほて》った身体《からだ》に、つめたくなめらかなソフトクリームが染みる。

ほっと息をつくと「おいしい?」と上狛が問いかけてきた。

「おいしいです。ちょっと食べます?」

「ありがと、ひとくち」

コーンを差しだすと、紫色っぽいソフトクリームの端っこを、顔をかたむけた上狛がなめとった。目を伏せて、ちらりと動いた舌の動きに目が奪われ、三矢は赤面する。

「んん、おいしい。おれのもいる?」

「え、いいい、いいです」

ぶんぶんと空いた手を振って、ついでに首も振った。挙動不審もいいところの三矢に、上狛はふしぎそうな顔になる。追及されるまえにと、三矢はなにも考えずに口を開いた。

「えっ、えっと。上狛さん、楽しい？」

「楽しいよ。三矢くんといっしょだし」

結果はさらに赤面させられる羽目になり、ソフトクリームに集中するふりで目を伏せた。

こういう台詞《せりふ》がさらっとでてくるあたり、やっぱり慣れているなあ、と思う。

（……でも、なんでだろ）

放っておいても、このきれいなひとなら、女も男もよりどりみどりなのは間違いない。同年代で似合いの相手もいるだろう。ちょっとずれたところもあるけれど、ルックスだけは百点満点。言葉もいらない相手となれば、さぞモテまくりだったに違いないだろう。

そんなひとがあんないきさつでなぜ、三矢のような子ども相手に「お試しでつきあってあげる」などと言ってきたのかと、いまさらなことを考える。

（ていうか、結局おれ、そこから動いてない）

きょうこそは、さきに進むためのなにかを見つけたいと思ったのに、こんなことばかり頭のなかでこねまわしていては、なんにもならない。

「……三矢くん？」

ちょっと顔色を変えて黙りこんだだけで、ちゃんと気配に気づいてくれる。他人の色目はさっくり無視するのに、三矢のことをよく見ていてくれる。

だったらいっそ、この形にならないもやもやも、上狛が決めてくれたらいいのにと、そんなあまえたことを思う自分がいやで、三矢は口を開いた。

「キスとか、しないんですか」

「え？」

いきなりの言葉に、上狛は目をまるくする。なんでこのタイミングだと自分でも思ったけれど、こうなれば本音をぶちまけてしまうしかない。口ごもりつつも、三矢は言った。

「いや、あれからなんか、こう、なんもない、っていうか……いいのかな、って。いまのまんまだと、ただともだちみたいかなって」

話すうちに、ごにょごにょと声はちいさくなる。グレーの目がゆっくりと細められ、じっと見おろされると、フォローの言葉もなにもかも、吹き飛んでしまった。

言い訳がましい三矢の言葉にはコメントせず、軽く背をかがめ、顔を近づけた上狛がささやくような声で言う。

「していいの？　ゆっくりじゃないの？」

あまい音が耳の近くに響いて、ぞくぞくした。このひとは絶対に、自分の声の使い道をわかっているとくやしくなりながら、三矢はうなずいた。

「キス、くらいなら、いいかなと……」

もごもごと言えば「いいんだ」とさらに上狛が目を細める。なんだか不穏なものを感じて、三矢はあわてた。

「あ、でもあの、軽いの、軽いので」

「軽いってどのへん？」

また瞳孔《どうこう》が大きくなっている。この目をされると、言いたくない――できれば察してほしい話も言わなければいけないような気になってくる。

「えと、舌いれない、の……」

周囲では、きゃあきゃあとやかましい子どもたちが走りまわり、叱《しか》りつける親の声もする。鳴り響くBGMは相変わらずの大音量で、なのにいま、上狛のささやく声しか聞こえない。

健全な遊園地で交わす、不健全な会話だけに神経が引き絞られ、はじけそうだった。

「なめるのは？」

「えっ」

「唇、なめてもいい？」

三矢はぎくしゃくうなずいた。とたん上狛はすごい勢いでソフトクリームを食べはじめ、なめる、というよりも噛《か》んで口のなかに放りこんでいく。三矢はあっけにとられた。

「な、なに？」

「三矢くんも、はやく食べて」

わけもわからず、「はあ」とうなずき残りすくなかったソフトクリームを食べ終えるなり、三矢は突然手を引っぱられた。

「じゃ、いこうか」

「ど、どこいくの」

足早に歩く彼に引きずられながら返ってきた言葉には、絶句するしかなかった。

「ひとのいない、暗いとこ」

「え……」

そんないきなり、とか、なんでそうなる、とかいろいろ言いたいことはあった。けれども、赤くなりつつ拒まないのだから、三矢にはなにも言えない。

(それに、したいって言ったの、おれだし)

恥ずかしくなりつつときめいていた三矢だったが、エスカレーターをのぼり、上層階へと進むうちに、なんだか予想と違う行動に面食らった。

(え、なに?)

腕を引かれながら向かったのは、アミューズ・ゾーンの建物のなか。上狛は言葉に反し、どんどんひとが多いほうへ近づいていく。戸惑いつつ、家族連れでごったがえすなかを進むうち、長蛇の列が並ぶむこうの看板に気づいて、三矢はぎょっとした。

「……なんですか、ここ」

「お化け屋敷」

おどろおどろしい文字で『幽霊堂』と書かれた看板を見あげ、三矢は顔をひきつらせた。さっきのいままで、ホラーが苦手だということは知れているはずだ。なのに、よりによってこのチョイス。いったいどういういじわるだろうか。

「ひと、いっぱいいるじゃないですか！」

「なかにはいれれば、誰もひとのこととか見てないし。これ、そんなに怖くないらしいよ」

「そうじゃなくて、いや、違くてあのっ……なんで？」

わたわたしているうちに、列に並ばされそうになる。なにがなんだか、という顔で上狛を見あげると、彼は口元だけでにんまり笑った。

「ひとのいない、暗いとこいくって、どういう意味だと思った？」

戸惑った三矢の耳に口を寄せ、彼はひっそりとささやいてきた。

「いますぐキスするとか、おれ、言ってないけど」

「――……っ！」

目を剝《む》いた三矢は上狛を突き飛ばし、足早にその場を去った。アミューズ・ゾーンの建物をでて、いきさきもなにもかまわず、とにかく足が動くのに任せてずんずんと進む。

（からかわれた……っ）

自分のなかのなにかが、ものすごく侮辱されたような気がした。

つまらないことを言ったかもしれないけれど、三矢にしてみれば、思いきり勇気をだしての問いかけだったのだ。

あげくに気を持たせて、あんなふうにからかって、ほんとに最低だ。

「待って三矢くん、待って」

うしろから追ってきた上狛に腕を摑《つか》まれた。めずらしくあわてている気配が声からわかり、足は止めたけれど、三矢はうなだれて振り向かない。

「ごめん。ちょっとからかいすぎた。怒った？」

こくん、とうなずく。背後でため息が聞こえ、困ったような気配が伝わってきた。

さすがに折れてやる気にはなれずに黙りこんでいると、上狛もまた黙りこむ。

ふたり揃《そろ》ってしたを向き、ひどく長い沈黙が訪れた。

(なんで、なんも言わないんだよ)

やつあたり気味に考えたけれど、本当は、三矢だってわかっていた。

かっとなってキレたのは、上狛だけでなく、空気も読めない自分がほんとに最悪だと思ったからだ。

恥ずかしくて悔しかったたし、相手にされていないのかと落ちこみもしたが、思えばそれも当然なのだ。あんな場所でキスのことなど持ちだすほうが、どうかしていた。あげくに勝手にどきどきして、肩すかしを食らったからと傷ついた。

そんな権利はたぶん、いまの三矢にはないはずだ。

（ばかじゃん、おれ。なに期待してたんだ）

うやむやなつきあいの、恋人未満のくせに。こんなふうに拗《す》ねて逃げだすなんて、かまってくれと言わんばかりだ。

どんどんマイナスなほうに向かいだした思考にストップをかけたのは、ちらりとうかがった上狛の表情のせいだった。

「……怒ってる？　ごめんね？」

「え……と」

心底、困った顔をした彼が、腕をぎゅっと掴んでいる。あまり表情が変わることのない上狛にはめずらしく、感情があらわになっていることに驚いて顔をあげると、きれいな目を伏せて眉《まゆ》をさげた。

（え、なに、その顔）

こんな顔をされては、怒るに怒れない。いつも飄々《ひょうひょう》として見える彼の意外な態度に面食らって、三矢は「もういいです」と言ってしまった。

もともと、怒りを持続させるほうが疲れてしまう性格だ。なにより上狛と、こんな情けない理由で気まずくなりたくなかった。

「許してくれる？」

うなずくと、ほっとしたように広い肩が上下する。なんだかそれが妙にかわいく見えて、三矢は苦笑してしまった。

いつも、なにを考えているのかいまいちよくわからない彼が、すくなくとも三矢の機嫌を損ねたかどうか、気にしてくれている。

反省しているらしい上狛には悪いけれど、そのことは三矢にとって、嬉しいことだった。

それでも一応釘は刺さねばと、しかつめらしく言ってみる。

「許すけど、ああいうふうなからかいかたは、おれ、好きじゃないです」

「うん。ごめん」

素直にうなずいてみせる上狛は、ちょっと新鮮だ。苦笑が笑みに変わる。「もういいですよ」と告げた三矢は、自分たちが人通りの多い場所にいることを、いまさら思いだした。

「突っ立ってるとじゃまになるし、移動しましょう」

「ああ、うん」

うながすと、上狛もいっしょに歩きだした。自分のほうがリードするなんて新鮮だ……と三矢が機嫌をなおしていたところ、半歩うしろを歩いていた上狛が、うなだれて「はあ」と大きく息をついた。

「そんなにため息つかなくても」

「つくよ。すごくびっくりしたし。三矢くん怒るとこ、はじめて見た」

「そりゃ、おれだって怒るときは怒ります」

hen you're go
m okay

「だよねえ」

上狛は妙にしみじみとつぶやく。なにを言っても怒らないと、なめられていたのかと思えば、すこし複雑だが、どうも彼はそういう意味で驚いたのではなかったらしい。

「かわいい顔だと思ってたんだけど、怒ると目がきりっとして、きれいだったな」

「……へ？」

しばらく言われたことの意味がわからず、三矢はきょとんとする。「そういう顔もかわいいけど」と笑われて、目をしばたたかせた。

「な、なに、なに言ってんですか」

「いや、なにって三矢くんきれい」

「ばっかじゃないんですか⁉」

額と首筋まで真っ赤にしてわめくと、三矢はまた背を向け、足早に歩きだした。

（からかうなって言ったはしから、なんなんだよ、もう！）

いらいらと思いながらも、さきほどのように冷たいものが混じってはいない。ただただ、頬《ほお》が火照って熱い。

ほとんど小走りになっていると言ってもいいのに、腹だたしいことに長すぎる脚の持ち主は、ゆったりした歩みでうしろをついてくる。

「サイダーくんがしゅわしゅわしてる」

「ほんといいから、そういうの！」

声を裏返すと、うしろにいる男はくすくすと笑った。

「でもちょっと意地悪したくなったの、わかってほしいんだけど」

「なんで！」

「真っ昼間に、こんなひとだらけの場所で、キスしてとか言われても」

三矢はぴたりと足を止める。追いついた上狛が、肩を抱いて横に並んだ。

「い、言ってない」

「あれはそれ以外の意味にはとれないと思う」

「ちが、……！」

最後まで言わせてもらえないまま、いきなりキスをされた。

（え……）

ほんの一瞬で、なにがなんだかわからなくて、まばたきをする間に離れていったけれど、上狛はしっかりと三矢の唇をひとなめしてから顔を離した。

「そ、外……み、見られた……」

「見られないよ」

なぜそんなにきっぱり言いきれる、と三矢が口を開閉させていたところ「見てみれば？」とうつむいていた顔をあげさせられる。

そこには、賑《にぎ》やかな遊園地に夢中になっている子どもや、その世話を焼いているちょっと疲れた、でも楽しそうな顔の親たち。そして自分の世界に夢中になっているカップルの姿ばかりだった。

見まわしても、こちらを奇異の目で見るひとなど誰もいない。

「ね。だいじょうぶだから」

膝《ひざ》から力が抜けそうになり、肩に手を置いたままの上狛を涙の滲《にじ》んだ目で睨《にら》む。だが、微笑《ほほえ》んだ彼はまるで反省した様子もなくて、ますます脱力した。

「もうほんと、上狛さん、よくわかんない」

「三矢くんはわかりやすい」

怒ってみせても上狛はすこしもこたえた様子がなく、また振りまわされた三矢はひたすら、悔しかった。腹もたっているはずなのに、どうしてか彼のふれた唇を強く意識する。気を抜くとゆるんでしまいそうになって、疼《うず》くようなそこを、三矢は手の甲でつよく、おさえた。

その日の帰り、送るという上狛とともに若宮大路を歩く途中、ふと三矢の目に止まったものがあった。「ちょっと待ってて」と上狛に声をかけ、買いものをすませて戻る。

「あのこれ、使って。いろいろごちそうにもなったし、きょうのお礼に」

「なに？」

差しだしたちいさな紙袋の中身は、手荒れしている上狛のためのハンドクリームだった。

「それ、ジェルタイプだから。塗っても手がべとつかないし、仕事中もいいかもって」

「おれに？　うわ、ありがとう……！　すごい、嬉しい」

めずらしく上狛が目をまるくして、満面の笑みを浮かべた。予想以上に喜んでくれたことが、嬉しい。なんだか急に気持ちが盛りあがって、なにも考えないままに口を開いた。

「おれ、上狛さんのそういうとこ、好きだな」

素直につぶやいただけなのに、上狛は面食らったような顔をした。なにかはずしただろうかと、三矢のほうが戸惑う。

「……そういうとこ、って？」

問われて、逆にまごつく。いちいち説明することだろうかと思いながらも言葉を探した。

「いや、だから。ふだんあんまり顔にでないけど、こういうとき、ちゃんと喜んでくれるし」

「ああ、そういう意味か、うん」

上狛はなにかひとりで納得したようにうなずいて、笑う。ますますよくわからずに首をかしげていると、ごく軽い口調で告げられた。

「おれも三矢くん、好きだよ。素直でかわいい」

はじめて彼の口からでた三矢に対する「好き」という言葉にどぎまぎした。それでも鵜呑《うの》みにはできなくて、「またまた」と三矢は茶化した。

「ほんといいですから、そういうの」

笑って流しながら、なぜだか胸がひやっとした。せっかくもらえた宝物を自分の手でくすませてしまった気がした。

――赤野井《あかのい》、いいやつだし、ほんと好き。

無責任に浅い言葉を投げられて、まともに受けとめて失敗した、あのできごとからまだ、一カ月半。久保に植えつけられた、好意を示す言葉への疑惑と、ことが露呈してあっさり冷めてしまった自分自身への不信感は、案外根強いらしいと、三矢はこっそり自嘲《じちょう》する。

（ちゃんと好きって、確信持てればいいのにな）

やさしくてきれいな上狛に、ちゃんと好かれたいし、自分もちゃんと好きになりたい。なんの酔狂かしらないが、同情でここまでしてくれる彼と本物の恋愛ができたら、すごくすてきなものになると思う。

でも、じゃあ、ちゃんとってなに？

考えれば考えるほどわからなくなる気持ちに、三矢はこっそりため息をついた。

7.

駆け抜けるようにして夏がすぎ、九月の初旬。後期授業が開始となった。同時に、来月におこなわれる秋の大学祭のため、各サークルやだしものをおこなうゼミなどは準備に追われ、大学内はいろいろとあわただしい雰囲気になっている。

秋の公演を打つ演劇サークルにしてもおなじくだ。このサークルでの公演は、およそ二カ月に一度のサイクルでおこなわれる。

目玉になるものだけをあげても、春におこなわれる新入生歓迎の新歓公演では二年以上の面子《メンツ》、夏の新入生公演では、一年のみが舞台に立つ。そして冬の卒業公演では三、四年生が記念公演をおこなうことになっている。通常公演の場合はサークル内でオーディションをおこなったり、演出担当——大抵は一坂《いちさか》だが、企画を立案した本人が担当することもある——の選出でチームを作って芝居を打つことも多い。

そして、サークルの所属メンバー全員が参加するのはこの大学祭のみだ。構内の敷地にわざわざテントを立て、かなり大がかりなものになる。むろん人員が多いため、一年生などの下っ端は大半が裏方にまわる。音響、照明、大道具小道具。いずれも大事な仕事だし、なにも舞台のうえで脚光を浴びるばかりが演劇サークルの活動ではない。

そして、その下っ端のひとりである三矢は、サークルの部室でちまちまと小道具作りに勤《いそ》しみながら、物思いにふけっていた。

「ふはあ……」

「なにたそがれてんだよ」

ため息をついたとたんぽこんと頭をたたかれる。振り返るとそこにはサークル長がいた。

「あれ、一坂さん。稽古《けいこ》は？」

「休憩休憩」

演出家ながらメインの役者でもある一坂は、ジャージ姿だった。それもかっこいいものではなく、いわゆるイモジャー。頭にタオルを巻き、なぜか古びた竹刀《しない》を持っている。三矢の頭を小突いたのは、この持ち手の部分だったらしい。

「それよりさ、例のやつ。できたの？」

「まあ一応……こんなんでいいんですかね」

持ちあげてみせたのは、紙粘土で作った不気味なお面だ。モデルにしたのはいわゆる『おたふく』の面。子ども向けの工作キットで作ったのだが、壊滅的に絵心のない三矢が目鼻立ちを造形しただけあって、バランスが悪くてかなりひどい。

だがそれを見た一坂は目を輝かせた。

「おお、いいわ、いいわ！　このどうしようもないひどさが不気味さを増してる！」

「……すげえ、嬉しくないほめことばですね」

「なに言ってんだよ、狙いどおりだよ」

鼻は歪《ゆが》み、目はずれ、粘土の盛りがまちまちなためにおうとつも微妙だ。見ようによっては、肌のただれた顔にも見える。

「色づけすれば、立派な『呪《のろ》いの面』ができあがりだな。かわいい色で塗れよ」

「え、呪いなのに、かわいくってなんで……」

「サイダーのセンス的に、いいものにしようと思えば思うほど、はずすから」

一坂はふんぞり返ってにんまりし、三矢はがっかりして肩を落とした。

「にしても、いい具合に鬱屈がこもってんなあ。そういう意味でも正解だ」

「え……」

さっくり言いあてられ、三矢は思わず顔をあげ、またすぐにうつむいた。紙粘土でべたべたになった手を握ったり閉じたりしていると、一坂はまだ未着色のまっしろな呪いの面を顔のまえにかざしてみせながら、言った。

「久保からは、もう連絡ないんだろ？」

突然の言葉に驚き、三矢は目をしばたたかせる。

「あるわけないの、一坂さんがいちばん知ってるじゃないですか」

「まーな。あれでアクセスしてきたらたいしたタマだと思うけど」

平然とした顔でうなずく彼は、つくづく怖い。数カ月まえ、三矢が久保とその仲間にはめられたあと、一坂はすべて自分にまかせてなにもするな、と言った。そして翌日には、久保の仲間五人は全員サークルをやめ、始末がはやいなあと三矢は感心していた。

「見上《みかみ》さんも、元気になってよかったっすね」

「追いこみかけるときにも『わたしがオルレアンの少女になりますから』言ってたしな」

三矢に同じく久保の被害にあっていた見上は彼らに制裁をくわえるためなら、自分の件を公表してもいいと言ったそうだ。彼女自身、噂にさらされるのも覚悟していたらしい。

——それにたぶん、やられたのはわたしだけじゃないと思うから。

見上の言葉どおり久保らはサークルの内部だけでなく、自分の大学でも似たような賭《か》けをしていたそうで、反撃を考える人間はすくなくなかった。

その結果、サークル長として一坂は久保の大学に問題行動を報告した。久保を含む三人は退学、残るふたりもほとんど大学内で孤立し、いわゆるぼっちの便所飯状態。うしろ指をさされ、近々彼らも大学をやめるだろうという話だ。

「ま、見上にはよかったかもな。なんか吹っ切れたみたいだし」

「芝居、めちゃくちゃうまくなりましたもんね」

笑いあいながら、お互い、久保らの被害にあったもうひとりについては口にしなかった。

見上の疵《きず》もけっして浅くはなかったが、あくまで男女のこじれだ。ばかなやつに引っかかった自分を悔やみ、こんなことで負けたくないとサークルにも復帰する気概はあった。

だが――お嬢さま大学に通っていた佐野《さの》は、さらにひどい辱めを受けていた。飲まされて彼らのたまり部屋に連れこまれ、賭け告白のねたばらしと同時に、複数の男で無理にキスして胸を摑んだり、服を脱がせて卑猥《ひわい》な言葉をぶつけたりなどのいたぶりを受けた。幸い輪姦まではいかなかったのは久保の彼女がさすがに見かねて止めたかららしい。

刑事事件にすることもできなくなかったが、佐野自身が望まなかった。だが彼女はそのまま大学をやめ、実家に戻っていったと聞いている。

だからこそ一坂も、徹底した処罰を求めたのだ。

「あいつらは遊びのつもりだったんだろうけどな。やっていいことと悪いこと、見極めつけにゃ、いかんだろ。いまどき学生だ未成年だってのが、ぜんぶの免罪符じゃねえんだ。ネットにでも話が漏れたら、一生を棒に振るってこと、わかってねえとな」

重たい一坂の言葉に、「そうですね」と三矢はうなずいた。

(にしても、どういう人脈と行動力なんだろな、このひと)

詳細は怖いので聞いていないが、他大学の上層部に対して法的措置と引き替えに処分を促し、事件をもみ消すことも許さないなど、一介の学生になかなかできることではない。

「……いらねえ話、聞かせて悪かったな」

「や、いいです。おれはほんと、たいしたことなかったし」

佐野に関しての事実を、一坂は三矢にだけ語った。ひとりで抱えこむにはやはり、重かったのだろう。久保らの被害者のひとりである三矢は適任だったのだと思う。それに見上や佐野からすれば、三矢の受けた痛みなど、蚊に刺された程度のものだ。事実、いま話を振られるまでほとんど忘れていたくらいだった。

「じゃ、なんでそう冴《さ》えない顔してんだよ?」

ぼこぼこのお面の向こうがわから、きょろりと目だけを動かされる。不気味だからやめてほしいと思いながら、「べつになにも……」と三矢は口ごもった。

「嘘つくなよ。ここんとこまえにも増して躁鬱《そううつ》激しいくせに」

「おれ、そんなわかりやすいですか?」

「顔にぜんぶでるからなあ。だから芝居へッタクソなんだけど」

ぐさっとくることを言われたが、事実だけに反論できない。お面をおろした一坂は、にやにやと笑っていた。

「まあでも、想像力があるだけおまえはマシだ。ちゃんと役の心理を理解しようとはするからな。素直だし、もうちょっと表現力つけりゃなんとかなるだろ」

「そ、そうですか?」

「頭が固いやつだと『おれだったらこんな台詞言いません、だから脚本が間違ってます』だの言いだすからさあ。ありゃ手におえねえよ。誰がてめえの話しろっつったんだ」

一坂が目を細め、三矢はぞくっとした。細面で端整な一坂の顔、そのこめかみあたりにうっすらと青い血管が浮いている。

（あー、休憩って、そうか。もめたのか）

おそらく、いま吐き捨てたようなことを一坂相手に言ってのけた者がいるのだろう。なんとなく、この一坂に嚙みついた相手の予想がついて、三矢はこっそり首をすくめた。怒れば怒るほどにやにやする彼の性格は、さほど長いつきあいでもない三矢でも把握している。

「脚本の意味も読み取れねえ感受性のなさを、棚上げすんなっつうのな。そう思わん？」

「は、はあ」

「こっちはちゃんとプロット練って、ストーリーも役も作りあげてるっつうのに、役とてめえを混同すんなってんだクソが。ふざけんなコノヤロー」

口汚く罵《のの》りながら、満面の笑みを浮かべた一坂は土産品の赤べこのように首だけを器用にゆらしてみせた。完全に表情と声が乖離《かいり》している。個性派俳優の持ちネタ『笑いながら怒る人』だとわかるけれど、ゆらゆらする顔が正直不気味でしかたない。

「というわけでおれは腹がたってるから、ぴよぴよサイダーの話を聞いてやろう」

「すんません、というわけで、がどこにかかるかまったくわかりません」

「気晴らしさせろってんだコノヤロー」

「……竹中直人はもういいから、戻ってください」

「おう」

さっくりと真顔になった一坂にため息をつくと、容赦なく突っこまれた。

「んで、サイダーがうだうだしてんのは、仮想彼氏のことだろ」

「わかってるなら、いちいち訊かなくてもいいじゃないですか……」

恥ずかしさのあまり、三矢は机に突っ伏した。

久保にだまされた一件以来、三矢は大学の誰より一坂と親しくなった。いきがかり上、カミングアウトまですませてしまったため、心の壁を築く間もなかった、というべきか。

そしてあの上狛の珍妙な告白を受けたのち、悶々《もんもん》とした三矢が相談するのも、やはりこのクセのある学生脚本家しかいなかったのだ。

おかげで、ことの起こりからの顚末《てんまつ》を、一坂はほぼ把握している。

「まだ進展ねえの？」

「……相変わらず、みたいな」

上狛との関係はゆるゆるとした停滞期にある。コスモワールドでのデート以来、キスだけは軽いものならばするようになったけれど、やはり進展はないままだ。

いっしょに遊ぶ。部屋にも呼んでくれる。たまにキスも、する。けれど、いくら時間が経《た》っても、唇をふれあわせるだけの、ごく軽いものだけ。

「夏の間中、ほとんど毎日いっしょにいたんですけどね。ゆっくりいこうって言われて、結局あんまり、さきに進んでないっていうか……」

ぐるぐるする三矢の煩悶を、一坂はあっさりと片づけた。

「チュー止まりねぇ。相手アラサーなんだし、がっついてねえだけじゃねえの」

「そんな、身も蓋《ふた》もない」

三矢は不服な顔を隠せなかった。その顔を眺め、やれやれと一坂はかぶりを振る。

「おまえさあ、ずーっとこの話引きずって飽きない？　あんまりめんどくさく考えんなよ。お試し交際とかっつっても、やってることたふつうのデートじゃん」

「や、でもなんか……微妙にこう、とらえどころがないっていうか」

上狛のあの、独特の間やキャラクターがわからないと説明しづらい。もごもごしていると、あきれたようにため息をついた一坂に頭をはたかれ、「痛いっ」と三矢はうめいた。

「とらえどころがないんだったら、まずサイダーが直球でぶつかればいいじゃん。アタシのことどう思ってるんですかぁ、ってさ。こう、かわいくクネクネしながら」

一坂は言葉どおりクネクネと身体をしならせたが、無駄にパントマイム能力が高いため、さきほどの赤べこに下半身の動きがくわわり、ひたすら不気味だった。

「きも……」

目を眇《すが》めた三矢に、一坂は「うっせ」と吐き捨てる。

「まじめに相談してるんだから、まじめに答えてくださいよ」

「まじめったってなあ。おまえがなに悩んでんだか、いまいちおれ、わかんねえんだもん。

相手のことは好きなんだろ。だったらあとは、相手が好きだと思ってくれるかどうかだろ」

耳を小指でほじりながら言う一坂を恨みがましく見たあと、三矢はぼそりと言った。

「……恋愛の好きって、どうやったら確信持てるんですか？」

「は？　なにそれ」

「いや、だから。どうやったら、本当に好きだってことになるんですかね？」

予想外だったのか、一坂はめずらしくきょとんとした顔になった。どうでもいいけれど、耳垢《みみあか》のついた指を立てたままのポーズは、いくらイケメンでもまぬけだと思う。

そしてそのまぬけ顔から一転し、一坂は目を剝いた。

「待てこら、そこわかんねえのかよ！　こんな何カ月も引っぱったネタのオチ、そこか!?」

「ネタって言わないでくださいよ、おれまじめに悩んでるんだから！」

「そんなんでまじめとか、ばかなの!?　つか、久保のときはほいほいついてったのに、なんでそんな足踏みしてんの!?」

ばしばしと頭をたたきながら責められて、三矢は先輩の腕を振り払った。

「だからわかんないんですよ！　おれ最初で失敗したから、自分の気持ちに確信持てないんです！」

一坂はその声に、はたいていた手を止めた。自分でもばかばかしいと思うけれど、それでも真剣に悩んでいるのだと三矢は顔を歪める。

好きだと言われて、のぼせあがって、自分も恋をした気がしていた。セクシャリティまで自覚したのに、なのに蓋を開けてみれば、あんな顛末。

「久保とつきあってると思ってたときは、それまでゲイとか思ったこともなかったくせに、あっさりはまって。あんなに楽しいとか嬉しいとか思ったのに。それも一瞬で覚めたし、いまじゃほとんど思いだしもしないし。今度のも、ほんとに恋愛してるのか自信ないんです」

それでも、上狛といると楽しい。好きだと思う。いっしょにいたいと思うし、どきどきもする。でもそれは、また舞いあがってるだけじゃないのか。

やさしくて、あまくて、なのに大事にされるたび、ふしぎにさびしい。ぜいたくものめと自分でも思う。自分の気持ちすらよくわかっていないくせに、いったいなにがほしいのかと、そうも考えるけれど。

「でもすごく、まえのときよりすごく、いまの時間って大事だと思う。だからこれ、なくしたくないんです」

だから、ちゃんとしたいんです。祈るように三矢は言った。

「そんなに大事か」

静かな声の問いに、重ねて、何度もこくりとうなずく。

「また、あんなふうにあっという間に気持ちが消えちゃったら、おれ、もう絶対立ち直れない……」

うなだれながらこぼした三矢に、一坂は啞然とした顔をした。

「おまえ、それ……」

「なんですか」

三矢は、辛辣《しんらつ》な言葉がくるだろうと身がまえた。他人からすれば笑いぐさの、愚にもつかない悩みだとわかっている。

でもこの気持ちが本当なのか確信が持てなくて、怖いのも本音なのだ。

ガードを固めた表情を眺め、一坂は「あー」と意味もなくうめき、天井を見あげた。そして深々とため息をつき、がりがりと頭を搔《か》く。

「んだそりゃ。答え、でてるようなもんじゃねえか」

「え、な、なんですか？　わかんない……」

「言うか、ばーか」

「だっ」

思いきりデコピンされ、額を押さえてじたばたする三矢を、一坂は笑い飛ばした。

「おまえはなんでも、頭で考えすぎるよ。もっと人間、ぐっちゃぐちゃしてるもんだろ。最終的には、それがほしいかほしくないか。そんなもんじゃないの？」

「そんなもん……って、どんなもんですか」

じんじんする額をさすりながら問えば「このお子様が」と一坂は顔を歪める。

「そーだな。わかりやすいところでは、やりたいとか、やりたくないとか」

「やり……」

真っ赤になる三矢に「いくらなんでも純情すぎんだろ」とうろんな顔をされてしまった。

「ま、やりたいが先行して、その言い訳に恋だ愛だをくっつけるパターンもあるから、性欲はあてになんねえのも事実だけどさ」

「ちょ、それじゃ、だめじゃないですかっ」

自分のだした仮説を背負い投げで振り捨てる一坂に抗議すると「だめな恋愛ってのもあるんだよ」とまた煙に巻かれてしまう。

「つうか、役者連中の乱れきった性生活ばっかり聞いてる耳には、おまえらのオツキアイ、さわやかすぎて逆にわからん。サイダーだけにさわやかってか。あっはっは」

一坂は寒いオヤジギャグまでまじえて身も蓋もないことを言う。うろんな目で見やるけれど、肝の太いサークル長はこたえた様子もなかった。

「久保みたいな卑怯《ひきょう》なのはさておき、シモがゆるいのもすくなくねえからなあ。喜多《きた》のやつ、また彼女変わったぞ」

喜多というのは現在のサークルで、ほぼ主役を張っている二年生だ。顔だちはこれといってイケメンではないのだが、口がうまくておもしろいため、かなりモテる。

「えっ、だってつきあいだしたの、先月……」

「二週間で破局。んで、三つまえのモトカノの弟といま半同棲《はんどうせい》だとさ」

「……妹、でなく？」

「弟。双子なんだってよ。おかげで姉弟がいま修羅場だ」

なんと言っていいのかわからず目をまるくする三矢に、一坂は苦笑した。

「ほんとの恋愛なんて、誰にもわかるもんじゃないし。筋書きの決まってるドラマの登場人物じゃねえんだ。人間なんか矛盾だらけで、一瞬で冷めたり盛りあがったりする」

「……そんなもんですか？」

「おうよ。喜多に限らず、公演のたびに彼氏彼女が変わってるやつも多いだろ」

そもそも芝居をやりたいと思う人間は、自分を見てほしいという願望が強く、思いこみも激しかったりする。そのため感情表現もストレートで、惚《ほ》れた腫《は》れたの話は尽きない。

むろん三矢のように限りなく一般人に近い者もいるが、主役級の芝居をするタイプは得してエキセントリックで、恋愛沙汰《ざた》も派手だ。

「公演のたびって……恋人役やると、その気になる？」

「演技にのめりこむって意味じゃなく、狭い人間関係のなかじゃありがちな話らしいけどな。同じ目標持って話しあって腹のなか見せて、芝居打ってる間はべったり四六時中いっしょ。濃い時間、いっしょにすごすからさ。そら盛りあがるだろ」

「へえ……」

「類似点を見つけると、好意を持つ。反発してても、相手がわかった気がすると、逆作用で一気に好きになる。それをものすげえ短いサイクルでやるんだよ、役者連中は」

なんだかとても納得がいったけれど、たったふたつみっつの歳《とし》の差で、そこまで達観している一坂のことがすこしだけ怖いとも思った。

「……先輩はどうなんですか？」

「おれは、俯瞰《ふかん》で見てるのがおもしれえと思っちゃうからだめだな。なにしてても、すぐネタになるって思うから、いつもふられる」

まだ学生の身分ながら、すでにプロ劇団にもでいりして、ドラマシナリオの脚本コンペなどで優勝したりしている彼は「おれが惚れてるのは脚本《ホン》だから」と言いきった。

「そういう意味では、ちゃんと人間相手してるだけ、サイダーはまともだよ」

「そう、ですか？」

「そうそう。ほんと名前のとおりあまずっぱぁい感じで。かゆいわー。いいわー」

ひっひっひ、とまた芸人のような笑いをしてみせて、一坂は三矢の両肩に手を置いた。

「むしろそのまま淡い恋愛を続けてくれ。おもしろいからもっと悩め。ネタになりそうだ」

「おもしろいってそんな……」

無責任なことを言われてがっくりするが、「もうちょっと頭じゃなくてこっちで考えてみ」と、胸を小突かれる。

「喜多みたいに出会って三分後にちんこ突っこむようなのはどうかと思うけど、おめーも頭でばっか考えすぎだ」

おっしゃるとおり、と三矢も思う。でも考えてしまうのだ、どうしても。うなだれた三矢に、「しょうがねえな」と一坂はあきれた顔をした。

「んじゃ、疑似恋愛と本物の違いで、ひとつだけおれがわかってんのは、継続する時間だ」

「え?」

「長く続けば、なんでも本物ってことだよ。それよりこのお面、あと五つ、同じような感じで頼むわ」

唐突に話を切りあげたあげく無茶ぶりをする一坂に、三矢は「えーっ」と声を裏返した。

「えーじゃねえよ、毎回舞台で壊すんだから、六ついるだろ。三日間、午前午後で一度ずつ演《や》るんだから」

「そんな、できません、無理」

「できねえじゃねえ、やるんだよっ」

頭を摑んでぐらぐらとゆらされ、「やる、やります! やめて!」と三矢は悲鳴をあげる。暴君はその反応を見てばか笑いをしていたが、それを止めたのはノックもなしに開いた部室のドアのおかげだった。

「一坂さん。たいがいにして稽古場戻ってくださいよ」

「あー？　おお。夏木《なつき》か」

そこにいたのは、クールな顔をした三矢の同期だった。一坂に髪をぐちゃぐちゃにされた三矢を眺めた夏木の冷ややかな目に、反射的にびくっとする。そして一坂もさきほどとは打って変わって、苦々しい表情になった。

「稽古場戻れってな、おまえ、言ったとおりにしたわけ？」

舌打ちした一坂は、三矢の肩に腕をかけながら「ったくうぜえ」と小声で吐き捨てた。どうやら予想通り、一坂の脚本にもの申したのは夏木だったらしいと、三矢は首をすくめる。

「おれの解釈が違うっていうんでしょ。言うとおりにすればいいなら、しますよ」

「わかんねえからって、丸投げすんじゃねえよ」

「おれにはおれの解釈があるんだし、そうやって一面的な芝居押しつけるのはどうかと思いますけど？」

蛇とマングースのごとき睨みあい。舌戦に巻きこまれた三矢は身を縮めるしかできない。

(うわあ、やめて、やめて)

ある意味、一坂と夏木は同じ人種だ。タイプは違うがいずれも一八〇センチ台の長身美形、芝居に関しての実力は周囲の認めるところで、学業的な意味でもトップクラス。

しかしお互い自分に自信があるだけに、プライドが高く、一度こじれると長いのだ。

「あ、あの……とにかくいっぺん、戻ったら？　一坂さん」

おずおずと提案した小市民、三矢の頭を、しぶい顔の一坂はわしわしとかき混ぜた。

「しゃーねえな。癒し系ぴよちゃんのサイダーが言うから、戻ってやんよ」

「なんですかそれ、もう……」

笑いながら雑《ま》ぜ返そうとして、三矢は横顔に感じた視線にぞくっとなった。おそるおそる目を動かすと、夏木が凍りつきそうな目でこちらを見ている。

気づかないまま、一坂は三矢から手を離し、さきほど持ちこんだ竹刀を肩に担いだ。

「んじゃな、サイダー。お面ちゃんと作れよ」

「あ、は、はい……」

歩き去る先輩にうなずく。だが、すぐにあとを追うものと思っていた夏木が足を止めて振り向いた。「おい」という呼びかけが剣呑で、びくっとなる。

「な、なに？」

同期とはいえ夏木とはまったく親しくない。俺さまオーラの強い彼は一匹狼タイプで、芝居のへたな人間は洟《はな》も引っかけないし、当然三矢とは最低限の会話しかしたことがない。

それがいったいなんの用事だと身がまえた三矢だったが、夏木からぶつけられた言葉は、予想をはるかに超えたものだった。

「ホモって、男と見れば誰にでも媚《こ》び売るのか？」

「……は？」

あてこするような発言で、どうやらさきほどまでの話を聞かれていたらしいと気づき、三矢は一瞬真っ赤になったあと、真っ青になった。

「あ、あの……」

三矢がなにか言おうとするよりはやく、夏木は軽蔑《けいべつ》したような目で睥睨《へいげい》してくる。

「わざわざ言いふらしたりしねえけど。稽古中に恋愛相談するために、こそこそサークル長呼びだすとかどうなんだ」

「よ、呼びだしたりとかしてないよ！　一坂さんは単に休憩で」

「あのひと、メールきたっつって抜けたんだぞ。それてめえじゃねえのか？」

おそらくは、抜ける言い訳に一坂が嘘をついたのだろう。「違う！」と三矢は叫んだけれど、夏木はまったく信じていないようだった。

「キャバの女みたいな真似してねえで、まともに芝居しろよな。ドヘタクソ」

「ちょっ……！」

またもやとんでもない攻撃をくらい、三矢は無言で立ちつくした。振り向きもせず、夏木は言いたいことだけ言うと、そのまま部室をあとにする。

「な、なに……あれ？」

傷つくよりも、あまりに驚いて反応ができなかった。そして遅ればせながらふつふつとわいてきた怒りのやり場がなく、こんなことにも自分は鈍いのだろうかと、歯がゆかった。

8.

十月も近づき、大学祭公演の準備が進むにつれて、ますます三矢は忙しくなった。

芝居の稽古は、冬場などは教室を学生課に申請して借りることもあるが、なかなか許可がおりないため、大抵は大学敷地内のあいている場所でおこなわれる。

この日は秋晴れの空もあざやかな、記念講堂まえの広場が稽古場となっていた。コーラス部やブラスバンド部も近くで練習しているため、かなりカオスな音が鳴り響くなか、即興劇《エチュード》の稽古を終えるなり、近づいてきた夏木はいきなり三矢に言った。

「なあ。おまえ、まじめにやってんの？」

「え……」

けんか腰の台詞にぎょっとし、固まっていると「聞いてんのかよ」とつめよってくる。

「ま、まじめにやってるけど」

三矢はその日、小道具である『呪いの仮面』を作り終わったことを稽古場の一坂に報告するついでに、公演の稽古を見学していた。ところが一坂の気まぐれで、「ちょっとやってみろ」と引っぱりだされ、短いお題目だけをだされて即興劇をやる羽目になった。

おまけに最悪なことに、その相手役に任命されたのは夏木だったのだ。

「あれじゃエチュードになんねえだろ。おれの言った台詞に『うん』だの『そうかあ』だの相づち打って、棒立ちで台詞言うだけだし」

「……それは一坂さんにもさっき、言われたよ」

大抵は部室で裏方作業ばかりやっている三矢としては、冷や汗ものだった。そもそもアドリブには弱いし、機転が利くとも言えない。しかし一坂の容赦ないだめだしに、自分なりに応えたつもりだった。

しかし彼の太い声は、容赦なく三矢を叱責《しっせき》する。

「言われたよ、じゃねえだろ。もうちょっとなんか返せっつってんの」

「返すって言ったって、夏木のほうこそ自分ひとりで設定作っちゃうじゃないか。なんで『駅の構内でけんかするサラリーマン』ってお題なのに、いきなりヤクザみたいになるんだよ。あれじゃどうしていいんだか」

「だからそこ、うまいこと切り返すのが、エチュードだろ。台本ねえんだから、自分でキャラ作れよ」

サークルの部室で微妙な会話をしてからというもの、夏木の態度は目にみえて硬化した。久保の件を不愉快に思っていたらしい彼は、以前からけっしてにこやかではなかったけれど、最近はことあるごとに三矢へと突っかかってくる。

「おまえって結局、ぬるいんだよ。表現すべきものとか、ポリシーとかそういうのもぜんぜんないしさ。人間観察が足りないっていうか。引き出しがないんだよ」

「だから、おれはっ……」

「平和にぬくぬく育ってきましたーって感じで、ぼーっとした顔して。そういう怠惰なやつ、むかつくんだよ」

「そ……」

がみがみと言う夏木は頭もいいし弁も立つ。三矢もさして弱腰ではない性格だけれど、こうも一方的になじられると思考停止になって、言葉がでなくなる。なにより自分の芝居がへたくそなのは事実だけに、言い返しづらかった。

（もう、どうしたらいいんだろう）

芝居は好きだと思うし、大勢でわいわい、なにかを作りあげるのは好きだ。一坂たちの熱い演劇論を聞いているのも、興味深くおもしろい。

けれど三矢自身は、演じることにはやっぱりあまり向いていないのがわかっていた。なにより、子役からはじめて長年芝居をしてきている夏木のレベルを、いきなり求められても困るのだ。

「そりゃ、おれは、へただし。夏木みたいに芝居やってたわけじゃないから」

どうにかわかってくれと言葉を探したのに、最後まで言うまえに夏木は「言い訳すんな」と決めつけた。

「経験不足なら、もっとちゃんとやれよ。適当に遊び気分で雑用ばっかやってっから、うまくならないんだよ」

「そ、そこまで言うことないだろ！」

さすがにかちんときて、三矢は声をあらげる。

裏方が性にあっているし、それが好きなのだ。これも大事な、演劇を作りあげるための仕事だと思うけれど、夏木には「そんなんじゃだめだ。逃げだ」ときつく言われてしまった。

「ほかの先輩らだって、裏方とかけもちで芝居もやってんじゃんか。けどおまえいっつも部室にこもってるし。久保みてえなアホとつるんでたかと思えば、一時期はろくに顔もださねえことだってあっただろ」

「それはっ……」

夏木の言う「一時期」とは、おそらく久保の一件があった直後のことだ。いろいろとショックも大きかったし、また一坂に事件が片づくまでは他言無用と言われたため、顔にでやすい三矢は演劇サークルのメンバーを避けていた。

（言えるわけ、ないし）

一坂以外、三矢もまた久保の被害者であったことを知る者はいない。そのため彼らが処分されたあと、一部では心ない噂をささやかれていたこともあった。幸い一坂がとりなしてくれたので、いまも三矢はこのサークルにいられるけれど、夏木のように「あいつらの仲間か」と見る人間も、いなくはないのだ。

「なんだよ、言いかけてやめんなよ」

「おれにだって、事情があるんだよ」

苦し紛れに絞りだした言葉を、「事情ね」と夏木は鼻で笑った。なおもなにか言おうとした彼の口をふさいだのは、ゆるゆると近づいてきた一坂だった。

「おーい。演出家置き去りにしてもめてんじゃねえよ」

言うなり、一坂は夏木の頭を平手でたたく。「いてえ!」とわめいた彼の声にはっとなり、三矢が周囲を見まわすと、なにごとかという顔つきでその場の全員がこちらを眺めていた。恥ずかしさと屈辱で顔が赤くなり、唇を噛んでうつむく。

「サイダー、もういいから、きょうは帰れ」

一坂は三矢の頭もぽんとたたいた。けれどそれは夏木に対するよりよほどやさしく、励ますようなものだった。ほっと息をついた瞬間、涙腺《るいせん》がゆるみそうになったけれど、舌打ちとともに聞こえた声が神経を凍らせる。

「……一坂さんにかわいがられてるからって、調子こいてんなよ」

ぼそりと吐き捨てたそれは、三矢と、すぐそばにいる一坂以外には聞こえないものだった。もうどうしていいかわからず立ちすくむ三矢を助けてくれたのは、またも一坂だ。

「ほーお。夏木はおれにかわいがられたいと」

「ちげーっつの、こいつが――」

「わかったわかった。思うさま、おまえの好きな芝居やらせてやっから、いまからひとり即興でネタ三十個だしやがれ」

「はぁああ⁉」

「先輩の言うことには従うべし！　おらセンターいって、やれ！」

尻を蹴られた夏木は文句を言いつつも、稽古をしている面々のなかへと戻っていく。三矢は一瞬だけぺこりと一坂に頭をさげ、その場を離れようとした。

うつむいて歩きだしたとたん、誰かがぽんと肩をたたく。びくりとして振り向くと、そこにいたのは見上だった。

「事情知らない外野の言うことは、気にしなさんな」

「え……」

「あいつらに関わった人間にしか、あの時期のことはわかんないよ」

ほっそりしたスタイルの彼女は、それだけを言って三矢の肩をとんとたたき、いけとうながす。見交わした目には秘密と痛みを共有するかのような色があって、三矢はすこしだけほっとした。ありがとうございます、と声にならない声で言うと、にこりと笑った彼女は夏木を囲んで車座になったメンバーのなかへと戻っていく。

きゃしゃなうしろ姿にぺこりと頭をさげ、三矢は駆けだした。

＊　＊　＊

「三矢くん、だいじょうぶ？」

「え……え？」

ぼんやりしていた三矢は、隣から聞こえた声にはっとなり、周囲を見まわす。

横浜の駅からほど近い、大型電気機器の量販店。目のまえには携帯の最新モデルがずらりと並んでいたけれど、三矢はそのうちのひとつを手にとったまま、ただ立ちすくんでいた。

「きょうは帰ろうか。なんか、心ここにあらずな感じだから」

この日は日曜、ひさびさに休みがとれた上狛とデートしていたことを思いだし、三矢は息を呑む。しょっちゅう上狛と連絡をとるようになり、パケット代や電話代の節約に同じキャリアに乗り換えようと話して、この場にくることを選んだのは三矢のほうだった。

「えっ、ご、ごめんなさいっ。おれ、ぼーっとして……」

先日夏木に言われたことが頭を離れず、三矢は買いものをしようとなにをしようと、ずっと上の空だった。せっかく誘ってくれたのに、失礼なことをしてしまったとあわてていると、上狛はかぶりを振る。

「いいから。いこ」

「でもあの、予定が……」

「そんなのはべつに変更していいよ。携帯もいつだって買えるだろうし」

気にするなと言われても、三矢の表情は晴れないままだ。それにかまわず、上狛は三矢の手首を摑んですたすた歩きだしてしまった。このひとはいつもこれだなあ、と思いながら、三矢も小走りについていく。

休日の昼、気を抜けばはぐれそうなほどのひとごみでごった返す横浜駅の構内は、男ふたりが手を摑んで歩いていてもさほど奇異な目では見られない。

（だめだめだ、ほんとに）

三矢がしょげたまま歩みのはやい上狛についていくと、肩ごしに振り向いた彼が「ねえ」と言った。

「おれ、昨日ケーキ焼いたんだけど、うちにきて試食しない？」

ぱっと顔をあげ、一も二もなくうなずく。現金な反応に上狛が笑い、三矢は赤面した。

「た、食べたい！」

（や、だって、上狛さんのケーキだし……）

つきあいはじめてから知ったことだが、《エブリデイ・マジック》でのスイーツ類は、上狛が作っているそうだ。定番のチーズケーキ類はもちろんのこと、気まぐれにメニューに載る〝本日のケーキ〟については、ふっと作ってみたくなったときにだけ提供されるレアものだったりする。

「昼飯さっき食べたけど、おなかに余裕ある？」

「別腹ＯＫです」

ならいいね、と笑って上狛はまえを向き、ひとごみから三矢をかばうようにしてまっすぐに歩いていく。摑まれた手首に伝わる体温があたたかくて、こっそりと息をついた。


ひさびさに訪れた上狛の部屋は、相変わらずの現実感のなさだった。

「毎度思いますけど、そんじょそこらのテーマパークにいくより、ここんちのほうが見所ありますよね」

「そお？」

上狛はいまひとつなじめない豪奢《ごうしゃ》な部屋を見まわしている三矢に苦笑しながら、トレイを手に現れる。うやうやしく運ばれてきたそれらに、三矢はがちんと固まった。

「がんばって作ったし、せっかくなんで、いい器で」

「またマイセンっすか……」

例の、ツヴィーベルムスタとかいう白と青の皿に、三矢はソファのうえでかしこまる。

「これはそんなにお高くないやつだから。それにふつうにケーキ食うだけで、皿壊したりしないだろ」

あっさり言ってくれるけれども、無理だ。いくらお高くないと言ったところで、あくまで上狛基準。間違いなく万単位の皿だということくらい想像がつく。

「でも、これだって、オーナーさんの……」

「もうなんの皿持ってるかなんか忘れてるから、いいって。さすがに、アンティークなんかはここにないし、銀上さん管理になってるし」

「そ、そう？」

すこしだけほっとしたところで、上狛は「まあ、さすがにむかし、里帰りカップぶち割ったときはむっとしてたけど」と爆弾をぶちかました。意味はわからないながら、いやな予感がする。おずおずと三矢は片手をあげた。

「えっと、里帰りカップって？」

「江戸中期から大正にかけて、日本の窯で作られた海外輸出用のカップ。日本のコレクターが海外から蒐集《しゅうしゅう》しなおしたりしてる。だから里帰り。ちなみに割ったのは、有田の柿右衛門窯のやつだったかな」

「へええ……」

いくらなんですか、とはもう、訊く勇気がない。遠い目でうつろに笑った三矢は、なんとか意識を高級茶器から逸《そ》らそうと、皿の中身へ目を向けた。そして歓声をあげる。

「わ、わわわ、なんですかこれ！」

大ぶりなケーキの切り口が格子柄なのだ。プレーンとココアの二種類の生地を何層にも重ね、ガナッシュクリームでつないだそれは、おそろしく手がこんでいると一目でわかる。

「サン・セバスチャン。知らない？」

知らない、と三矢はかぶりを振る。「はじめて見た！」と興奮気味に声をあげると、上狛は満足そうに、にやっとした。

「チョコケーキ好きだろ、三矢くん」

「うん、すごい好き」

目を輝かせ、ケーキに釘付けになっている三矢に、上狛は満足げに口元をほころばせた。

「なんか、食べるのもったいない……」

皿を持ちあげてくるくるまわし、四方から眺める三矢に「いいから食べて」と上狛は言った。こくこくとうなずき、おそるおそるフォークを突き刺す。クリームのやわらかな抵抗を抜けると、しっかりしたスポンジをえぐった。まずは最上部のプレーン部分を口に運ぶ。

「う、うま……」

とろけるようなケーキを嚙みしめ、呑みこんだとたん、鼻腔にふわっと、濃厚なカカオとなにかあまずっぱい果実の香りがひろがった。そしてほんのすこしの、アルコール。

「これ、なんですか？　あんずジャム？　と、お酒？」

「シロップの代わりに、あんずのリキュール使ってる。ちょっとだけ大人味。クリームと生地にはヴァローナのカカオパウダー。生クリームは中沢生クリームの四十五パーセント使ってるから、かなり濃厚なはず」

「うん、すっげえ味が濃い！　でもしつこくない！」

細かいことはわからないけれど、おそらく高級な材料で作られたのだろう。とにかくすべての味が、しっかりと伝わってくる。なのにくちあたりは上品で、ザ・チョコレートケーキ、とでも言うべき味わいだった。

「あまみは抑えてるから。女のひとだとさすがにカロリー気になるだろうから、店じゃだせないけど、三矢くんは細いし若いし、これくらいがいいかと思って」

「もう、すっごい、すっごいおれのツボ、ストライクの味……」

うっとりしながら、次のひとくち、さらに次、と止まらない。がっつくには勿体《もったい》ないと思うのに「おかわりあるから」と言われてさらに加速した。

「ワンホール作ったから、残ったらお持ち帰りしていいよ」

「え、え、いいんですか？」

「おれは味見したから。三矢くんのために作ったわけだし」

そのひとことは、口のなかのケーキよりもあまかった。ほわっと頬が熱くなったのが恥ずかしく、ケーキに集中しているふりでうつむいた三矢の口の端を、長い指が撫《な》でる。

「おべんと」

「あ、わわ、すみません。行儀わる……」

生クリームとケーキの端切れをつまんだ上狛は、それをそのまま口にいれてしまった。三矢は目を剝いたまま真っ赤になり、くすくすと笑われた。

「おもしろい顔」

「ど、どうせおれは、上狛さんみたく美形じゃないですよ」

「そう？　かわいいけどな」

ん、と首をかしげる彼の前髪が、さらりと揺れる。長い睫毛ごしの視線が受けとめきれず、なんとなく目を逸らすと、上狛は唐突に話しはじめた。

「チョコレートって、食べると多幸感が味わえるって科学的な説もあるんだ」

「え、そうなの？」

「チョコレートのなかに含まれてるフェニルエチルアミンって、脳内麻薬でもあるβ-エンドルフィンを分泌させる。すぐに代謝されるから、中毒とかにはならないけど」

相変わらずの豆知識に、三矢は思わず笑ってしまった。上狛も、彼らしい控えめな微笑で言葉を続ける。

「β-エンドルフィンは恋愛物質とかも言われるらしくてね。これが減少すると、恋が冷めるって説もある。逆に、失恋したとき女のひとがチョコレート食べるのは、フェニルエチルアミン摂取してフォローしようとしてるって話もある」

「へぇ……」

どこに着地するかわからない話に生返事をすると、メガネごしのグレーの目が、三矢の表情をじっと眺めていた。

「要するに、落ちこんだときはあまいもの、って感じかなと」

「おやつで機嫌をとられたわけですか」

どれだけ子どもと思われているのだ。思わず苦笑したのに、次の言葉は反則だった。

「でも笑ったから。よかった」

頭が殴られたかのように、三矢は感じた。本当にこのむやみやたらとあまやかすのをどうにかしてほしいと思う。

こってりしたチョコレートケーキを味わっていると機嫌の悪い顔すらできない。同じように、上狛のふわりとした笑みで見つめられると、いつでもぼうっとしてしまう。

「えと……ありがとう、ございます」

「んーん。お礼はいい。でも、なにがあったか訊いてもいいかな」

軽く曲げた指の背で、頬をさらりと撫でられた。産毛をかすめるようなソフトなタッチは、口のなかでとろけたクリームのような感触だ。

とろとろやさしいあまやかしにうながされ、三矢は目を伏せる。

「えと、あんまりおもしろい話じゃ、ないけど」

「べつにおもしろさを求めて、三矢くんといるわけじゃないし」

「ちょ、それっておれ、つまんないやつみたいじゃん」

なんだか斜めにずれた答えにいっそ気が楽になって、息をつく。「ほんとにおもしろくないですよ」と前置きして、三矢は口をひらいた。

「じつは大学のサークルのやつに、人生経験足りなくて、芝居に深みがでないんだ、みたいなこと言われて……」

さすがに自分に対しての攻撃的な言葉をそのまま告げるのは愚痴めいているため、夏木がどうしても苦手なこと、彼とうまくやれないことなどを、かいつまんで話した。

「まあ、そんな感じでケンカ……ケンカにもなってないんだけど。困っちゃって」

「ふうん……」

ひととおり、うなずきながら聞いていた上狛は、ややあってから問いかけてきた。

「それで三矢くんは、どうしたい？」

「どう、っていうか。平和にしたいっていうか……おれ、いままで基本的にひとともめたことなかったんですよ」

「そんな感じだね」

あっさりうなずかれて、三矢は微妙な顔になった。

「なんでへこむわけ。もめないっていいことなのに」

けれど、そういうのほほんとした三矢だから、夏木のカンに障るのだ。

本当の問題は会話の言葉尻ではなく、役者ばかとも言える同期との意識の違い、そして久保の件を言えないでいるせいで生じた誤解。なにより考えるべきは、これから彼にどう接するべきかという点だと、三矢にもわかっている。

だがあのかたくなな性格では、仲よくやっていくのはかなり、むずかしい。

「どうすりゃいいのかなあ……」

頭を抱えていると、上狛がまた問いかけてきた。

「言ったのって、あの、演出家と脚本やってる先輩？」

「いえ、同期の男ですけど」

ぱち、と上狛は目をしばたたかせた。めずらしく、驚いたらしい。

「三矢くん、それ言ってきた相手はいまいくつ？」

「十九、ですけど。同期なんで、もちろん相手も、同い年で。実力はたしかにあるんだけど、脚本に文句つけたりサークル長にも反抗的だったりするから、もともとかなりきつい性格ではあります」

三矢に対してだけ攻撃的なわけではなく、そもそもプライドが高いのだと話したところ、

「それはまた、とんがってるなあ」と上狛は苦笑した。

「でも、その歳で人生における深みをだせるほどの体験って、どんなレベルなのかな。相当

ねじれた環境でディープな育ちでもしてない限り、むずかしくない？」

上狛は顎を指で掻きながら、一刀両断してみせた。ぽかんとする三矢に、彼はさらに問いかけてくる。

「質問だけど、その夏木くんって、不幸自慢するタイプ？　ちょっと変わった自分の生い立ちとか、鼻にかけてるとこある？」

「えと、苦労はしてるっぽいです。自分で話はしないけど、親が不仲とか有名で」

噂話だけれど——と夏木の事情を補足しながら、三矢は驚いていた。不幸自慢というほどではないにせよ、夏木はたしかに「おれはおまえらと違うんだ」という態度をとる。

——平和にぬくぬく育ってきましたーって感じで、ぼーっとした顔して。

ものすごくうえから目線で言われたので、逆にスルーしていたけれども、もしかしたらあれは、ぬるい三矢にむかついただけでなく、ある意味不幸自慢に近かったのだろうか。

考えこむ三矢に、上狛は「なるほどね」と言った。

「生きるのをわざわざむずかしくしてるタイプだなあ」

「そうかな？　器用そうだし世間知らずのおれよりいろいろ、経験してるなって思うけど」

「きみらもあと三年かそこらしたら、社会人でしょ。苦労なんて世にでたら掃いて捨てるほど転がってるし。その若さでいらない経験すると歪むだけなんだけどね」

淡々とした口調の上狛の声は、いつになくシビアに響いて三矢は戸惑った。色素の薄い目が妙に光って見える。

（なんだろ。なんか、怖い）

動揺を察したのか、グレーの目は、いつもの穏やかな色へと戻った。

「エキセントリックなキャラクターの人間に才能があることと、ルサンチマン抱えて怒りっぽい性格であることとは、必ずしもイコールじゃないんだけどね。若いころはごっちゃになりがちだから」

上狛の表情は穏やかだし、口調があくまでのほほんとしているので、一瞬うなずいてしまいそうになる。だがよくよく考えると、けっこうきついことを言うのだなあ、と驚いた。

「にしても上狛さん、なんでそこまでわかっちゃうんですか？」

「いや、相手の子わかりやすいから。かなりステレオタイプなひねかたしてるし。若いなあって思っただけだけど」

なんでもないことのように言われて、三矢は「ほえ……」と間抜けな声をだしてしまった。声におなじく抜けた表情をしていたのだろう、上狛が笑う。

「一応ね、きみよりは人生経験積んでるから。これでも」

「えっ、いや。それはもちろん。ただ、すごいなあって」

「だからすごくないよ。この歳になれば、わかってあたりまえの話」

さらりと言うけれど、それは違うんじゃないかと三矢は思う。自分が上狛と同じ歳になったとしても、ここまで鋭くあれるかどうかは自信がない。

三矢の複雑な思いには気づかず、上狛は淡々と続けた。

「芝居の深みがどうこう言っても、ほんとに評価される役者って中高年のひとが多いわけだし。そこまでの歳になれば、誰だってそれなりに人生経験積むんだから、そんなに早熟ぶらなくてもいいんじゃない」

「そう、かな？」

「ていうか、三矢くんはプロの役者さんになりたいの？」

問われて、三矢はしばし考えこみ、ふるふるとかぶりを振った。

「それはないです。ただあのサークルの芝居、大学祭で見たときすっごいおもしろくて……なんかやれたらなあ、って思っただけで。演じたいとかってより、ああいうのに関わっていたくて、サークルにはいっただけだし」

「じゃあ、サークル活動として楽しく青春してればいいでしょう。それに、裏方やる人間だって大事だよ」

板のうえに立つよりフォローやサポートをするほうが好きなのだということを、上狛が理解してくれたことに、三矢はひどくほっとした。だがすぐに夏木の言葉を思いだし、その考えがあまえではないかと顔を曇らせてしまう。

——適当に遊び気分で雑用ばっかやってっから、うまくならないんだよ。

耳に残る剣呑《けんのん》な声にうつむいていると、上狛がしかたないと言わんばかりに苦笑した。

「あのね、自分を肯定されたのに、へこむのは変だよ。なにかといえば強く否定するほうが正しく思えちゃうのは、日本人特有のよくないペシミズムが根っこにあるだけ」

「う、は、はい……」

こくんとうなずいたあと、三矢は「おれ、だめですね」と情けなくため息をついた。

「打たれ弱いのかな。なんか『絶対こうだ』って言われちゃうと、そうかなって思っちゃうし。違うひとから違う方向で『これが正しい』って言われると、一理ある気もしちゃって」

いつもそうなのだ、と三矢はつぶやくように言った。

「ぶれないのとか、かっこいいと思うんだけど……おれ、なんかぐらぐらしちゃって」

「ふーん」

気のない返事に、三矢はすこしだけひやっとした。つまらない愚痴を聞かせてしまったかもしれない。かといって、うまいフォローの言葉も見つからずおろおろしていると、上狛がさきに口を開いた。

「ぶれないってそんなにえらい？」

「え？」

「べつにぶれてもいいと思うけど。人間なんてちょっとしたことで変わったりするし、別人みたいになったりもするし。逆に『こうでなきゃいけない』って固定観念でガチガチになって、萎縮《いしゅく》しちゃったりすることも多いし」

その言葉は、奇《く》しくも一坂が言ったことと、とてもよく似ていた。

——人間なんか矛盾だらけで、一瞬で冷めたり盛りあがったりする。

そうした変化や筋のとおらなさ、理不尽さを、彼らはとてもあっさりと呑みこんでいる。

そのくせ、本人たちはまったくぶれているように見えないから、すごいなあと思う。

(あたま、いいんだなあ……)

考えすぎで揺らぎがち、打たれ弱い自分を知る三矢にとって、一坂や上狛のしなやかな強さはひどく憧《あこが》れだ。

自分も、こんなふうに成長できれば。そう真摯《しんし》に考えていたところ、ちらりと上狛が視線を動かす。前髪の隙間から、あのふしぎな目で思わせぶりに見つめられ、どきりとする。

そして続いた言葉には、完全にうろたえさせられた。

「すくなくとも三矢くんは、セクシャリティについてぶれたおかげで、おれのところにいるわけだし」

「えっ、えっ、そういう話?」

「そういう話。まだ若いんだし、おおいにぐらぐらしていいんじゃないの」

「そ、そう?」

そう、と笑いながらうなずかれ、からかわれているのか、まじめな話をしているのか、どっちなのだと三矢は複雑に笑った。その頬を、さきほどのように指の背でほんの一瞬だけ撫で、三矢を軽く震わせたあと、上狛は静かに言った。

「おれは他人に対して、たとえそう感じたとしても、これが正しいとかだめとか、いいとか悪いとか、行動を制限するようなことは言いたくないんだ」

「……ていうか、上狛さんは、そもそも他人にあれこれ言われるの、きらいでしょう」

「きらい。だから、自分がされていやなことはしない。本気でやばそうなことだったりとかなら、止めることもあると思うけど」

それでも、できることなら言いたくないと上狛はつぶやいた。

「言葉って、影響与えるから。聞かなかったときには戻れない。どうやったって、耳にはいった言葉が相手のなにかを動かすから。よっぽどでない限りは言いたくない。話すの、うまくはないし」

ハーフで帰国子女。しゃべるのが苦手なのは、むかし日本語が変だとからかわれたせいだと彼は言う。けれどいまの飄々とした上狛からは、いじめられっこだった――まあこの件についての見解は、微妙に三矢と違うのだが――過去など想像もつかない。

あっさりした打ちあけ話からは、細かい事情は計り知れないけれど。

――その若さでいらない経験すると歪むだけなんだけどね。

もしかしたら、彼が言葉にした以上の過去を持っているひとなのかもしれない。そう考えただけで、ずきりと胸が痛くなった。

無意識に三矢の手が動き、上狛の長い指を握る。気づいた彼は、ふわりと優雅に唇の端を持ちあげた。

「だから三矢くんといると、楽」

「え、そ、そう？」

「うん。嘘つかないし、素直だから。言葉に裏があるタイプだったりすると、おれ、読み間違えて面倒なことになる。それにいっぱい話してくれるし」

すくなくとも気にいられていることはわかり、嬉しかったしほっとした。けれど、どことなく物足りなさを感じていると、上狛が言った。

「まあでも、三矢くんときどきむずかしいけど」

「むずかしいですか？　おれ」

「うーん、まあね」

「えっ、なんで、どのへん？」

何度訊ねても教えてくれないまま、笑ってはぐらかされた。ひどく気になると三矢が顔をしかめれば、上狛はまた謎めいたことを口にする。

「ここはね、おれの部屋です」

「え、はい」

言わずもがなの事実にうなずくと、上狛は、あのグレーの目でじっと見つめてきた。

「それで本日はデートでした。で、きみの話はさっきから、夏木くんのことばっかり」

続いた言葉にもまたうなずいた三矢は、はっとなった。

「あっ……デートなのに図々しくケーキいただいて、愚痴言うだけって失礼、ですか」

おろおろしながら訊ねると、上狛は目をまるくしたあとに、「ぶふっ」と噴きだした。

「ちょっ、な、なんで笑うんですか？」

「い、いや。うん。やっぱりむずかしいな、三矢くん」

身体を折って腹を押さえ、くっくっと笑う上狛は、目尻に涙まで溜《た》めている。いったい自分のなにがそんなにおかしいのかと、三矢のほうが涙目になりそうだ。

「ねーって、教えてくださいよ！」

その後どれだけせがんでも、上狛は笑うばかりで、答えをくれなかった。


ケーキを食べ終えてしばらくしたあと、三矢はばかでかいプラズマテレビの隣にあるラックのなかに、洋画のＤＶＤを発見した。一九八七年公開のフランスと西ドイツの合作映画『ベルリン・天使の詩』。ヴィム・ヴェンダースが監督したそれは有名なものらしいが、さすがに自分の生まれるまえの映画を観たことはなかった。

「一坂さんから『あれは観ておけ』って言われてたんです」

「ああ。銀上さんがめちゃくちゃ好きなんだよね、これ」

観てみる？　と言われて、三矢は「ぜひ」とうなずいた。

「三矢くんって、映画好き？」

「てほどでもないですけど。まえにお勧め映画だっていって、『夢みるように眠りたい』っての貸してもらったんです。レトロタッチの探偵ものなんだけど、すごい好きで」

それを好きだと告げたところ、一坂には「だったらこれも観ろ」と勧められたのだと言えば、上狛は「林海象なら、濱マイクのシリーズもいいよ」と教えてくれた。

「あれはそれこそ事件メインで、三矢くんくらいの歳ならはまるかも。おすすめはテレビ版より映画版かな」

あれこれと映画の話をしつつ、ＤＶＤをセットした。

天使の目を通したとき、すべてがモノクロになるという映像が印象的なこの作品は、まだドイツに東西の壁があったころのものだ。歴史の教科書でしか知らない冷戦時代、その時代性や空気感などはいまいちぴんとこないものがあるけれど、きれいだな、とは思う。

静かで淡々としたラブストーリーは、きっと高尚で文学的なもの……なのだろう。

しかし正直、あまりにも穏やかに綴《つづ》られる物語は、ものすごく――眠くなった。

おまけに、午後の陽差しがあたたかく、心地よくてうとうとする。

（これだからおれ、夏木にばかにされるんだよなあ……）

眠い目をこすりながら、中年の天使が語る言葉を字幕から読みとろうとするのだけれど、外国語のとろりとした響きがまた、よくない。主演のブルーノ・ガンツがささやくように台詞を口にするたび、どんどん眠さはひどくなる。

ちょっとしゃべりでもしないとだめだ、そう思って三矢は、隣に転がった男へ目を向けた。

「えっとあの……上狛さん。この台詞ってどういう意味……」

言葉を切り、三矢はまじまじと彼を見おろす。返ってきたのは、すくー、という寝息だけだった。上狛は──本気で、眠っていた。

思わず三矢はあんぐりと口をあけ、そして噴きだすのをこらえるために手を口で覆った。

（ちょ、寝てる。まじ寝てる！）

自分のような小僧はともかく、上狛ならばこの耽美的映像美の映画を興味深く観て、自分なりの解釈だとかなんとかを語るくらいするだろうと思っていた。

だというのに、いかにもフランス映画の似合いそうな美青年は、転がった体勢のまま、大変気持ちよさそうに、なんのためらいもなく、熟睡している。

くっくっと喉で笑いを殺すと、三矢の眠気はどこかへ消えていった。しかしいまさら映画に集中する気にもなれず、眠る彼をまじまじと見つめてしまう。

「こんなセレブい部屋で、床に転がるとかよくできるなあ……」

ラグがあるからかまわないと言われ、三矢もそれに倣ったけれど、正直いまだに腰が落ちつかないでいる。それともこれも慣れで、住んでいれば平気になるのだろうか。

(ていうか、似合うんだよなあ)

目を閉じていると、顔だちの端整さが際だつ。ふだんは目元を隠している前髪が、軽く仰《あお》向《む》いたせいで乱れている。なめらかな額があらわになって、なぜだかどきどきした。

(ただの、おでこじゃん)

思わずじっと見つめていると、唐突に上狛が目を開いた。ぎくっと固まる三矢に対し、彼は眠たげなとろりとした声を発する。

「……なに? おそわれてるの?」

覆い被《かぶ》さった体勢が、ちょっとばかり危ないと思っていただけに、その台詞はひどく三矢をうろたえさせた。

「ちが、違います! 眠ってるから、あの」

「おそわないんだ?」

ふわんと微笑んだ上狛に、三矢は息を呑んだ。半開きの目は妙になまめかしく、心臓がばくりと音を立てる。

「襲い、ません」

「ふうん、残念……ね、三矢くん」

「はい？」

「……もうわかった？」

「え……」

いったい、なにがだろう。三矢が戸惑っていると、上狛はふふっと笑い「わかんないならいいよ」とつぶやいて、また目を閉じた。言葉の意味を問いただしたいけれども、あまりに気持ちよさそうな表情のじゃまもできず、ぼそりと小言を言うしかない。

「床で寝るとか身体痛くなってもしりませんよ」

「ありがと。でも慣れてるから」

くすくすと笑って、上狛は寝転がったまま伸びをした。背筋が反り、V字の胸元からくっきり浮かぶ鎖骨。長い腕を床にのばした身体のラインが、しなやかできれいだった。

「……行儀悪いですよ」

「誰も見てない」

「おれが見てるでしょう」

客をほったらかして寝るのはどうなんだ。わざとあきれたふうにたしなめると、寝返りを打った上狛が目を開けて、あの猫のようなまなざしでじっと三矢を見あげてくる。

「な、なに」

「じゃあ、ないしょにして」

長い指を唇のまえに立て、あまくかすれた声で上狛は言った。乱れた髪の隙間から覗く目といい、軽く唇をたわめた指といい、どうしてこういちいち、この男は色っぽいのか。

「わ、かり、ました」

内緒って誰にだ、というツッコミもなにもできないまま、赤くなってうなずく三矢に、にこりと微笑み、また目を閉じる。

「……結局、寝るんだ」

こんなにだらしない格好をしているのに、彼のすべては優雅で、目が離せない。

無意識のまま、手が伸びた。唇のまえにかざすと、寝息が指にあたってびくりとする。

(なに、してんの)

ふれようとして結局なにもできなかった。ただ心臓が指にできたようにどきどきして熱い。

――おそわないんだ？

からかうように言ってきた相手は、暢気《のんき》に、なんのわずらうこともないような顔で寝ていて、とりのこされた三矢はただ、食い入るように寝顔を見つめてしまう。

(ひとの気も、知らないで)

こっちはこんなに、わけのわからない男のことで頭がいっぱいなのに。

乱暴に起こしてやりたいと思ったけれど、あまりに気持ちよさそうに眠っているからできない。ため息をついて、三矢は小声でつぶやいた。

「……おそったら、どうしたの？」

いつものように笑ってはぐらかすのか、それとも、今度は逃げないと気づいて、応えてくれるのだろうか。

想像したら胸が熱くなって、三矢はたじろぐ。

膝を抱えたまま、そわそわと身体をゆらす。意味もなく指を動かし、握ったり開いたりを繰りかえして、やはり我慢できずにもういちど、上狛の顔を覗きこんだ。

上狛はきょう作ってくれたサン・セバスチャンのようだ。すべてがあまくて上品。けれどコーティングされた外側を切り取れば、モザイク状に組み合わさった二層のスポンジのように、予想外のものが顔をだす。

あまい顔だち、あまい声。態度も言葉もぜんぶあまい。もっともっと食べたくて、中毒のように欲しくなる。

まばたきも忘れて、じっと見つめた。睫毛がときどき、ふるりとそよぐ。深く眠っている証拠に眼球が薄い瞼《まぶた》のなかでかすかに揺れている。

こんなのよくない。盗み食いはあとで絶対、うしろめたくて後悔する。そう思うけれど、なめらかな肌で無防備に眠る上狛に、ふれたくてしかたない。

(これも、ないしょ)

目を閉じて、そっと唇を重ねた。ふれただけなのにぞくぞくする。乾いて、なんの味もし

ないはずの唇に震える舌をふれさせると、反射的に上狛の唇が開いた。

「……っ」

起きたのか、とびくびくしたけれど「んん」と寝ぼけた声をだした彼は、無意識らしく自分の唇をなめた。ごく近い——皮膚一枚の距離にある、引っこめそこねた三矢の舌に、つるりとした舌がふれる。

びりり、と脳が痺《しび》れた。彼の身体にふれないよう、床についていた手に力がこもり、がくがくと全身が震える。音をたてて喉が鳴り、大きく響いたそれに三矢ははっとした。あせりながら、どうにか上狛のうえからどいたとたん、床にぺたりと尻をつく。

「……おれ、なに」

——待って、ください。ごめんなさい、できない。待って。

二カ月まえ、この部屋で、口のなかを犯された。身体のあちこちをさわられて、でも心がついていけなくて、拒んだ。

そのときから一度も、彼の舌は三矢のそれにふれていない。ゆっくりいこうと言われて、それがどんなペースかもわからないまま、ただただ迷い続けている。

——わかりやすいところでは、やりたいとか、やりたくないとか。

そういう意味では、いまたしかに三矢は、自分から上狛へと欲情した。ほしいと思うし、この衝動は流されたというにはいきすぎだ。でも。

――やりたいが先行して、その言い訳に恋だ愛だをくっつけるパターンもあるから。

（じゃあ、やっぱりわかんないじゃん）

一坂がここにいたら、また考えすぎだと頭をたたかれるに違いない。けれどどうしても、三矢は迷う。

（……きょうは、無理。無理！）

とにかく、無理。とっさに、そんな言葉が頭に浮かんだ。

一瞬かすめただけの舌が、じりじり痺れている。指も爪先もなにもかも痛くて、息が苦しい。その重いあまさが足の間にもわだかまっている。身体の内側からこみあげてくる熱が、あまりに強烈で、まともにものが考えられない。

この衝動に負けたくない。理由もなくそう思って、三矢は震える足をこらえて立ちあがる。急いで身支度をすると、持ち帰り用にとケースにいれてくれたケーキを冷蔵庫からだし、手帳を破いてメモを走り書きした。

【よく眠っているようなので、きょうは帰ります。ケーキ、ありがとう。三矢】

あせっていたので字がよれた。けれどかまっていられなかった。足音を殺して玄関に向かい、靴を引っかける。オートロックのドアが閉まったのを確認したあと、逃げるようにしてその場を去った。

（はやく、はやく、はやく）

あの場を離れて、頭をひやさなければ。あまいチョコレートクリームの多幸感に惑わされて、見失わないうちに、去らなければ。

そうしなければ――上狛に、なにをしてしまうかわからなかった。

(でも、そういうのじゃ、だめなんだ)

手のこんだうつくしいケーキを作り、あまやかし、ていねいにていねいに三矢を扱う彼を相手には、間違いたくなかった。ゆっくり考えてと、彼は時間をくれたのだから。ちゃんと考えて、ちゃんと正しい答えをだしたい。

熱い、ほしい、そんな単純なものではなく、もっと上等で上狛に見あうだけの答えを。

9.

月が変わり、いよいよ大学祭も近づいてきた。

鎌倉は秋の観光シーズンを迎え、ふだんはのんびりとした《エブリデイ・マジック》も、そこそこ忙しい。上狛とはあれ以来デートもあまりできず、もっぱら店に三矢が通う日々だ。

ふだんはほぼ上狛ひとりで客をまわしているけれど、この日のテーブル席は満員御礼。非常勤のアルバイト店員がふたりほど増員されて、テーブルの隙間を泳ぐように歩いている。

三矢は銀上といっしょに、もっとも奥にあるカウンターテーブルの端に陣取っていた。

バータイプのしつらえのせいか、この席のストールは脚が長く、じつは女性客にはちょっと不人気だ。そのおかげでカウンターだけはいつも席があいている。

「へえ、三矢くんお芝居やってたのか」

驚いたような声を発したのは銀上だ。カウンターの隣に座る店長に、三矢は大学祭での公演チケットを手渡した。

「今回はおれは出番ないですけど、もし暇があったら、観にきてやってください」

「了解。しかし最近の学生がやることって、かなり本格的だね。ずいぶん、チケットもかっこいいし。昔はガリ版刷りとか、せいぜいコピーがいいところだったけど」

「あは、パソコンでなんでも作れますから」

華やかなデザインの、カラープリントされたチケットを、銀上は感心したように裏表とひっくり返しながら眺めている。それこそ芝居関係のチケットやフライヤーなど、彼にとってはめずらしくもないだろうに、おおげさなくらい反応してくれるのは嬉しかった。というのも、これをデザインしたのは三矢だったからだ。

（こういうの、楽しいな）

しみじみ、あのサークルにはいってよかった、と思う。最大の問題である夏木との関係は相変わらず微妙なままだったけれども、芝居の本番も近くなればけんかをふっかけてくる暇もないらしく、とりあえずは平和な日々だ。

口元をゆるめ、ほっと息をついていると、唐突に「ところでさ」と銀上が問いかけてきた。

「三矢くんは、零士とつきあってるの？」

「へっ!?」

とっさのことでごまかしもできず、三矢はうわずった声をあげて固まった。頬杖《ほおづえ》をつき、じっと見つめてくる銀上にどう言えば……とうろたえていると、背後から肩に手を置かれる。

「そうですよ」

いつの間にか、トレイを手にした上狛が三矢のまうしろに立っていた。自分で問いかけてきたくせに、銀上はひどく驚いた顔でこう言った。

「でも、してないのに？」

「えっ?」

「え、って。きみたち、してないでしょ、えっち」

しばし茫然《ぼうぜん》としていた三矢は、言われた意味が脳に染みこむなり声を裏返した。

「ちょっ、なっ、ええ⁉」

なぜわかる、というより、なぜいまその話だ。上狛はうろたえる三矢をかばうように、ふたりの間に割りこむと、その身体で銀上からの視線を遮った。

「銀上さん、よけいなこと言わないで仕事して。ただでさえお客さん多いのに、席数圧迫しないで」

「えー。なにそれ、零士。ここのカウンターどうせ、いつもあいて——」

「し・ご・と・し・て」

三矢からは背を向けた上狛の表情はわからなかったけれど、そのひとことで銀上は顔をひきつらせた。

「します、しごと……」

上狛は「ん」と顎をしゃくり、アンティークショップのほうへすごすごと引っこんでいく銀上を目で追い立てた。三矢はなんだかいたたまれず、腰を浮かせる。

「あ、こ、混んでるならおれも……」

気まずい顔で逃げようとしたけれど、「三矢くんはいいよ」と腕を掴まれた。思うより強い力にぎくっとする。

「終わるまでいるつもりだったでしょ。おれ、あと一時間でシフト終わるから」

「う、うん」

強い言いかたではないのに、待っているようにと告げる言葉には逆らえなかった。こくこくとうなずいて、三矢は浮かせた腰をまた落とす。にっこりと笑って、上狛は仕事に戻った。

（ときどき、怖いんだよな……）

上狛は基本的に穏やかだし、大抵は三矢の言うことを優先してもくれる。けれどごくたまに強引だったりもする。そういう面を見せつけられると、心臓がぎゅっと縮まった。

（でも、なんでだろ。おれ、そこまでびびりでもないのに）

久保たちに絡まれたときも、それなりに言い返すことはできた。夏木から一方的に責められたときも、怯《ひる》むというより悔しさのあまりかっとなっただけだった。

なのに、いちばんやさしい上狛のことが、いちばん怖いのはなぜだろう。

ぬるくなっていくカフェオレのカップを両手でこねまわしながら、三矢は相変わらずぐるぐるする思考に振りまわされていた。


翌日の朝がはやいため、デートもあっさり切りあげることになった。

「最近すっかり日が短くなったよね」

「ですね、夕方にはもう真っ暗だし」

日一日とだんだん肌寒くなっていく鎌倉の街を、ふたり並んで歩く。いつの間にか、遅くなった夜には上狛が家のまえまで送ってくれるのが、デートのあとの決まりになっていた。

三矢の家は山沿いの住宅街で、通りからすこし奥まった場所にある。ちいさな橋のかかった川を越え、林沿いのうねった私道を歩く。この道は夜になるとちょっと怖いと、なにげなく言ってからというもの、上狛は自転車を手にここまでつきあってくれている。

「ありがとうございました。もう、ここでいいです」

「そ？」

すぐそこだから、と家のあかりを指さした三矢に、上狛は軽く首をかしげてみせた。そして「三矢くん」とあらためて名を呼ぶ。

「はい？　なにか――」

振り向いたとたん、いきなり顔を近づけられた。「え」とちいさな声が漏れ、それを吸いとろうとするかのように上狛の唇がふれてくる直前、三矢は唇のまえに手のひらを挟んだ。

「ちょっわっ、そ、外っ」

「誰もいなくて怖いって言ったの、きみだろ」

「てか、上狛さんいきなりすぎっ」

おおあわてで端整な顔を押しやり、三矢は周囲をきょろきょろと見まわした。唐突なキスに腰がひけていると、背を屈《かが》めた上狛が「いきなりって」とささやくような声をだす。

「そっちは寝込み、おそったくせに」

ぼっと三矢の顔が赤くなった。あわあわしながら彼を見あげると、楽しそうに笑っている。

「し、しなかったじゃないですか」

「いちどめは、ね。そのあと、キスして逃げてっただろ」

気づかれていたのか、と三矢はますますうろたえた。

「なんで逃げたの？　べつにかまわなかったのに」

そう言われても、答えようがない。あの日、寝ている上狛にキスをしたあと、自分でもどうかしたのかと思うくらいにうろたえた。そしてその動揺はまだ続いていて、微妙に彼の顔を見られないままでいる。

「あれから、ちょっとおれのこと、避けてない？」

「べべべべつに避けてません！」

指摘されたことを否定するには、あまりにわざとらしかった。きょうだって銀上が隣にいてくれたから、カウンターにいられただけで——正直、店が混んでいるのを理由に何度も帰ろうと思ったのだ。

「じゃあなんで、おれと目をあわせないのかな」

じりっと近づいてくる上狛に、三矢は数歩あとじさる。全身がびりびりと彼を意識して、いたたまれなくて怖い。うつむいたまま、どうしたらいいのかわからずにいると、腕を摑んで上狛に引っぱられ、すこし強引にキスをされた。

「かっ、上狛さ……っ」

一瞬の、ふれるだけのキス。だがそのあと、真っ赤になって逃げようとする三矢に対し、上狛は謎めいた表情で問いかけてきた。

「……で、わかったの？」

この間と同じ、目的語のない質問。毎度ながら、上狛は唐突すぎて前後のつながりがよくわからない。三矢が困惑していると、彼はちょっとだけ困ったように眉をさげ「わかんないなら、いいよ」と笑った。またはぐらかされるのか、となぜだか、あせる。

「まえにも訊かれたけど、それ、なんのことですか？」

「うん、だからわかんないならいい」

こういうときばかりは、すこしふしぎな彼のことが恨めしくなる。困惑しているうちに、また捕まえられて、額にキスをされた。

「だから、上狛さんっ……」

「はは。またね」

額をおさえ、文句を言うよりはやく彼は自転車にまたがった。去ろうとする姿がどうしようもなく寂しくなって、三矢は理由もなくその背中を摑んだ。

振り返った上狛が、ふしぎそうな顔で「なに？」と問う。答えを口にすることができず、三矢はもごもごと言って手を離した。

「なんでもない。あの、風邪ひかないで」

ありがとう、と微笑んで上狛は今度こそ去っていった。とっさに追いかけようとしたけれど、自転車の進みははやく、あっという間に見えなくなる。

その場に立ちつくし、三矢はつぶやいた。

「……わかった、って。ちっともわかんないよ」

途方に暮れ、このところ馴染《なじ》みになった怖さに、ぶるっと震えた。これがどこからくる怖さなのか、うっすらとわかっている。上狛のすべてに対する、確信のなさだ。

――直球でぶつかればいいじゃん。アタシのことどう思ってるんですかぁ、ってさ。

一坂はあんなふうに言ったけれど、簡単にできれば世話はない。どう思っているかと問いかけて、その答えは？　いったいどんなものが返ってくる？　まるで、予想がつかない。

「おれのことどう思ってるの……？」

そして三矢はいったいどう答えてほしいのか。それすらあやふやなまま。

誰か、誰でもいいから、ここまでがただの好意で、ここからが恋だと教えてくれないか。

愚にもつかないことを考え、三矢は「はーあ」とため息をついた。

＊　＊　＊

もやもやしたまま日々をすごすうちに、いよいよ大学祭の直前となった。うまいこと避けていた夏木だったが、全体の打ち合わせや最後の稽古が進むうちにいやでも接触しなければならなくなり、毎度けんか腰で突っかかってくる彼に、三矢もだんだんキレてきた。

爆発のきっかけは、ささいなひとことだった。

教室を借り、本番のための衣装あわせをしている最中、三矢は大道具の先輩を手伝って、床に置いたベニヤ板にペンキを塗っていた。

「おい、これなんだよ」

声と同時に、背中にどすんという衝撃を受ける。しゃがみこんでいた三矢はバランスを崩し、とっさに手をついたのは塗りかけのベニヤ板だ。茫然とする三矢の代わりに、隣にいた先輩が大声をあげる。

「あーっ、夏木、ばか！　なにやってんだよ！」

「……そんな強くしたつもりはなかったたっすけど」

気まずそうにしながら「すんません」と謝ったのは、三矢にでなく先輩に対してだった。

べったりと手をペンキで汚したまま、三矢は声もでなかった。夏木にいきなり腰を蹴《け》られた。そのことがショックでしばらく思考停止していたが、むかむかと腹がたってくる。すっくと立ちあがり、三矢は背の高い同期を睨みつけた。「なんだよ」と顔をしかめる相手は、悪びれずに睨み返してくる。

「なんだよ、はこっちの台詞。なんの大事な用事で、ひとの作業じゃましたんだ」

「てめーの作った小道具、使えねえんだよ。練習中に壊れたじゃんか」

手にしていたのは、あの呪いの仮面だ。紙粘土でできたそれはもろく、乾きがあまかったのか知らないが、鼻の部分がもげてさらにおどろおどろしいものになっている。

「それはあとで修繕する。けどふつうに言えばすむし、ひと蹴ってまで言うことか」

「蹴るって、つついただけだろ。そんなんでよろけるとか、足腰弱い——」

三矢は憎たらしいことばかり言う同期の胸に、ペンキでべたべたの両手を押しつけた。ご自慢のトレウェアは、あっというまに手形がつく。にやあ、と三矢は笑った。

「ああ、ごめん。足腰弱いからよろけた」

「てめ……っざけんな、外でろ！」

襟首《えりくび》を摑まれ「こっちの台詞だよ！」と言い返した。お互い摑み合ったまま教室を出ていくふたりを、周囲はおもしろがるように「なんだ夏木、けんかか？」「いってこいよ、サイダー！」などとはやしたてる。ふつうはもめごとなど止めるだろうに、こういうところが芝居をやる連中はちょっとおかしい、と三矢は思った。

外に連れだされ、てっきり殴られるのかと思っていると、三矢の襟を摑んだままの夏木は、運動部の連中などがよく使っている校舎裏の水道へと引っぱっていった。

「な、なんだよ」

「まずその手、洗え。乾くと落ちねえだろ」

予想外の言葉に驚きつつ、べたべたの手を眺めてうなずく。十月の水はだいぶ冷たさを増していて、こすり落とすうちに指先が痺れてきた。背後で腕を組んだままの夏木は黙りこんでいる。沈黙に耐えかねて、三矢は言った。

「いったいなんで、そこまでおれのこと目の敵にするんだ」

「してねえよ」

「してるだろ！」

洗い場の台に手をついて、三矢は振り返る。

「おこぼれもらうまで、ぼーっとしてるのがむかつくんだよ。さっきの作業だって、ほんとはおまえのやることじゃないのに。うろうろちょろちょろしてっから、先輩が見かねて、手伝わせてくれてただけだろうが」

それを言われると、ぐうの音もでない。三矢は気が利くほうではない自覚はあったし、準備に殺気立っている顔ぶれのなかで、なにをどうすればいいのかわからなかったのも事実だ。

「誰にでもいいこぶって、受け身なばっか。いらっとする」

そこまで言われる筋合いはないと思いながらも、ぐさりとくる。自分でも気にしていたことだからだ。

「だ、だからって作業じゃましていいわけじゃないだろ」

「悪かったよ。けどわざとじゃねえし」

「そっちこそ、わざとじゃなきゃなにしてもいいのかよ！」

三矢が反論すると「だから悪いっつってんだろが」とふてぶてしく夏木は言い放つ。

「おまえ、なにがしたいんだよ。ただ遊んでたいだけなら、もうちょっと違うサークルだってあんだろ。それこそ、久保とつるんでたんだから、あのときやめりゃよかったじゃん」

「久保とっ……いっしょに、すんな」

うめくように言うと、夏木は鼻で笑った。

「あんだけべったりしてて、あいつの立場が悪くなったらぽいか。どうなん、それ」

そんなふうに思われていたのかと、三矢はショックを受けた。そして夏木が必要以上に三矢を悪くとる理由も、ようやくわかった。

「なんも知らないくせに、勝手なこと言うな」

青ざめ、拳を握りしめて三矢は言った。いままでにない表情に、夏木は目を瞠《みは》る。

「おれだって、あいつらともだちだと思ってたんだ。でもだまされたんだ！」

「だまされたって、なんだそれ」

問われても、答える気などない。また揚げ足をとる気だろうと三矢が口を閉ざせば、夏木は「途中でやめんのかよ」と舌打ちした。

「あのなあ、察してちゃんもたいがいにしろよ。文句あるなら最後まで言えばいいだろ」

「なっ……」

「おまえのそういうとこがむかつくんだよ。サークルにはいったのもなんとなく、自分でこうしたいってのもはっきりしないで、流されてばっか。だから久保みてえのにひっかかるんだろが」

痛いところを突かれて言葉につまると、夏木はさらにたたみかけてきた。

「芝居へただからとか言って、稽古もろくにしないで。裏方やってんのも、言い訳じゃん」

あざわらわれ、三矢は「違う！」と叫んだ。

「おれはサポートすんのが好きなんだよ！　そりゃ、わかんないことばっかだし、いまは覚えるのに必死で自分から気を遣ったりとかうまくできないけど、サボってるわけじゃない！」

舞台に立つことに関しては、事実向いていない。夏木ほど我が強いわけでもないし、誰にでも訴えかけたいテーマだの、自己表現したいと思えるほどのものもない。それは認めると、三矢は言った。

「でも、それがおれだから。ぐるぐるして、夏木からはただどんくさく見えるかもしれないけど、おれは、おれだって、真剣に悩んだり傷ついたりしながら、やってんだよ」

憤りに震えながら言い放つ三矢に、夏木はまたきついことを言うかと思った。けれど彼はなぜか、驚いたように目をしばたたかせている。その顔はなんだと睨めば、彼は言った。

「そんだけ言いたいことあるなら、さきに言えよ。流されてるやつ、おれきらいなんだよ」

あくまで謝りもしなければ、発言を撤回もしない。けれどなぜか、この瞬間夏木なりに、多少は三矢を認める気になったのだとわかった。

「流されてるって……おれだって、絶対譲れないものくらいあるよ」

「一坂さんか？」

見当違いのことをいきなり言われ、なんだそれはと目を剝く。夏木はいやそうに言った。

「いっつもべたべたして。おまえあのひとと一緒にいたいから、ここにいるんじゃねえの」

「ばかか！　おれが好きなのはっ……」

とっさに口走りそうになって、はっと三矢は口を押さえた。

「なんだよ」

怪訝《けげん》そうに睨んでくる夏木に、なんでもないとかぶりを振る。

（おれ、いま、なに言おうとしたんだ）

いままでさんざん無駄に悩んできたくせに、こんな場所で夏木をまえに、こんなどうしようもないタイミングで――。

「なに赤くなってんだよ。やっぱ一坂さん……」

「違うっつってんじゃん。そういう夏木こそ、一坂さん大好きなくせに！」

「ばっ……てめえといっしょにすんな！」

「だってどう考えたって、夏木のやってることって小学生レベルじゃん。気ぃ引きたくて突っかかって。認めてほしいなら、ちゃんとそう言えばいい」

「ふざけ……っ。勝手なことばっか言うな、この、ホモ！」

血相を変えて怒鳴った夏木は、「やってられるか！」と叫んでその場を去っていった。

「勝手なことばっか言うのは、どっちだよ」

つくづく、すべてが唐突な男だと思うが、もはや夏木のことなど、どうでもいい。たったいま見えた自分の気持ちと、混乱とともに取り残され、三矢は茫然となった。

夏木に対して、三矢はたしかに上狛の名前を叫ぼうとした。譲れないもの、一番大事で大切にしているもの、自分だけのものだと。

「うわ……なにこれ。こんなことで、わかっちゃうわけ？」

うわあ。と三矢は破裂しそうな頬を押さえる。

心臓はずっと騒いだままで、爪先から空に浮いているような錯覚すら覚える。笑っているのに唐突に泣きそうにもなって、恋とは、こんなふうに突然落ちるものなのかと思った。

（違うよ。もう、とっくだった。ばかみたいに遠まわりしてただけで）

ぐるぐるとまわってばかりだった思考回路が、突然のように答えをだした。どうして彼のために、自分の気持ちを見極めたかったのか。それにこだわったのか。

――なくしたくないんです。……また、あんなふうにあっという間に気持ちが消えちゃったら、おれ、もう絶対立ち直れない。

――んだそりゃ。答え、でてるようなもんじゃねえか。

あのとき、一坂が言ったとおりだ。

三矢は、ずっと純粋で正しいものだけを、ちゃんと上狛に差しだしたかった。大事だから、なくしたくない。それがぜんぶだった。もうとっくに恋に落ちて、けれど疑心暗鬼に固まった頭でっかちのせいで、自分で自分をややこしくしていたのだ。

いつだって胸の奥にある熱量は変わらなかった。上狛のことを最初からずっと好きで、ただそれだけだったのに、鈍い自分は自分のなかで、恋を迷子にさせてしまった。

（……でも、あのひとはどうなんだろう）

ふと我に返り、舞いあがっていた気持ちが、ぐらりと揺れる。

不器用におたつく三矢をまえにしても、彼はずっと変わらないままだった。いまこうして、気持ちがどこにあるかを自覚したからといって、上狛にはなんら影響はない。

出会いから同情され、ずっと変わらず、やさしい、やさしい彼。

その意味を考えたら立ち直れなくなりそうで、三矢はただ、震えた。

10.

恋をすると、世界が変わって見えるなどと言うけれど、それは本当だった。すくなくとも三矢の世界はあれから一変してしまった。

いろんなことが手につかない。なにをしていても上狛のことばかり考える。ぼうっとしてせつなくて——あげくには本人のまえでも惚《ほう》ける始末だ。

「三矢くん？　食べないの？」

「うはいっ、い、いただきます」

はっとして、三矢は目のまえで湯気を立てている料理に手を伸ばす。本日のメニューは、大根と牛タンの煮込みに、あまいカボチャの煮物、コールラビや二十日大根など、鎌倉野菜を天ぷらにして金山寺《きんざんじ》みそを添えたもの。完璧な和食だ。

上狛の部屋でのお呼ばれごはんは、もう何度目かわからなくなった。そしてつくづく、なんでもできるひとだなあ、と思う。

「なんか銀上さんが、知りあいから根菜ばっかりもらってきてさ。量は多くないから店でだせないんで、ひきとったんだ」

つやぴかのごはんを頬張りながら「すごい、おいしい」と三矢がつぶやけば、嬉しそうに上狛が笑った。その笑顔だけで胸がいっぱいになり、箸《はし》が止まりそうになる。

「無事に大学祭終わって、よかったね。夏木くんとは、けんかしなかった？」

「あ、……まあ、いろいろあったけど。いまはお互いさわらないようにしてるっていうか」

夏木の名にぎくっとしながら、三矢は目を逸らした。いまはどうしても、ややこしい恋を自覚するきっかけとなった同期については意識してしまう。むろん、ぽわっとしているようでめざとい上狛がそれに気づかないわけがない。

「……最近また、なにかあったのかな。夏木くんの話すると、固まるね」

「や、なんも、なんもないです、はい！　あの、天ぷらにみそってあうんですね！」

自分でもどうかと思うほどへたなごまかしをして、三矢はぱくぱくと上狛の手料理を食べた。けれど残念なことに、どれもおいしい食事はまるで味がしない。

三矢の目は、上狛の品のいい箸遣いや、白い歯を覗かせて咀嚼《そしゃく》する口元に釘付けだった。痺れたような唇に乗せて届けたい言葉はもう、喉の奥で暴れだしそうだ。

唐突に泣きたくなって、ものすごく好きだと痛感する。あの広い背中が、ほしい、と思う。

――おまえはなんでも、頭で考えすぎるよ。もっと人間、ぐっちゃぐちゃしてるもんだろ。

最終的には、それがほしいかほしくないか。そんなもんじゃないの？

一坂の言うとおり、理屈ではなかった。胸が痛くて苦しくて、どうしようもない。好きだ、好きだとそればかりで身体中がはちきれそうになる。

眠る彼にキスをしたときもそうだった。あとさきなど考えていなかった。ただただ突き動かされるまま、上狛の唇を勝手に、了承もないまま奪った。恥ずかしいことを、したとわかっている。でもあの瞬間、三矢は自分で自分を止められなかったのだ。

そしてできれば、もういちど、あんなふうにキスをしたいと思うけれど——。

「三矢くん、ごはんこぼれてる」

「あ、す、すみません！」

幼児のような粗相を指摘され、三矢は真っ赤になった。

ずっと悩んでいた、これが本当に恋だという確信は得た。けれど気持ちばかりが空まわって、結局なんの変化もないままだ。

（だって、どうすりゃいいの？）

お試しでつきあいましょうかと言われて、三カ月。若い三矢にとっては本当に激動の日々だったけれども、相手も同じほどの気持ちの変化があったかどうか、わからない。ましてや、すでにオツキアイが成立している状況で、どのタイミングで気持ちを打ちあければいいのだろうか。

「お茶どうぞ」

悶々とするうちに食事は終わっていた。上狛にうながされ、キッチンテーブルからリビングのソファに移動した三矢のまえに、きれいな釉薬《ゆうやく》のかかった湯飲みが置かれる。たぶんこれも高価なものだと思うけれど、それを気にすることもできないまま三矢は煎茶《せんちゃ》をすする。

「元気ない？　やっぱり夏木くんとなにか、あった？」

「や、そんなことはない、です。ほんと心配いらないんで」

隣に座った彼を直視できず、斜めに視線をずらしたままでいると、ふわっと肩に手がかかった。上狛の、あまいにおいがする。体温が近くて、肌がひりひりする。首筋の脈が激しくなるのが自分でもわかり、三矢は全身を縮こまらせた。

「どうしたの、まっか」

くすりと笑った上狛が、指先で首をつついた。三矢は飛び上がり、彼は驚いたように目をまるくした。そして目があい、ああ、くるかも、と思ったとおりに、唇が近づく。

「……っん、んんっ、んっ」

ただふれあわせているだけなのに、身体がびくびくした。気持ちよくて涙がでそうで、こんなに違うものなのかと思う。いままでもどきどきはしていたけれど、上狛を好きだとはっきり気づいてからのキスは、毎回とんでもなく刺激的だった。

（でも、まだ、これだけ）

そっとふれて、離すやわらかい口づけ。このさきを三矢は知っている。あの日上狛が教えてくれたとおり、おずおずと口を開いて彼の唇をなめた。肩を抱いていた手がぴくりと反応する。……思いきって自分から舌をいれてみる。ぬるりとした口腔に声がでた、そのとき。

「三矢くん？　どうしたの」

驚いたような声をあげ、唇が離れた。上狛のリアクションに三矢はたじろぐ。「だめでしたか」と細い声で問えば、彼は何度も目をしばたたかせた。

「いやなんじゃなかった？　まえに……」

「まえはまえ、です。ゆっくりいくって、停滞するって意味じゃ、ないと思うんですけど」

素直にしてほしいと言えず、妙な言いまわしになった。なのに上狛には「ああ、なるほど」と納得されて、シミュレーションと違う展開に三矢は困り果てる。

「じゃ、べろちゅーしても、もう突き飛ばさない？」

「ど、どうぞっ」

抱きしめなおされ、今度はのっけから舌がはいってきた。そしておっかなびっくりだった三矢とは違い、さすがに上狛のキスは巧みだった。舌を絡めて、吸って、あちこちをぬるぬるとなめていくそれには腰砕けになり、意識が散漫になる。

（やば、気持ちいい、やばいやばいやばい）

けれど、軽く背中を撫でられたとたんびくっとした三矢に、上狛は唇を離してしまった。

「なんで……」と茫然とする三矢に、彼はかぶりを振る。

「このさきはまだみたいだから、ね。ほら」

指先で首筋をつつかれ、またびくんとする。すぐに両手を広げた上狛は「ね」と笑った。

「無理はしなくていいんだ。待ってられるし、あせることない」

「ち、違う……これ、怖がってるわけとか、いやなんじゃ」

「違わないよ。準備できてないことは、しないほうがいい」

さっきまで腰を抱いていた手が離れると同時に、心もすうっと遠ざかった気がした。苦笑いする上狛が、ものすごく遠い。腕を伸ばせばさわれるはずなのに、ただそれだけでいいのに、見えないなにかが三矢の腕を封じこめ、唇をこわばらせてしまう。

(言わなきゃ、ちゃんと。いま)

正しく、間違わず、彼に心を伝えなければ。痺れたような喉を何度も動かして、三矢はようやく、そのひとことを口にした。

「あの、おれ、上狛さん好きです、よ?」

けれど、一瞬目を瞠った上狛は「うん、おれも」と笑った。

「おれもね、三矢くん好きだよ。ほんとに、……いいこだね」

頭をぐりぐり撫でられ、なにかをはぐらかすような態度に、通じなかったことを知る。

がんばって告げた言葉は、見事にうわずった。おまけに語尾は、変な疑問形がついた。

(あれじゃ、無理して言ったようにしか、聞こえなかったのかも)

顔はひきつり、身体は震えて……でも精一杯の本音だった。もっと上手に言えればよかった。なんのために演劇部にいるのかと、芝居のへたな自分を呪わしく思った。メッセージが伝わるための発声や、身体訓練までしているのに。

（いや、そうじゃない。芝居じゃなくて）

ただ本気で好きと伝えるだけのことが、どうしてこんなに不器用に、ねじまがるのだろう。

そしてはっと、似たような会話をしたことを思いだす。

――おれ、上狛さんのそういうとこ、好きだな。

――おれも三矢くん、好きだよ。素直でかわいい。

うしろに限定条件をくっつけた、軽くてあいまいな言葉。いま思えば、あれは保険をかけていたのだ。もし拒まれたら「意味が違う」とごまかせる、そんなずるい言葉だった。

もしかしたら、あのときと同じように思われているのだろうか。

（違うのに）

逃げ腰のあのときだって、本物を、正しいものを差しだしていたのに、「これは違うよ」と毎回但し書きをつけてしまったから、上狛にはそれが見えなくなったのだろうか。

だとしたら、自分はとんでもない間違いをしていたことになる。

「あの、違くて。上狛さん」

「わかってるから、だいじょうぶ。いいよ、三矢くんは三矢くんのまんまで」

ぽんぽんと頭をたたかれて、もどかしくなった。なのに口が開けない。ちゃんと言わなくてはと思って、何度も胸にこみあげたのに、できなかった。

（だって、もしホントに好きって言って……同情してるだけとか、言われたら？）

――ほんとに自分がゲイなのか、恋愛できるのか、たしかめてみるのはどうかなあ。

あれが本当に、確認作業のために協力するという意味だったら。三矢を傷つけないためだけに、やさしくしてくれているとしたら。想像だけで手が震える。

(怖い)

何度か、上狛に対して覚えたあの怖さは、きらわれたくないという不安だった。いまならぜんぶに説明がつくのに、鈍かったせいでなにもかも、とりこぼしてしまった気がする。

「か、上狛さん」

もっとそばにいたいと、どう言えば伝わるだろうか。きょうは泊まりでもいいと覚悟して、親にもそう言い置いてきたことを、いま言ってもいいのだろうか。

「きょう、あの……遅くなったし」

けれど三矢がすべてを言うよりさきに、上狛は立ちあがった。

「ああ、うん。送っていかないとね。寒いから、きょうは車だすよ」

そうじゃなくてと顔をあげるけれど、微妙に視線を逸らした上狛に気づき、口をつぐんだ。

(引いた、のか?)

必死だった自覚はある。いつもの自分ではないことも。それを察して遠ざけようとしているのだとしたら、もうこれ以上はすがれない。

「すみません、お願いします」――と、三矢は頭をさげるしかなかった。

夜のドライブは、たったの二十分。いつもと違って車だけれど、いつものように家に送り届けられ——「おやすみ」という言葉とごく軽いキスだけで別れたあと、三矢は自宅に駆けこんだ。派手な帰宅の音に気づいた母親が、階下から声をかけてきた。

「三矢？　きょう、泊まってくるんじゃなかったの？」

「中止になっちゃったの！」

それだけ言うのが精一杯で、三矢は結局使うことのなかったお泊まりセットのバッグを放り投げ、ベッドにばたりと倒れこむ。

なけなしの根性も使い果たし、うずくまっているだけの自分が情けなかった。

（次、とにかく。次にがんばる）

どうせ恋愛慣れすらしていないのだ。初心者まるだしでぶつかるしかできない。

折れたくない。ただしいものを上狛に、どうぞとちゃんと渡したい。

「……まだ、がんばる」

情けなく涙目になりながら、三矢はそれだけを繰りかえした。

11.

三矢の決意をよそに、それからも、からからと空まわる日々は続いた。

十一月。いままで以上に店に訪れるようがんばったのに、後期の授業はなぜかえぐいものばかりで、店内で延々レポートを書くことが増え、どちらかといえば資格マニアの銀上に「いっしょに勉強しようか」と話しかけられることのほうが多かった。

十二月。さすがのクリスマスシーズンで、店はデート客でにぎわい、上狛は本当に忙しくなった。ならばせめて上狛の家で、クリスマスデートをもくろみ、こういうイベント日こそ、きっかけになると思ってがんばってみるけれど、結果は惨敗。

気合いをいれようとして「ひとくちだけだよ」ともらったワインに三矢がひっくり返った。次の記憶は、翌朝になって「酒、弱いんだねえ」と苦笑する上狛の顔につながり、未成年にお酒呑ませてごめんね、と謝られただけに終わった。

ちなみにえぐい授業をする教授は試験もえぐくて、秋口、恋に悩んで注意散漫だった三矢は試験勉強に泣く羽目になり、上狛のほうから「しばらく会うの控えようか」と言われる始末だった。

年が明け、とりあえず初詣《はつもうで》にはいっしょにいった。けれど交通規制すらかかるほどの鎌倉を訪れる参拝客の多さに、当然ながら飲食店はフル稼働。松の内は休みなしという上狛はなんだかお疲れモードのうえ、一月中はずっと店も忙しく、店内デートもままならなかった。

バレンタインデーにはチョコレートケーキを作ってもらった。おいしかったけれども、うっかり上狛の呑んでいたサングリアをジュースと間違って呑んでしまい、見事に酔っぱらってクリスマスの失敗、パート二。

翌朝起きるなり「上狛さん大好き」と言ってみたら「まだ酔ってるね」とよしよしされた。

そして春がすぎ、二年生に進級して、新入生のオリエンテーションや新歓公演にあけくれる。先輩と呼ばれる立場になっても、一坂には小突きまわされる日々だ。

相変わらず夏木は皮肉ばかり言ってくるけれど、まえほど険悪にはならない。もはやあれはそういう性格だ、と思うことにした。

それよりも、悩みが尽きないのは上狛のことだ。

穏やかな読めない暫定恋人と、へたくそすぎる恋愛ビギナーのおつきあいもなにを言っても微妙にずれたまま、出会ってから二度目の夏が近づいてきた。

「つきあって一年もチュッチュするだけってあり得ないわホント。もうそこまでいくと、彼氏がインポなんじゃないかな！」

さわやかな声でえげつないことを言ってのけたのは、むろん一坂だ。

相変わらずのイモジャージ姿で、部室内の片隅にノートパソコンを抱え、目にも止まらぬはやさでキーボードをたたいている。

「なんてこと言うんですか！　それ、上狛さんは違います！」

「違うとわかる経験はしたのかな！　意外に大人だなサイダー！」

一瞬だけ三矢はうっとつまる。けれどばか正直に答えれば、またさらなるからかいが待っているだけだと話を逸らした。

「てか一坂さん、なんでそんなテンション高いんですか」

げんなりして言えば、青黒い顔色で目のしたに巨大なクマを飼う学生脚本家は「三日寝てないしね！」とこれも異様なさわやかさで告げた。

「就活ないだけいいけど、卒論えぐいよ卒論！　ていうかおれ単位足りてねえからレポート提出、ほかのひとの倍あるし！」

「講義すっぽかして芝居ばっかやってるからですよ」

「うっせーばか。しね」

唐突に声のトーンをオクターブ下げた一坂に座っていた椅子を蹴られ、三矢は転げた。

「なにすんですか！」

「うだうだ悩むくらいなら、さっさと休眠中の彼氏のチンコしごいて乗っかるくらいしろ」

「ちっ……で、できませんそんなの！」

じつのところ寝不足で不機嫌らしい先輩は「黙れこの初恋乙女の初心者ゲイ」と容赦ない。

「迫っても気づいてくれねえのは、たりねえんだよ。握ってこけよ。いやでも勃つよ。男なんざ胃袋とチンコ握れば一発なんだよ」

言いきったのち、「あ、いまの台詞いいな」と言うなりエディタに叩きこむ。このひとに相談した自分がばかだった、と椅子に座り直し、三矢はテーブルに突っ伏した。

「ダレてねえで、シナリオのチェック進めろや」

「できてるとこまではやりましたよ。続き書いてくださいよ」

アシスタント業務は、あくまで脚本家が仕事を進めないことにはどうしようもないだろうと睨めば、都合のいい一坂の耳は閉じてしまったらしい。

（勝手なことばっか言って、もう）

内心うめいて、三矢はふたたびテーブルに顔を伏せる。

一坂の言うような過激な行動こそとってはいないけれど、三矢なりにがんばっているのだ。

お泊まりもねだった。何回か泊めてももらった。けれど大抵はＤＶＤを観るか、三矢の持ちこんだゲーム機で対戦して終わるか、酒を呑まされてつぶれるかだ。

頭を抱えて、三矢はつい先日のやりとりを思いだした。

――あのおれ、上狛さん、好きです。

――うん、おれも三矢くん好きだよ。いいこだし、がんばりやで。

最近はことあるごとに「好きだ」と言ってははぐらかされ、かわいいキスで黙らされるのが常になっていた。言葉の意味がだんだん軽くなっているようで、あせる。

なによりここまでくると、当初とはべつの意味で「これってつきあってるのかな」という気持ちがふくれてしかたがない。

――来月末の誕生日はちゃんと、スケジュールあけておくから。

あんなふうにあまいことを言ってくれる上狛は、理想の彼氏だと思う。だがいつまで経っても微妙に子ども扱いのままで、本当にだんだん、わけがわからなくなってきていた。

(なんでかな。どうして、あれで通じないんだろう)

あまりに食いさがるのはみっともないと思うし、毎度はぐらかされているのかと悩む。そこをこらえてがんばってきたけれど、なんだかいろいろ使い果たしてしまった気がする。もしかして、あしらわれているだけなんだろうか。考えたくもないけれど、だんだんその可能性を無視できなくなっていた。

近ごろでは、もはや恋人に片思いしているという不毛な状態にも順応しかかっている。

上狛とつきあっていられるのは嬉しいし、いっそ多くを求めず関係を進めなければ、このままでいられるのだろうか。

(でもさ。ふつう、したいんじゃないのかな)

毎回とまでは言わないが、上狛のキスにはすっかり慣らされた。極上のチョコレートのような、とろりとあまいキス。三矢のβ-エンドルフィンは、常に放出されっぱなしと言ってもいいのに、上狛はいつも一定のテンションで、本音がちっとも見えやしない。

「……おれって魅力ないですかねえ」

「そこまで陳腐な台詞を吐ける才能は魅力的だ」

「一坂さん、あんたほんと最悪だ！」

ぎゃん！　と吠《ほ》えた三矢に、会話をしながらシナリオを書ける器用な男は「ま、サイダーの言語センスはともかく、魅力についてはそうでもねえんじゃね」と言った。

「どこらへんに根拠が……」

「ん」

まったく振り返らないまま、一坂は軽くあごをしゃくってみせた。振り向くと、そこには今年はいってきた一年生の田端《たばた》が、もじもじしながら立っている。

一坂はうしろにも目がついているのだろうかと怖《おそ》ろしくなりながら、三矢は「どしたの、田端さん」と愛想よく声をかけた。

「あの、赤野井先輩、ちょっといいですか？」

はにかんだような声で問われ、「いいよ」と三矢は立ちあがった。先輩、という響きには、毎度ながらちょっとだけ、じーんとする。

一年間、演劇サークルの下っ端としてこきつかわれるうち、三矢はこのサークルでのご用聞きのようなポジションにおさまっていた。

芝居はへた、小道具大道具を作るには手先があまり器用ではなく、照明音響は専門的すぎて手がだせない。

けれど、一坂に命じられるままわからないなりにあちらこちらとサポートを引き受け、手助けをしているうちに、いつの間にやら、総括的に事態を把握しているのは三矢だ、ということが周囲の認識となっていた。

ことに一年生がはいってきてからは、後輩の面倒をみるのは自然と、あたりのやわらかい三矢の役割になっている。

なかでも、ちょっとおとなしいけれどもまじめで一生懸命な田端は、雑用もいやがらずにこなし、なにごとにつけ先輩先輩と三矢を慕ってくれていた。

「なに？　なんかわかんないことあった？」

「えと……」

ちらり、と田端は一坂を眺めた。もしかしてサークル長のまえでは言いにくい話なのだろうかと気づき「ちょっと外いこうか」と声をかけ、一坂を振り返った。片手をあげ「いってこい」とでも言うように手を振ってみせるのを確認して、かるい会釈をすると、田端とともに部室をでる。

「……で、どうしたの？　なんか相談？」

「相談っていうか……」

サークル棟の階段そば、人気《ひとけ》のない廊下で向かいあった田端は、もじもじと自分の両手をいじっている。シャイな彼女の言葉を、三矢は辛抱強く待った。

そして、蚊の鳴くような声で告げられた言葉に、ひどく驚かされた。

「……え？　いま、なんて」

「だっ、だから、わたし、先輩がすきです！」

拳を握って、全身を震わせながら言う彼女が、冗談や嘘でこんなことを言っているのではないとすぐにわかった。それだけに、三矢は困惑する。

「えっちょっ……田端さん、あの」

「へ、へ、返事はまだいいです。考えておいてください、お願いします！」

かわいそうなくらいに真っ赤になって、涙目の田端は声を振り絞ると、それだけ告げて勢いよく頭をさげ、走り去ってしまった。

三矢は茫然としたまま、取り残される。

「え……ど、どうしよう」

途方にくれて、無意味に額を押さえる。

田端に関して、三矢は当初からかなり面倒を見ていた。彼女も昨年の大学祭で公演を見てサークルにはいってきた口で、芝居経験者のなか、おろおろしているのが一年まえの自分と重なったからだ。

久保に引っかかったのも、同じ目線で語れる仲間のすくなさから寂しさを覚えていたせいだといまならわかる。

気おくれせず、はやくに一坂やほかの顔ぶれとうちとけていたなら、あんな失敗はなかっただろう――そういう思いで、なにくれとなく声をかけていたのだが。

まさかそれが、田端にこんな気持ちを持たせてしまうなどということは、想像もしていなかった。

「ホモのくせに、誰彼かまわずいい顔すっから、そういうことになんだろ」

ひやりとするような声が聞こえ、三矢はあわてて振り返る。そこには、相変わらず仏頂面の夏木が立っていた。

「ああいううぶそうなのに、無駄にやさしくすっから勘違いさせせんだ」

「そんな、おれはただ」

「気ぃもたせてるだけなら、さっさと断ってやれ」

軽蔑したような目でこちらを見た同期は、それだけを告げるとその場を去る。部室に向かうらしい姿を見送って、三矢はふらりと壁にもたれた。そのまま、ずるずるとしゃがみこむ。

「……えー？」

人生ではじめて女の子に告白をされた直後、同期の男にいやみを言われた。

そして自分はややこしい片思いの真っ最中で、本当にどうしてこんなに、人間の感情はややこしいのだろうか。

——サイダーの言語センスはともかく、魅力についてはそうでもねえんじゃね。

なにより、すべてお見通しのくせに高みの見物を決めこむ一坂はおそろしい。

「どうしろっての、これ……」

うめいて地面を睨むけれども、お得意のぐるぐるが襲ってくるばかりで、なんの答えも見つけられなかった。

＊　＊　＊

考えこみすぎて熱がでそうだと思いながら、その日の夕方、三矢はいつものように《エブリデイ・マジック》へと立ち寄った。

「いらっしゃい」

いつものとおり、穏やかに声をかけてくれる上狛の顔を見たとたん、へにゃりと情けない笑みが浮かぶ。その表情を見て、一瞬だけ彼は怪訝そうな顔をしたけれど、なにも追及することはなく、カウンター席へと案内してくれた。

「カフェオレ？　暑かったからアイスがいいよね」

こくんとうなずいた三矢に笑いかけると、彼は手早くアイスカフェオレを作る。

あまさ、温度、コーヒーと牛乳の割合。すべてが三矢の好みどおりの味で、濃厚なミルクの風味が喉を滑り降りるとほっと息が漏れた。

(居心地がよすぎるんだよな)

あいまいなままの関係で、一年が経とうとするいま、はっきりわかっているのは彼といる時間を三矢がけっして手放せないことだけだ。あんなはじまりだったのに、どうしてこんなに好きになってしまったのだろうと思うけれど、これだけ大事にあまやかされたら、誰だって好きになる。

——ああいううぶそうなのに、無駄にやさしくすっから勘違いさせせんだ。気ぃもたせてるだけなら、さっさと断ってやれ。

夏木の言葉になにも言えなかったのは、まさに三矢が「やさしくされて」いるからだ。

頬杖をつき、オーダー品を調理している彼をじっと見つめていると、視線に気づいた上狛がちゃんとこっちを見てくれる。

「そうそう、誕生日の日、ちゃんと休みとれたから。ごはん作ってあげるよ。なにかリクエストある？」

「えと……ごはんは、お肉ならなんでも。あと、上狛さんのケーキ食べたいです」

了解、とうなずいて、上狛は口元をほころばせる。端整な顔に似合うその微笑に見惚《みと》れ、三矢はひっそり胸をときめかせた。

お願いはなんでも聞いてくれる。聡《さと》くて、気遣いができて、なのに三矢の恋にだけ、どうしてか反応の鈍い彼。どうやったらこのひとに好かれているとわかるのか。

（テストなら、答えがあるのに）

現実の人間関係は、あっちもこっちもファジーで複雑だ。そう思ってふと、三矢はずるいことを思いついてしまった。

テスト。気持ちを試すためのリトマス紙。

「……あの、きょうね」

「うん？」

「後輩の女の子に、おれ、告白された」

言ったあとに、上狛はじっとこちらを見ていた。三矢はなぜかその目を見ることができず、うつむく。

ものすごい羞恥《しゅうち》が襲ってきて、顔が真っ赤になった。なんだかとんでもなく、あさはかなことをした気がした。

それでも反応を見たかった。なにか言ってくれないかと思って黙りこくっていると、コーヒーを淹《い》れた上狛は、近づいてきたアルバイトに「これ、四卓」とカップを差しだし、その後、なんのコメントもすることはなかった。

(なんで、なにも言わないんだ)

怒るのでもいい、それはびっくりと茶化すのでもいい。なんらかの反応がくると思っていたのに、上狛は黙りこくっている。

焦燥が背筋からはいあがり、なんでもいいからなにか言わねばと口を開いたタイミングで、上狛が言った。

「三矢くんはどうしたいのかな」

「え……」

見あげた上狛は、なんら動じた様子もなかった。ただ穏やかな笑みを浮かべ、いつもの調子で淡々と言われた瞬間、ものすごく突き放されているように感じた。

「どう、したいって」

「女の子とつきあえて、まんざらでもないなら、それもありだよ」

座ったままなのに、地面に崩れ落ちていくような感覚を覚えた。「本気で言ってるの?」

と震える声で問えば「もちろん」と彼は笑う。

つっけんどんだったり、冷たくされるならまだ、わかる気がした。嫉妬《しっと》してくれたのかと思えたからだ。

けれどあまりに上狛はいつもどおりで、だからわからなくて、三矢の胃の奥が冷たく凝《こご》っていく。

「……上狛さんは、それでいいの？」

「この場合、おれは主体じゃないからね」

耳鳴りがして、一瞬目のまえが真っ暗になった。けれど同時に腹もたつ。不安と怖さに裏づけされた怒りのまま、三矢はうめいた。

「あのさ。いつもなんで、そうやって、はぐらかしてばっかりなのかな」

「はぐらかすって、なにを？」

いままさに、そうしているじゃないかと歯がみしながら、うまい言葉が見つからない。鼓膜の奥で、どくどくと鼓動の音がする。血管が開いて、全身が膨れあがったかのような錯覚を覚え、三矢は拳を握りしめた。

「あの、おれ、つきあってるよね？　上狛さんと」

「それをおれに訊く時点で、わかってないのは三矢くんじゃないのかな」

そうして、何度か繰りかえされた「わかった？」の問いかけの意味にようやく気づいた。

――おれとつきあって、ゆっくり考えて、ほんとに自分がゲイなのか、恋愛できるのか、たしかめてみるのはどうかなあ。

上狛は三矢へ、その「考える時間」を一年もくれた。それはとてもありがたいことではあった。あのとき、どうしようもなくぐらぐらしていた三矢にとって、たったひとつすがれる腕だった。

でもこのいま、三矢にとって上狛のやさしさは、残酷なものにしか思えない。

（おれじゃなくて。上狛さんはどう思ってるの）

たったひとことと、それだけ訊けばいいと何度も一坂には言われた。でも、もはやその問いかけはいまさらではないのかと三矢は青ざめる。

こぽこぽと、サイフォン式のコーヒーメーカーの音がする。流れてくる音楽は、相変わらずの昭和の曲だ。すこししゃがれたような女性の声はまるで泣いているような響きだった。

貧乏な絵描きが、恋した女優のために百万本のバラを贈る。

女優はそれが誰から贈られたものかも知らぬまま、違う街へと旅だっていき、絵描きはその思い出だけを胸に、孤独な人生を送る。

どうしようもない、報われない恋の歌。哀切なメロディがふたりの間の沈黙を埋める。

この絵描きみたいな恋は、三矢にはできない。ただただ捧げるだけでいいなどと言えない。

それどころか、あまやかされてやさしくされて、それですら満足できない強欲さに、自分でもうんざりしていた。

(ずるいこと、考えたからだ)

くやしくて哀《かな》しくて恥ずかしくて、三矢は耳まで赤くしたまま立ちあがった。たぶんどう粘ったところで、上狛の胸のうちを知ることはできない。

「きょうは、帰るね」

複雑な気分のまま告げたとたん、上狛はふっとため息をついた。ちいさなその吐息が、びっくりするくらいに三矢を傷つける。

いいというのに、上狛はいつものとおり会計をすませた三矢を店の外まで送ってくれた。

「じゃあ、またね」

「……はい」

うつむいたままの三矢の、落ちた肩を見て、上狛は言った。

「そうやって、しょげた顔するのは、ずるいよ」

ほんのすこし怒った声をだされて、びくっとした。ぎくしゃくとうなずくと、また上狛はため息をつく。ぴしりと胸の奥できしんだ音がして、三矢は唇を噛みしめた。

そっと頭を撫でられる。やさしくされているのに哀しくて、どうしたらいいのかわからない。思わずすがるような目で見あげると、なぜか彼は苦笑した。

「そんな目で見てもだめ。自分で考えて」

「……なにを？」

「なにを考えなきゃならないかも、訊いたらだめ。宿題」

やんわりした口調なのに、突き放されたことはわかった。それでもおそらく上狛の言うことは正しいのだと、三矢は反論せずに「考える」とだけつぶやく。

「答えあわせの期限は、誕生日にね」

ひらひらと手を振って見送る上狛にうなずいて、振り返ることはないまま帰途につく。

どんよりと重たい気持ちにお似合いな曇り空。梅雨の最中にしては小康状態の天気だけれど、いつかは崩れる日がくるはずだ。

顔をあげて、空を見あげた。

ぽつんとひとつ地面に落ちたのは、いったいなんの雫《しずく》だろう。

12・

人生でいちばんむずかしい宿題。その期限は、あと数日後に迫っていた。

「おまえほんと悩むの好きだな。今度はなんなのよ」

「……自分だけで考えないといけない宿題がでました」

暗雲を背中にしょったままの三矢を一坂がからかうけれど、今回ばかりは彼に相談するわけにもいかない。よしんば問いかけたところで、次なる宿題をだしてくるのは間違いないだろうけれど。

ため息をつきつつ、夏公演の小道具である『座ったと同時に壊れる椅子』を三矢は作っていた。不器用このうえない三矢だが、こういう『壊れもの』を作る才能だけはあるようで、毎回見事に崩壊する小道具類は、ありがたくないことに評判がいい。

逆に、役者が立つ台や書き割りのセットなどに関しては、いっさいさわらせてもらえない。

「うだうだすんのもいいけど、手は動かせ」

「はぁーい」

ぽこんと頭をたたき、パソコンを手にした一坂は部室をでていく。卒論と単位取得にくわえ、脚本の仕事も舞いこんできた彼は最近とみに忙しそうで、なのにサークル長の業務は最後までやり遂げるといって聞かなかった。

四年の彼に頼ってしまうのは情けなくもあるが、なにしろ一坂ありきのサークルだ。次のサークル長をいったい誰にすべきかという話は遅々として進まないまま、秋の公演後には引き継ぎをしようという話に落ちついている。

(いなくなっちゃうのかあ)

強烈なひとだが、サークルの要だ。三矢もさんざん世話をかけたし、一坂がいなくなるのはさみしいと思う。

それ以上に、上狛とこれ以上こじれたくもない。そう思っているくせに、あれ以来いちども《エブリデイ・マジック》へ顔をだしていないし、当然デートもお預けだった。

——答えあわせの期限は、誕生日にね。

そう言った上狛も、三矢が答えをだすまで会う気もないのだろう。もともとすくなかったメールの頻度はさらにさがって、ここ数日はまったく連絡もとっていない。

(けんかしたわけでもないのに、なんだろ、これ)

どうして自分はやることなすこと、失敗してしまうのだろうか。

つくづく、壊すことにしか向いていないのだと思いながら、一見は木の椅子に見えるよう木目のシートを貼ったスチロール板を組んでいると、背後からかわいらしい足音が近づいてきた。

「先輩」

ぎくっとして振り返ると、心配そうな顔をする田端が立っていた。

「なんか、悩みあるんですか？」

「あ、いや……」

「ごめんなさい。さっき、サークル長との話、聞いちゃいました」

思いつめた顔をする彼女をまえに、三矢は立ちあがる。哀しそうな顔をする女の子をどうなだめればいいのかわからずおろおろしていると、

「わたしのせいですか。……ですよね、すみません」

直球で切りこまれ、うっと言葉につまる。そのとおりとも言えるし、そうでもないとも言えるからだ。

「えっと、あのね田端さん、おれ――」

「あの、手伝います」

ごめんなさいを言おうとしたとたん、あからさまな作り笑いを浮かべて田端が壊れる椅子のまえにしゃがみこんだ。

「これ、接着すればいいんですか？」

「あ、ああ、うん。これ設計図……四脚ぶん、あるから」

会話が逸れてしまい、三矢は内心で「まいった」とつぶやく。はやく断らなければ、と思うのに、彼女は毎度この調子で、必死に答えを言わせまいとするのだ。

痛々しいくらいにこちらを意識しているのがわかって、三矢も胸が痛い。いったいどうすればいいかわからないでいると、「これでいいですか？」と田端が声をかけてくる。

「あ、違う。そっちじゃなくて、この――」

接着する部位が違うと教えようとした瞬間、三矢の指がちいさな手と重なった。見る間に赤くなり、硬直してしまった田端にうろたえ、三矢はぱっと手を引く。

田端は傷ついた顔をした。そしてもう、これ以上引っぱることはできないと、傷つけるのも覚悟で三矢は口を開く。

「あの、田端さん。おれはね――」

今度こそ断ろうとしたとき、部室のドアが開いた。はっとなった彼女は大あわてで手を離し、「失礼します！」と叫んで、逃げるようにでていってしまう。

取り残された三矢と夏木は、お互いにいやな顔で睨みあった。

「またおまえかよ」

「こっちの台詞だよ」

どうして毎度毎度、三矢にとって間の悪い瞬間にばかりこいつと遭遇するのだろうか。げんなりしたまま夏木を見あげると、後ろ手にドアを閉めた彼は軽く顎をしゃくった。

「おまえあれ、どうすんの。まだ引っぱってたとは思わなかったけど」

「……おれだって引っぱりたくないよ。でも断ろうとするたび逃げるし」

「んなもん、メール一本いれりゃいいだろが。ごめんなさいって」

さっくりと言う夏木に「それは失礼だろ」と言えば「どっちがだよ」と反論された。

「ホモのくせに、いつまでも女に気ぃもたせんなよ。ひでえやつだな」

ぐさりとくるひとことだったけれど、三矢にも言い分はある。ぎろりと睨み、「ホモホモ言うな。それ蔑称だぞ」と低い声をだせば、夏木は肩をすくめた。

「じゃあ、ゲイのくせに？」

「屁理屈こねんなよ」

訂正はするけれど謝りもしない。本当にねじれたヤツだとあきれながら、散らかった小道具の片づけをしていると、なぜか夏木はその場に立ったままこちらを見つめていた。

「なんか言いたいことでもあんの？」

「おれって、そんなに小学生レベルか」

唐突に話を蒸し返され、一瞬意味がわからなかった。「なにそれ？」と三矢が首をかしげれば、うなるような声で「てめえが言ったんだろが」と夏木は歯を剝く。しばし考えこんで「あ」と三矢は声をあげた。

——夏木のやってることって小学生レベルじゃん。

あれは大学祭の直前、もう何カ月もまえの発言だ。「いつのネタだよ」と三矢はあきれた。

「いつとか、そういう問題じゃねえし。あれからずっと引っかかってんだよ。まじめに訊い

「てんだから答えろ」

えらそうな言いざまにうんざりはしたが、どうやら夏木は絡むつもりではなく、真剣に悩んでいるらしいと気づく。

しゃがみこんでいた三矢は、しかたないとため息をつき、話を聞こうかと向かいあった。

「なんだよ。また一坂さんともめた？」

図星だったらしく、悔しげに顔が歪んだ。

「つか、なんでそれについて、おれに訊きたいわけ」

「知るかよ」

なんだそれはと目をまるくした三矢に「一坂さんが言ったんだよ！」と夏木は吠えた。

「おれだっておまえみたいなへたくそに、意見聞きたくなんかねえし。でも、なんべんやってもだめだめ言われてんだから、おれになんか問題あるんだろ！」

悔しそうに吐き捨てる夏木は、抱えこんでいた鬱屈を吐き捨てた。

子役だった経験もあり、高校時代の演劇部でもずっとワンマンでやってきた夏木には、芝居の解釈についてだめ出しをされた覚えがなかったらしい。

けれど大学にはいってからこっち、一坂に頭から否定され続け、あげく「おまえは想像力がない。すこしは素直なサイダーを見習え」と言われ、ずっと腹がたっていたのだそうだ。

「それ言われたのって、いつ」

「去年の夏まえくらいには、もう言われてた」

ほぼ一年まえのことではないかと、三矢は面食らった。

「それでなんでいまになって、おれの話聞きたいとか言うんだ」

「言っただろうが。聞きたくとかねえんだよ。でもにっちもさっちもいかねえんだから、現状打破するには自分が変わるしかないだろ」

いやだけど、と何度も念押ししつつも、こうして話をしようとする夏木は、ある意味潔いのだろうとは思う。

「おまえ、ほんと執念深いな」

「うっせえよ。慎重派なんだよ。つか……この一年、おれなりに赤野井については観察してきて、いろいろ見解が変わったとこもあるんだから勘弁しろ」

もしかしてこれは、夏木なりの譲歩と謝罪だろうか。困惑しつつも「見解ってなんだ」と三矢は問いかけた。

「これもだいぶまえだけど。怒っただろ、おまえ」

「……ごめん、遠すぎてわからん。いつよ？」

「絶対譲れないものくらいあるって言ったとき」

これまた大学祭まえの話を持ちだされ、そのことによって自分のなかに起きた変化をも同時に思いだした三矢は微妙な顔になった。気づかないまま、夏木は話す。

「あのとき、ちょっと考えてたのと違ったかとは思ったんだ」

いつもへらへらにこにこして、自分がないと思っていた三矢の真剣な顔に驚いた。もしかしたら、なにか見誤っていたかもしれないと思った。

口が悪いながら、奇妙に素直な夏木は、申告どおり腹を割って話す気でいるらしい。

「けど、突っこんで訊くとかも変だし、……顔あわせるのはどうも、間の悪いとき多いし」

「そう言うわりには、おまえ毎回、たいがい失礼なことばっか言うじゃん」

「しょうがねえだろ、赤野井、優柔不断すぎてむかつくんだもんよ」

「……おれ、やっぱおまえとあわないと思う」

「おれだってそう思うよ！」

睨みあったあと、ふっと息をついて「話が逸れた」と言ったのは夏木のほうだった。

「ただ、まあ、最初っから色眼鏡で見てたのはおれのほうだから。そこは悪い」

「色眼鏡って……」

「久保」

短い答えに、ああ、と三矢はうなずいた。

「あいつらサボってばっかだったし、あんな連中とつるんでばかじゃねえかと思ってた。けど途中で、なんか問題起きていなくなっただろ。そのとたん、おまえ一坂さんになついたから、変わり身はやいって軽蔑した。一坂さんも、妙におまえのことは気にかけてるし」

とんでもない誤解だったけれど、事情を知らなければしかたないことかもしれない。以前にもその件で責められた覚えがあったが、じっさいに三矢自身、周囲に誤解されてもしかたない部分もあった。

「まだそんなふうに思ってるやつ、ほかにいるのか」

「知るかよ。おれが、そう思ったってだけの話だし」

突き放すような口調だったが、他者からの悪口をほのめかさない夏木はやはり潔い。芯から悪いやつではないのだ。ただどうしようもなく、言葉がきついだけで。

「おれも、夏木ってお高くとまってむかついてた」

「なんだと、こら」

「お返しだよ。それに……久保のことは、いろいろあったんだ」

三矢はかいつまんで、久保がやめた理由や、自分がなぜ一坂にかまわれているのかを打ちあけた。とたん、夏木は濃い眉をひそめて吐き捨てる。

「嘘告白でだますとか、なんだそれ。趣味わりい」

「まあ、ひっかかったおれも悪いんだけど」

「そういうのは、ばかかもしんねえけど、悪くはねえだろ。ひでえのは百パーセント、だましたほうだろが。意味もなく自分に問題ひきこむなよ。あほか」

ずけずけ言ってくるけれど、一応はフォローのつもりなのだろうか。あいまいに笑って、三矢は「ありがと」と言った。

「なにがありがとうなんだ、って……あ」

「なんだよ？」

「あの時期って、もしかして……見上さんとおまえだけじゃなく、佐野さんもか？」

本当にすくない情報しかださなかったのに、無駄に頭のいい男はあっさりと、奥の奥にある真相を見抜く。内心舌を巻きながら、三矢はあいまいにかぶりを振った。

「その件は、ノーコメント」

「じゃ、聞かね。べつにどうでもいいし」

さらりと言う夏木に苦笑しながら三矢は言う。

「あのさあ、そんだけ推理力あるんだから、脚本もそうやって読み解けばいいだろ」

夏木は虚を突かれたような顔をした。

「読み解くって、なんだ。どういうこと？」

「だからさあ、なんにつけ夏木は、主語が『おれ』なんだよ。性格も、芝居も」

一瞬むっとした顔をする夏木に三矢は口を閉ざしたが「続けろ」と言われた。

「おれならこう思う、だから脚本に書かれてる台詞はおかしい、じゃなくてさ。自分じゃない誰かは、どう考えるかって、推理するつもりでやればいいんじゃないの」

「……あ、そういうことなのか。って、そんな話なのか？」

無理やり、役を自分に近づけなくてもいいのか。本当に目から鱗《うろこ》が落ちたような顔をする夏木がおかしい。

「そんな話だよ。むしろそんだけ頭いいのに、なんでそこわかんないんだよ」

「気づかなかったんだから、しょうがねえだろ！」

「人間観察しろだの、引き出し増やせだの、偉そうにおれに言ったくせに」

指摘されたのが恥ずかしいのか、夏木はぐっとつまった。高い頬骨が赤く染まる様子を見て、はじめて三矢は彼が自分と同い年だったことを思いだした。

「しょうがねえだろ。おれ、ふつうの人間ってわかんねえし」

「なんだそれ？」

「……おまえみたいに、ふつうに育ってふつうに生きてるやつの思考回路って、わかんねえんだよ。だから一坂さんの書く脚本も、意味わかんねえんだよ」

ぼそりと言った夏木の、思いもよらない弱音に三矢は驚いた。

「ガキのころは芸能界にいて、同じくらいの歳の連中と遊んだこととかほとんどねえし。高校くらいまで、変に祭りあげられてたし。こんな悩んだこととかねえし」

一坂の書く世界は基本的にコメディだ。けれど風刺もきいていて、あちこちいびつだったりコンプレックスを持ったキャラクターたちが、それを乗り越えたり、あるいは欠点だらけのままだったりという話が多かった。

そして夏木は、与えられた役柄の人物が悩んだり苦しんだりする場面で毎回「こんなことを言うのはおかしい」と一坂に突っかかり、その場で却下されていた。

「見てるぶんには、おもしれえと思うんだけど……理解不能なんだよ」

「夏木ってコンプレックスないから、そういうの持ってるやつのこと、わかんないんだ？」

「まあ、そうなる。だからおまえのことがよくわからん。一坂さんはもっとわかんねえけど」

「あのひとに関しては、わかるひとのほうがすくないと思うけどさあ……」

苦笑いしたあと、こうなればと思って三矢は内面を打ちあけた。

「たとえば、おまえは、ホモホモって言うけどさ。おれだって久保にからかわれなかったら、そんな自分に気づかなかったし、これでも悩んだんだ」

「なにそれ、マイノリティ自慢？」

「そりゃそっちだろうが、このねじくれ思春期。察して、思いやれっつってんの！」

棘《とげ》のある言葉をぶつけあってはいても、以前のように険悪ではない。むしろおもしろがっている部分もあるし、同い年の夏木は腹を割ってみれば、わかりやすくすらあった。

（まあ、上狛さんに比べたら、誰だってわかりやすいか）

それこそ一坂でさえ、彼に比べれば難物というほどでもない。

ふ、とため息をつく三矢に、夏木は問いかけてきた。

「おまえ、好きなやついるんだろ」

「……うん」

「じゃ、なんでさっきの、すぐ断らなかったんだ？」

どこまでも直球の夏木に、しばし黙りこんだあと、「なんか、自分が重なった」と三矢はつぶやいた。

「おれの好きなひと、何回好きって言っても、伝わらないんだ」

「なんだそれ？　譲れないってそいつのことじゃねえのかよ。つきあってんじゃねえの？」

「久保にふられたとこ、慰めてくれて……ホモになっちゃったって、もう恋愛できないって泣いてたら、じゃあつきあおうって言ってくれてさ」

それからなんだか、ぐだぐだで。説明するにももどかしい上狛とのことを、短い言葉でしめくくると、夏木は「なんだそれ」とふたたび言った。

「ぜんぜん、違うじゃん。田端はふられんの覚悟で告って、おまえにはちゃんと伝わってる。おまえはふられてもねえのに、伝えてもねえじゃん」

「え……」

直球の言葉に、三矢はどきりとした。

「伝わるだ伝わらないだ、それっておまえが感じてるだけじゃねえの？　田端みたいに、ほんとに傷つく覚悟でぶつかってるか？　告白すんのって、保証とかなんもねえんだぞ。なに保険かけてんだよ」

今度は三矢のほうが、目から鱗が落ちる番だった。

そして、どっと顔が赤くなる。ぎょっとしたように夏木が目を見開いた。

「なんだよ、なんで赤くなってんだよ」

「や、ごめ……いま、猛烈に自分が、恥ずかし……」

片方の腕で顔を覆って、見るなと三矢はもう片方の手を振った。

（言われるとおりだよ。おれ、ものすごくずるい）

エブリデイ・マジックは、教訓話。簡単に得た便利な魔法は、得てしてほころびる。

傷ついた三矢にとって、上狛はドラえもんで、魔法使いだった。

偽物の恋をやさしいセーフティネットとして広げられて、居心地がよくて。けれどいつの間にかそこから抜けだせず、努力しているつもりの空まわりを続けていた。

一坂もまた、三矢にあまかった。それはたぶん、彼らが三矢よりもすこし大人で、しょげている姿を見せてしまったからだ。

対等ですらなく、ただただあまやかされていた。

けれど夏木は違う。同じ目線にいるから容赦もない。傷ついたからどうしたと、悪びれずそこを殴りつけてくる。

「だいたい、おまえもう、女ひとり泣かせてんだぞ。恋愛の敗残者ひとり作ってんだ。自分だってリスク覚悟でチャレンジしろよ。つーかゲイって時点でふつうはリスキーなんだから、

ぬるい夢見んな」

言いたい放題言われて、ぐさっときたしひやっとした。でも、等身大の言葉はたぶん、きれいに飾った「ただしさ」よりも、三矢にふさわしい。

なんだか笑えてきて、三矢は傍らにいる同期を見あげた。

「今度は笑うのかよ。なんなんだおまえ……」

不気味そうに言われても、もう傷つかない。にやにやしながら三矢は言った。

「夏木って、すげえのな」

「あ!?」

ほめたのに、ものすごい顔で睨まれた。もとがハンサムなだけに、しみじみ凶悪な顔だ。

「おまえたぶん、ひとごろしの役とかやったら、いけるよ」

「あ、それはやってみたい」

それで喜ぶのか。本当に変なやつだと、腹の底から笑いがこみあげてくる。

長身で頭がよく、そのくせ短気で変に素直な同期を——もしかしたらこれから友人になるかもしれない男の顔を見あげ、三矢はからからと、笑った。

開け放した窓から、どこかで誰かが、ラジオを流しているのが聞こえてきた。

アナウンサーが抑揚のない声で、梅雨明けを迎えたと告げていた。

13.

いよいよ六月も終わりとなり、三矢の誕生日がやってきた。

「いらっしゃい」

「……おじゃまします」

ひさしぶりの上狛の笑顔に、胸がじわっと熱くなった。宿題をだされたあれ以来、あえて連絡をとっていなかったし、むろん顔を見てもいなかった。

約束をとりつけたのは、短いメールのみ。時間の確認と、この日のメニューを記しただけのリストを、三矢は何度も読んだ。

牛すじ肉を煮こんだビーフシチューと、サン・セバスチャン。いずれも三矢が彼に作ってもらって、絶賛したものばかりだ。

なぜか知らないけれどちょっと泣きそうになって、そのメールもいつもと同じく、ちゃんと保護をかけてある。

相変わらずやさしい上狛は、数日まえの言い合いのことなど忘れたかのように、いつもどおりだった。

「食事の準備はできてるけど。すぐ食べる？」

「まだはやいし、あとでも……」

わかったとうなずいて足を踏みいれたリビング。間続きになっているダイニングテーブルのうえには、レストラン顔負けのテーブルセッティングがすまされていた。

金縁の平皿に、銀のカトラリー。カットのうつくしいバカラのグラス。

「……ほんと、おれの誕生日にはもったいなさすぎ」

ちょっとだけ気おくれする三矢に、上狛がくすくすと笑った。

「やりすぎた？　でも二十歳《はたち》の誕生日なんだから、派手にやってもいいんじゃないかと」

「成人式のときでも、ここまでお祝いされませんでしたよ」

とりあえずコーヒーを淹れるという彼にうなずき、いつものソファに腰かける。絶妙に身体を受けとめる硬めのクッション部分を手のひらで押しながら待っていると、トレイを手にした上狛が「お待たせ」といってローテーブルにカップを置いた。

その横には、平たく四角いラッピングが添えられている。

「プレゼント。誕生日おめでとう」

「わ、あ、ありがとうございます」

ごちそうになるだけでも充分だったのに、こんなものまで用意してくれていたのか。恐縮しながら三矢はそれを手に取った。あけてみて、と言われて包装紙をあけると、なかから出てきたのは一枚のＤＶＤだった。

「え、これ『夢みるように眠りたい』？　しかもこれ、未開封!?」

「伝手《つて》たどって、なんとか新品入手した」

三矢がほしかった映画——もう廃盤になっているＤＶＤを、どうやったものか未開封の状態で探しだしてくれたらしい。ネットショップなどでリサイクル品のリストを見たこともあったが、新古品は通常の中古の三倍以上の価格になっていた。

「えっと、でもなんで？　中古ならもっと安いのに」

「三矢くんには、新品あげたいなと思って。単なるおれのこだわりだから。あとこれも」

こちらは手に持っていたらしい、ちいさな紙袋を手のひらに載せられる。目顔で確認するとうなずかれ、三矢は紙袋の中身をあけた。

「う、うわ……かっこいい」

「気にいった？」

こくこくと三矢はうなずく。そして感動もしていた。

「これ、覚えてた……？」

「はじめて店にきた日、じっと眺めてたからね」

シルバーの幅広のリングは、凝った意匠ながらごてごてしておらず、かっこよかった。

これもまた、《エブリデイ・マジック》で売られていたアンティークのデザインにそっくりで、しかしぴかぴかの新品だとわかる。

「知りあいのデザイナーに作ってもらったんだ。あのデザインは好きそうだったけど、銀上さんの扱ってる品だと、どんないわくがあるか、わかったもんじゃないし」

自分のためだけを思って選ばれたプレゼント。ほんのちょっと興味を示しただけのものなのに、ぜんぶ覚えてくれていた。

上狛はいつでもそうだった。百パーセント三矢のためとすべてを用意してくれて、それがあんまり心地よすぎて、魔法のようで、だから逆に不安だったのだ。

(ばかじゃないのか。なんにも、疑うことなかっただろ)

あきらかな形になった、上狛の思いやりをまえに、なんだか泣きそうになりながら、三矢は言う。

「……上狛さんって、もしかして、すっごくおれのこと好きだよね」

「うん。けっこう四六時中、考えてる」

一年の間、何度も繰りかえしてきた軽い言葉での応酬。いつもはここで「そうだね」と引き下がった。食いさがったりしなかった。

ごめんね、本気じゃなかった。いまも同情してるだけ。そんな言葉が返ってくるのが、怖かったからだ。

——恋愛の敗残者ひとり作ってんだ。自分だってリスク覚悟でチャレンジしろよ。

むかつく、厳しい言葉に活を入れられ、三矢はすうっと息を吸いこんだ。

「ほんとに、好き?」

「うん？」

ひょいと眉をあげた上狛に、もう受け流されないぞと強い目を向ける。

「じゃあ、どうして、手、だしてこないんですか」

真剣な顔で見つめながらの言葉は、すこしもスマートじゃない。みっともなく声も震えているし、あからさますぎる。

それでも、三矢はこんなものだ。転んで怪我しても、直球でぶつかるしか、方法を知らない。

「キスだけ、だし。いつも泊まるときとかも、ふつうに遊ぶだけだし。お、おれとエッチなことする気にはなれないですか？　そういう好きじゃ、ないんですか」

「三矢くん……」

三矢にすれば、ものすごい覚悟でぶつけた告白だった。しかし――ものすごく驚いた、という顔をした上狛からは、拍子抜けするような反応が返ってきた。

「手をだしていいわけ？」

「……は？」

「セックスしてよかったの？　抱いても？」

どういうことなのかわからず、三矢は目をしばたたかせる。

「えと、おれ、けっこう、その……さっ、誘ってましたよね？」

「そうなの？　いつ？」

いつって。遠い目になりながら三矢は言った。

「いつも、泊まってもいいですかって訊いたじゃないですか……」

「あれってそうだったの？　でもＤＶＤとかゲーム持ってきたの、きみだよね」

「それ口実でしょ！　ていうか、いまからしましょうとかって言いかた、おれにできるわけが……ひあ!?」

なかばキレ気味でぶっちゃける途中、いきなり抱きしめられ、キスをされそうになった。驚いて悲鳴をあげ、飛んで逃げる三矢に、上狛は顔をしかめる。

「……やっぱりいやなんじゃないか」

「違う、いやじゃないけど、いろいろいきなりすぎるし！　ていうか話、話！」

わめいて腕を振り、立ちあがって距離をとれば、渋々という、めずらしい表情をする上狛がいた。三矢は意味もわからず、ばくばくと乱れる心臓を押さえる。

（なにもう、このひとほんと、わかんない！　なんできょうは、いきなりこうなんだよ！）

いままでどれほどアプローチしても、笑って流してきたのに、どういう変化だ。

涙目になりそうになっていると、はあっとため息をついた上狛もまた立ちあがる。

眇めた目で見おろされ、びくっとしてあとじさると、彼は眉をひそめ、うなるような低い声をだした。

「ねえ三矢くん。勘違いなら悪いけど、こないだから、おれのこと試してるよね」

「え……」

「素直で鈍感なんだと思ってたけど、そういうふうに成長するの、好ましくないな」

理不尽に責めるような口調だったけれど、三矢は不愉快になるより驚いてしまった。

不機嫌そうで、むすっとしている。まるで夏木だ。上狛のこんな顔は見たことがないと戸惑いながらも、ちりちりする気配の意味は、わかる。

欲求不満と、それによる性的な緊張感。ものすごい勢いで伝わってくるそれに、赤面する。

眠っている彼に口づけたとき、こんなふうに三矢も張りつめていた。あれと同じだとするならば——この切迫感を、上狛はどれだけ上手に隠していたのだろう。

そしてはじめてほころびた大人の仮面をまえに、おたつくしかできない三矢はやはり、子どもだ。

「いままで、それなりに待ったけどさ。女の子だしてくるのはずるいと思う。おれ、本当はけっこう怒ってるよ」

「うん、あの、それは……ごめんなさい」

「やっぱり試したね？」

自分でもそれは猛省していたので、ひたすら謝る。そして結局はあまい上狛は、ぐしゃぐしゃと自分の髪をかき混ぜて、ため息ひとつで「いいけど」と言った。

そしてそのあとの笑顔はもう、いつもの穏やかな彼だ。目だけは、すこし怖いけれど。

「で、さっきのも試してた？」

「違う。あれはまじめに質問、です」

部屋のなか、突っ立ったままの会話はマヌケだと思うけれど、いまさら座りましょうかという空気でもない。

ただ、一歩、三矢は足を踏みだした。さっき逃げたのはこちらのほうだ。だから待つのではなく自分からいかなければいけないのだと、そう感じた。

「えと、上狛さんは、おれとセックスしたいですか」

「うん、したい」

けっこう緊張して言ったのに、ものすごくあっさり肯定されてかちんとくる。三矢の足が止まった。

「じゃあなんで、一年もなにもしなかったんだよ」

「だって三矢くん、まともに好きって言ってくれたことない」

「言ってたでしょう、何度も！　でも通じてなかったし！」

あれだけわかりやすく好意を示してきたのに。そうなじると、上狛はここぞとばかりに反撃に出た。

「自信なさそうに、引け腰で言ったり、限定条件つけて『ここが好き』って言ったり？」

三矢は「うっ」と顎を引いた。

「様子見ながら、すっごいこっちの出方うかがって。ちょっとはぐらかしたら『ですよねー』みたいに笑ってみたりとか？」

気まずく思いながらも、きょうはひかないぞとふたたび自分に言い聞かせ、問いかける。

「はぐらかして……って、やっぱり、聞き流してました？」

「うん。言いながら迷ってるなあって。だから、真に受けないようにしてた」

これもまたあっさり肯定され、「そんな」と茫然とする三矢に、上狛はため息をつく。

「半疑問形で自信なさそうに好きって言ったり、びくびくしながら様子うかがったり。そういうのはね、告白にならないんだよ、サイダーくん」

ちょっとだけ意地悪く笑いながら言われて、顔が赤くなった。

「そ、そこは汲《く》み取ってくれても……」

「やだ」

にこっと笑う上狛は、やはりいつもと様子が違う。どちらにしろ内心が読めないのは同じことだけれども、なんだか容赦がない気がした。

(怖い、けど)

でも自業自得だというのは、わかっていた。たったひとこと、真剣にまっすぐ言ったら、こんなにあっさり答えが返ってきたのは複雑でもあるけれど。

――おまえはふられてもねえのに、伝えてもねえじゃん。

夏木の声で「ほらみろ」とこだまする。ついでに「やっぱり」という一坂の声もしたけれど、脳内の代弁者たちを振り払い、目のまえの男に集中した。

「でも、おれ、おれなりに一生懸命、言ってたんです」

「一生懸命はわかるけど、待つには待つなりにさ。おれも期待するんだ。かわいく、本当に好きだと思って、そう言ってほしかった」

気持ちはわかるだけに、三矢はうつむくしかない。ほんのすこし、まだ離れている距離で立ち止まっていると、今度は上狛が一歩、まえにでた。

「……とかね。三矢くんにはハードル高いのもわかってたから、これはおれもずるかった」

「え？」

もう一歩、ふたりの爪先が数センチの距離で向かいあう。でも上狛はだらりと手をおろしたまま、三矢も身体の脇で拳を握る。

「出会ったばっかりのころ、三矢くんはまだ、セクシャリティがどっちかなんて腹も決まってなかっただろう」

こくん、と三矢はうなずく。しかたなさそうに上狛は笑った。

「それで手をつけたら、なしくずしになる。セックスって、いろいろうやむやにしてしまうから、それは悪いと思ってね」

これでも大人として考えたんだと言われ、三矢はそもそもの疑問――とっくに考えていていいはずのことに、一年も経っていまさら思いあたった。

「どっちって、なんで？　じゃあ、上狛さんはどっちだっていうんだよ」

「おれ？　どっちでもない」

「どっちでもないって……なんだそれ？　え、どういうこと？」

意味がわからず混乱する三矢に、上狛は手を伸ばす。目をしばたたかせる三矢の髪、その端だけをつまんでにっこり笑った。

「だから、バイだよ。そうじゃなかったらつきあうとか言わないだろ、ふつう」

お説、ごもっともだった。考えもつかなかった三矢はたしかに鈍い。しかし。

「その前提条件、おれ、一年も経ってはじめて知ったんですけど!?」

大変めずらしく、驚いたように上狛の目が見開かれた。

「知らなかったの？」

「知りませんよ！　だって上狛さん、女のひとにモテモテだし、すこしふしぎだし、だからなんかあんま、ゲイとかなんとか、なまなましいこと考えてなくて」

大混乱しながら、本当に知らなかったと繰りかえした。そして自分のセクシャリティについては泣くほど考えこんだくせに、彼についてはまるで、思いもよらなかったのだ。

「おれの性的指向も想像しなかったのに、セックスするしないは悩むのかあ……」

なんだかしみじみと言われて、ものすごく恥ずかしい。そのさきを言うなと思うのに、上狛はにんまり笑って口を開いた。

「おれからすると、三矢くんのほうがよっぽど、ふしぎなんだけど」

「うえっ」

「要するに最初から、三矢くんはおれのこと、全面的に受けいれちゃってたんだ」

「そ、そん……」

「しかも、手、ださないのかって。その言いかたからすると、おれが抱くの当然だと思ってたんだ？」

「え、えっと……えっと」

髪をいじっていた手の甲が、頬にふれる。するりと撫でたなめらかなそれが返されて、大きな手のひらが顔を包んだ。

「抱いてもいい？」

ささやくように言われて、心臓が破裂しそうだった。顔中が熱くて、痛いくらいになった頬を何度も撫でられながら、それでも三矢はうなずいた。

「……うん」

上狛が、ちいさく息を呑み、そのあとゆっくりとため息をついた。

「やばいな。嬉しい」

印象がやわらかいから冷たくは見えないけれど、どちらかといえば上狛は、表情が乏しいほうだ。だから言葉のとおり、こんなに嬉しそうな顔をするのはめずらしく、彼の手のなかで三矢は真っ赤になった。

だが、まだこれでほだされるべきじゃない。ここで言うべきことはひとつだと三矢は声を振り絞る。

「それで、上狛さんは、おれのこと好きなんですか⁉」

「うん」

緊張しているせいで、まるで怒鳴るような口調になってしまった。なのに上狛にはいつものとおり、するりとあっさりうなずかれ、三矢は歯ぎしりした。

「うん、じゃなくて、そっちこそ言ってないじゃないか！」

「いや、だってつきあってくれって言ったじゃない、おれが」

そうじゃなくて、と三矢は地団駄を踏みそうになる。

「初対面であの状態で言われたら、ボランティアかと思うでしょう！　それに同情してるのかっていったら、うんって！」

「だって、かわいそうだなって同情したのもほんとだし」

「じゃあ、いつ好きになったんだよ、……っうわ！」

わめく三矢の身体を、上狛はぎゅっと抱きしめた。逃がさないというように腰に手を添え、背中を手のひらでしっかり押さえて、胸のなかに閉じこめる。

「いつもなにも、つきあおうかって言ったときには好きだったよ」

「え……」

すこし口早の言葉が聞こえた。淡々として見えるのに、顔を押しあてた左胸から響く鼓動が、びっくりするくらいにはやい。つられて、三矢の心臓もまた、どんどん忙《せわ》しくなる。

「話聞いてるうちにまじめだなって思ったし、この子いいなと思って」

「それって、だって、それじゃあ……」

まるっきり、出会ったはじめからということではないか。信じられない気分でつぶやくと、

「そのとおりだよ」と上狛は、三矢の髪にキスをした。

「泣き顔かわいくて、でも、かわいそうで。この子、笑わないかなって。そしたらもっとかわいいだろうなと思って、泣きやんでくれたらいいのにって思った」

抑揚のない静かな声。でもそのなかにこもる熱は、三矢をまるごと溶かしそうなくらいに熱いとわかる。

「で、好きになった」

以上です、と言わんばかりに告白タイムを終わらされ、三矢は顔があげられない。

(なんだそれ、もう)

もうやだ、このひと。わかりにくすぎる。しかもことの起こりからずっと好きだなどと言

われてしまえば、一年近く悩んだ時間がただただ、ばからしい。

(そりゃ、態度変わるわけないじゃん! どんだけおれが、なにしても!)

振り向いて、好きになってと願っている間中、望んでいたものは目のまえにあった。まるで『青い鳥』の寓話《ぐうわ》だ。というか——ひたすら三矢が、鈍くてばかだ。

心底から恥ずかしくて、三矢は膝から地面にめりこんでいきそうな気になった。やつあたりなのはわかっていたけれど、それでも恨みがましい目になってしまうのはしかたない。

「なんで……それ、ちゃんと、言ってくれれば」

「いや、それは嘘」

すべて言うまえから言葉を否定され、三矢は驚いて顔をあげる。からかうような目をした上狛が、にいっと笑った。

「さて問題。はじめてできた彼氏に裏切られたその日、初対面のうさんくさいカフェ店員が、ひと目ぼれしたからつきあってくださいと言いました。サイダーくんはどんな行動にでるでしょうか」

長い指を振りながらのそれに、三矢はとっさに口を開く。だが嘘もつけず、渋々と本音を口にした。

「……走って逃げる」

「だね。手負いの獣だったから。ちょっと刺激したらすぐ消えそうだった。だからこの子、とにかくあまやかさないとなあって」

抱きしめたまま、上狛は三矢をゆらゆらと揺らす。なにもかもお見通しの彼にはかなわず、三矢は広い胸に顔を埋《うず》めた。うなじをさする手が、剝きだしの神経を撫でているようで、怖くないのにびくびくと震えてしまう。

「それに、手をだしてこないって言うけど、最初にキスしたら泣いて突き飛ばしたの、そっちじゃないかな」

「あ、あれは……い、いきなり、舌とか、いれてきて」

「キスってそういうもんでしょ。だいたいちょっとなめただけでそこまでびびる子が、よもやセックスしてくれないとか不満持ってるなんて思わないよ」

開き直ったかのようにずけずけと言う上狛に「そのとおりです」とも言えず三矢は口角をへの字にさげる。

「むしろ、ようやく最近は慣れたのかなってくらいで。どこまで待つのかと思ってた」

あげく、かなり不服そうに言われて、三矢は顔を赤らめた。急に抱きしめられている状態が気になって、かすかにもがくけれど、すらりとして見えるのに強い腕は、離れることを許してくれない。

「だって、でも、それは」

「童貞だからびっくりしちゃった？」

「……っどうしてそういうことばっか、はっきり言うんだよ！」

思わず拳で広い胸をたたくと、両手首を捕まえられた。しまった、と思ったらそのまま引っぱりあげられ、不安定な体勢で、さっきよりずっと強く抱きしめられる。

「三矢くん、かわいい。好き」

もう勘弁してほしい。たぶんこんなに心臓が忙しくなっていると、寿命が縮まってしまう。たしか動物の一生の心拍数は決まっているはずだと、三矢は散漫なことを思った。

「う、うそばっか……」

「ほんとに。おれしゃべるの面倒くさいひとだけど、三矢くんとはしゃべってもいい」

「なんでそんなめんどくさがりなんだよ……」

「知ってるくせに」

――日本語へたくそで、むかし、いじめられたりしたから。

それはたしかに、聞いたことがあるけれども。

「でもそんなの昔の話だし！　そこまで神経細くないだろ、ほんとは！」

「うん、まあね」

にやっと笑う上狛の本心は、やっぱりよくわからない。結局はからかわれているのだろうかと、三矢がまたキレそうになったところで、ずるい言葉をささやかれた。

「でもとりあえず、まじめにおつきあいしてみようって思ったんだよ」

「……え？」

「十代の子に手をだすのは、やっぱいかんよなって。さっきも言ったけど、きみはあのときだまされて傷ついてたし、そういうところにつけこんだら、おれ、悪い大人みたいでしょ」

大きな身体に抱えこまれて、あまい声が頭上から降ってくる。どこもかしこも上狛に包みこまれて逃げ場がない。

「最初に押し倒したとき、ものすごく怖がってたし。ああ、この子はそういう子じゃないんだなって。そう思ったんだよ」

だから、ゆっくりいこうと告げたのだと言われてしまえば、三矢がまるでただの、わがままな子どものようだと思う。けれど事実、子どもだから、なにも言い返すことができない。

「大事にしたつもりだったんだけどな。本気かどうかわかるまで、考えてくれればいいなって、おれなりに思ってたんだけど」

「そ、そんなの、わかんなかった……」

「うん。よけいな考えだったかも」

「えっ？」

くるっと世界が反転して、気がつけばソファのうえに押し倒されていた。いったいどういう技なのだろう。

「してもいい？」

啞然としていた三矢は、うえから覗きこんでくるきれいな顔と、その唇がつむいだ言葉にどきりとする。

「……上狛さんは、おれが本気か、わかったの？」

だからするの、と問えば、できるだけ言葉をショートカットしたがる面倒くさがりは「うん」とうなずいた。

「うんじゃなくて！」

「ごめん、だいぶまえからほんとはわかってたんだけど」

やきもきしてるのがかわいいなあと思って、ちょっとおもしろがって眺めてたのは、否めない。

けろりと最悪なことを言う相手に、三矢はさすがに怒った。

「――悪趣味！」

「趣味はいいと思うんだけどな」

飄々とした顔でいいながら、いきなり上狛は服を脱がそうとしてくる。あわててもがくけれど、がっちりと手首を摑まれ、腿《もも》のうえに曲げた膝を乗せられて、ソファのうえにはりつけにされた。

びくともしない力も、のしかかられている状態も、すこし怖い。表情にでたのか、上狛は眉を寄せて笑うと、三矢の額に口づけてくる。

「だましたりしないから、安心して好きになっていいよ」

「……え」

「おれは絶対傷つけない……なんて嘘は言わない。人間だからね、あわないところもあるだろうし。でも正直でいることは約束できる。正直に、おれは、三矢くんがかわいい。それ以外に思惑はないし、わざと痛めつけるような真似はしないから」

上狛は高い鼻のさきを三矢の鼻にこすりつけ、じっと目を覗きこんでくる。

かわいいような仕種《しぐさ》なのに、視線の強さがすべてを裏切る。怖くて、ぶるりと震えて、なのに三矢の体温はどんどんあがっていってしまう。

捉《とら》えられた手首の脈で、上狛もなにかを察したのだろう。押さえつけるかのような強さだった指の力を抜き、三矢が逃げないと知った彼は、手のひらのくぼみをあわせて指と指をぜんぶ絡めてきた。

「お、れも。上狛さんは信じてる」

「そう？」

こくんと三矢はうなずいた。

「信じてるから、ほ、ほんとは好きじゃないとか、同情でやさしくされてたらどうしようって、ないこと考えて勝手に、怖くなったんだ」

ごめんなさい、とつぶやくように言うと、そっと唇を吸われた。三矢も目を閉じ、何度もついばんでくる唇にすべてを委《ゆだ》ねる。

しばらくして、キスをやめた上狛がぽつりと言った。

「ね、きょうで二十歳だよね」

「え？　う、うん」

だからここにきたのだろう。いまさらの問いに、意味もわからずうなずくと、上狛はあの、妙に嬉しそうで、でもちょっと怖い顔で笑った。

「もう大人になったんだから、大人扱いすることにするけど、いいね」

「え、え？」

「言っただろ、自重してたんだよ。未成年にあれこれするのは、まずいから」

でもきょうで解禁だと言う彼の声に、ぎくっと身体がこわばる。けれど、捕まえられたままの手はほどけないし、のしかかられた体勢も変わっていない。

「えと、待って。シチュー食べたい、ケーキも」

「運動してからのほうがおいしいよ。それに三矢くん、手出ししないのに文句あるみたいだったし、とっくに覚悟できてるよね？」

「ちが、あ、……んん、ん！」

逃げ場もなく、あわあわするけれどキスで文句を呑みこまれる。

舌を引きずりだされ、いつも一定の——どちらかと言えば低いテンションの男がするとも思えない、熱っぽくて執拗《しつよう》な口づけに、どろどろにされた。

ぬるぬると口のなかがなめられて、震える舌を回転するようにいじくられたとき、なんていやらしいキスをするのだろうと思った。そして思いもよらない場所で感じては、びくんびくんと腰を跳ねあげてしまう。

（あたま、溶ける……っ）

あまりに長いキスのおかげで、酸欠でくらくらになったあたりでようやく、舌を引き抜かれた。べっとり濡《ぬ》れた舌で唾液《だえき》の糸を切り、唇をなめる上狛が、至近距離でささやく。

「……銀上さんが、なんで寝てないってわかったか、わかる？」

「え？」

「まえに、ほら。あのひと言っただろ」

首筋に唇を押しあて、上狛が低い声でささやいた。

――きみたち、してないでしょ、えっち。

「あれ、なんでばれたのか、三矢くん、わかる？」

わからない、わかりたくない。ぶんぶんとかぶりを振った三矢の首に吸いついて、ちりっとした痛みと、口づけの痕《あと》を残した上狛は、満足げにその痕を撫で、身体を起こす。

圧迫されていた腹部がやっと楽になり、ふっと息をついた。上下する胸と腹をなだめるように撫でながら、上狛は三矢がいままで見たことのない顔を、ついに見せた。

「おれね。セックス好きなんだ。だからしつこくて、激しいの。かなり」

「ひ……」

乱れた前髪の隙間から、半眼になって三矢を見つめてくる上狛のグレーの目が、銀色に見えるほどきらきらしていた。うえから見おろされる圧迫感と、舌なめずりする彼の猛烈な色香に、三矢は指一本動かせない。

「気にいった子相手だと、とくにすごいから――」

「そ、そんなの聞きたくない」

艶冶《えんや》な表情に苦いものを覚え、三矢は顔を逸らした。ふっと目元をやわらげた彼が問いかけてくる。

「むかしの話でもいや？」

耳をふさいでうなずくと、詫《わ》びるように鼻先に口づけられた。

「じゃ、詳細はカットするけど。銀上さんはつきあい長いから、むかしの相手も見たことある。おれが抱いて、ふつうにしてられる子って、いなかったから」

「だから聞きたくないってっ。そういう正直さはいりません！」

妬《や》かせるな、と手足をばたつかせたのに、すこしも逃げられない。涙目になって睨んださき、上狛はひどく嬉しそうに笑っていた。

「……でも、あんなに長いこと手をださなかった子は、三矢くんだけ」

額を押しつけ「特別ってことだけど、わかる？」と問われ、悔しくて顔が赤くなる。

「……ずるい」

「かな？」

「ずるい、ほんと、めちゃくちゃやきもち焼いてるのに、嬉しいとか……意味わかんない」

泣きそうな顔で文句を言うと、ごめんごめんとちっとも悪びれずに上狛が謝ってきて、悔し紛れに三矢のほうから、噛みつくようなキスをした。

むろん、返り討ちにあったのは言うまでもなく、腰が砕けるという言葉の意味を、生まれてはじめて、三矢は知った。

＊　＊　＊

はじめてはいった上狛の寝室で、彼が寝起きしているというベッドだけは、シンプルなものだった。しかしながら、ドアが解放されていたのでうっかり覗いた隣室には、ものすごい高級そうな、四つの角に柱がつき、房飾りのついたカバーのかかったベッドがある。

「天蓋《てんがい》ついてないのがふしぎ……」

「ああ、もともとついてたやつ、はずしたらしい」

もうあんまり驚かなくなってきたと、三矢はうなずいた。とたん、首筋に彼の高い鼻があたり、耳の裏近くですんと鼻を鳴らされ、硬直する。

「な、なに？」

「三矢くん、いいにおい」

「な、なにもつけてないよ……？」

「うん、石鹸《せっけん》のにおいと、三矢くんのにおいだ」

くすりと笑われ、三矢は震えた。

もぞもぞしてしまうのは、背中から抱きしめられている状態だけが問題ではない。ソファのうえでさんざん煽《あお》られるようなことをされて、股間《こかん》がかなり苦しいせいだ。

だが初体験がソファというのは無理があると——なにが無理なのかは考えたくない——上狛が言うので、なかば抱きかかえられるようにしてこの部屋まで歩いてきたのだ。

正直、部屋と部屋を移動するだけで数メートルはある、だだっ広いこのマンションが恨めしかった。歩きづらいし、だんだん正気に返って恥ずかしいし、いたたまれない。

「……っあ」

腹部を撫でていた手が這《は》いあがり、さきほどリビングでいじられ、すっかり硬くなった乳首のうえを強く押さえた。手のひらに圧迫されているだけなのにものすごく感じて、うめきながら三矢は身悶《みもだ》える。

「どきどきしてる」

「いっ、言わないでくださいっ」

鼓動の乱れを知られるのは、どうしてこんなに恥ずかしいのだろう。唇を噛んで肩をすくめると、脇から手をいれた上狛に、ひょいと荷物のように持ちあげられた。

「うひゃ!?」

「はい到着」

そのままベッドに座らされ、目のまえに上狛がひざまずく。いつもと違う目線の高さになぜかどきどきしていると、所在なく握ったり閉じたりしていた手を両方、握られた。

「怖い？」

問われて、ふるふると頭を振った。うそつきだ、と笑われて、なんだかじいんとする。

(怖いからやだ、って言ったら、たぶん聞いてくれるんだ)

大人扱いするよ、などと言ってもやっぱり上狛は上狛だった。三矢をあまやかして、やさしくして、気持ちのいいものだけをくれようとする。

「怖い、けど。し、たい、です」

低い位置にいる彼の広い肩に、しがみつく。ぽんぽんと背中をたたかれて、ほっとした。

「わかった。もう訊かない」

「うん」

三矢を抱きしめたまま身体を起こした上狛に、ベッドへと押し倒された。重なりあった部分がお互い、かなり張りつめている。

上狛がメガネをはずして、ベッドヘッドにある棚に置いた。ふと気がついて、三矢は手を伸ばす。

突然、なにも隔てるもののない目元にふれた三矢に、上狛はふしぎそうな顔をした。

「なに？」

「いつも、おれを見るときって、目が……この、まんなかのとこ、大きくなるから」

色が変わってみえるのだと告げると、上狛は一瞬目をまるくしたあと「ああ」とつぶやき、滲むように笑った。どこかくすぐったそうなそれに、三矢はどきりとする。

「男って、好きな相手見ると、瞳孔が開くんだって。テストステロンって男性ホルモンの働きだとか言うけど」

「え？　ほ、ほんと？」

「科学的な根拠は、どこまで正しいのかは、正直わからない。でも」

言葉を切った上狛が、顔の近くをさまよっていた手をとり、手のひらに口づけた。そのまま頬をすりよせ、ささやくように告げる。

「おれが三矢くんを好きなのはほんと。目の色が変わる、ってそういうとこから来たのかな」

くすぐったくて、あまくて、ぞくぞくした。言葉のとおり、彼の目の色は変わっている。

三矢をすこし怯ませ、虜《とりこ》にして離さないあの、ふしぎな色に溺《おぼ》れる。

「ね、名前呼んで」

「えっ？」

「名前。名字じゃないよ」

ささやく声が近くて、どきどきしながら「零士、さん？」と三矢はつぶやいた。そのとたん、開いた唇のなかに、頬を撫でていた手の親指が横から入りこんでくる。

「んぅっ？」

「指、吸って、しゃぶって」

あの目で見つめられながら命じられ、わけがわからないまま唇をすぼめた。ざらついた指の腹が舌のまんなかを軽くこすったとたん、びくん！と三矢の腰が浮いた。

「んふ、うぅん……っ」

自分でも驚くような、あまい声がでた。上狛がすっと目を細め口腔をざらざらの指でかきまわす。「ん、んん」とうめいてかぶりを振るけれど、手のひらで顎を覆うようにされて、指が抜けない。

「やっぱり。三矢くん、口のなか敏感だ。舌も、つるつるしてかわいい」

「ふ……？」

指をくわえたまま目をしばたたかせると、上狛が目を細める。

「なめたとき、すっごくいい反応してたから。たぶんフェラするの好きだと思う」

いきなりとんでもないことを言われ、三矢は目を瞠る。ぎょっとしたのに、その卑猥な表情に、心臓と脚の間が同時に反応し、自分の身体にも驚いた。

「あ、もちろん、きょうのきょうでやらせたりしないから、安心して」

「い、あ……」

「でも、したくなったら言って。おれので、口のなかいっぱい、ぐちゅぐちゅしてあげる」

ぞわっとうなじが総毛だち、喉奥でうめいた三矢は反射的に膝をきつくとじあわせた。脚の奥がじんじんしている。怖いことを言われているのに、なんでこんな反応をするのか自分がわからなくて目を白黒させると、顎のしたを指でくすぐられた。

「ふあっ……」

「いいな。ほんとかわいい」

目を細めて反応を見守る上狛が、ゆったりとした口調でつぶやいた。

「な、なんかあの……」

「ん？」

「きょうの零士、さん、いっぱいしゃべるなあと思って」

しかも、卑猥なことに関して妙に饒舌《じょうぜつ》だ。しどろもどろに指摘すると「ああ、うん」と彼がまた笑った。

「浮かれてるから」

「な、なんで？」

「ずっと待ってた好きな子と、やっとできるのに、テンションさがる男、いる？」

見るからにご機嫌そうに笑われて、恥ずかしさのあまり悶死しそうだった。

「そん、なに、セッ……セックス、したい？」

「すっごいしたい」

今度は真顔で即答だ。三矢は両手で顔を覆い「もうやだ……」とうめいた。

いまのいままで、毛ほどもこんな卑猥な気配を見せつけなかったのに、そのおかげで三矢はじれったくてたまらなかったのに、いきなり全開すぎる。

「小出しにするってないんですか⁉」

「んー、ごめん。調節弁がいかれてて」

ちゅ、と音を立てて、顔を隠す手の甲に口づけられた。過敏になった肌にはそれすらむずがゆくてたまらず、とっさに逃げにはいった動きを利用されて、両手首をベッドに押しつけられる。

「これからはもう、隠さないから、ね」

ちっとも安心できないことを言われたのに、笑っている顔がやさしいからだまされる。

むしろ積極的にだまされたいとすら思って、三矢はやっとわかりやすくなった恋人の首筋にしがみついた。

服を脱がされて、あちこちにキスをされた。ということだけはわかるけれども、正直いって三矢は、まともに意識を保っているのがかなりむずかしかった。

「ひ……あっ、あっ、いやっ」

「ん、だいじょぶ、だいじょぶ」

泣きをいれるたびになだめてくるけれども、ちいさな乳首が尖《とが》って痛いくらいになったのは誰のせいだろうか。噛んだり吸ったり、指で転がしたりして、最初はくすぐったいだけだったそこに性感を植えつけた悪い手の持ち主は、いまはぬるぬるになったものを、根元からひとまとめにしてこねるようにいじっている。

「も、やぁ、それ……ぬるぬるっ、あっ」

「そのままこすったら痛いよ。三矢くん、皮膚薄いから。……ここも、あんまりいじってないから、かわいい色だし」

ローションを垂らされた股間は滑りがよくて、勢いあまってぬるんと指からこぼれる瞬間すら刺激になる。腰をのけぞらせ、歯を食いしばりながら三矢は内心思った。

（セックスって、死ぬほど、恥ずかしい！）

三矢も情報社会の現代っ子なので、あれやらこれやら、予備知識だけはあった。けれどまさか、ペニスの色についてコメントされるなんて想像もしていなかったし、ましてや相手に身体を委ねたはいいけれど、脚を持ちあげられたり広げられたり、横にされたりひっくり返されたりしたとき、こんなに苦しくて大変だなんて思いもしなかった。

柔軟やっててよかったなあ、とぼんやり思いながら、上狛の肩のぶんだけ開かされた股関節の角度を意識から逸らした。もちろんそのまんなかに、きれいな顔を伏せた彼がしている行為も、まともに言語化したくない。

したくないのに、ベッドのうえにいるもうひとりは、逐一教えてくれたりする。

「ほんとにいろいろ薄いね、三矢」

いつの間にか名前も呼び捨てにされて、ちょっとサディスティックな笑いかたをする彼に、ぞくぞくするから、三矢も悪いのかもしれない。

「色もだけど、あんまり生えてこないほう？」

「……そゆこと、言わないで、って！」

どうしてこの上品な顔で、ここまでえげつないことを、嬉しそうに言うのだろうか。そしてその薄い部分とやらをなめる舌の動きは、キスのときに同じくねっとりしていて、ひんひんと三矢はすすり泣く。

「も、や……っ、上狛さん、やだ……っ」

「零士」

「れ、零士さ……っ、あっ、あーっ、あっ」

いきなり深くくわえこまれて、どろりと下半身が溶けたようになった。熱くて苦しくてたまらず、逃げるように腰が持ちあがる。肩で腿を押した上狛が、根元をもむ手とは違う手でぶるぶると震え続ける尻の奥を撫でた。

「あっ、やっ、やっ！」

「だいじょうぶ、さっきいっぱいしたから、もうはいるよ」

抵抗したのに、あっさりと封じられて指をいれられた。上狛が言うとおり、さきほどからローションで濡らされ、じっくりと時間をかけて慣らされていた場所は、揃えた指を二本、一気に奥まで迎えいれてしまう。

「……っく、ひは、あ、あ……っ」

ひくひくと腹部が痙攣《けいれん》して、内側からこみあげてくる強烈な刺激にめまいがした。

最初に指をいれられたとき、上狛は「ちゃんと探すから」と言った。なんのことかわからなかったけれど、いまならもう、その執拗だった指の動きの意味もわかっている。

「粘膜弱いよね、ほんとに」

「なっ、なんで、そんな、たのしそ……っ」

涙目で三矢は睨んだ。こんなに苦しいし、恥ずかしくてたまらないのに、上狛はもうずっとご機嫌のままだ。

「だって三矢、気持ちよさそうだから」

「うあ、や、や、まっ、まわさな、いで」

「だめ」

逃げようと横向きに身体を倒したけれど、それが却《かえ》ってまずかった。肩に噛みついてきた上狛は、無防備になった尻にさらに指を深くいれ、うねるような動きを与えてくる。

(も、なに？　これ、なに？)

どろどろになるまで愛撫《あいぶ》され、息も絶え絶えになる。三矢にはもはや、彼がなにをしているのかわからず、あえぐしかできない。

「痛くないね？」

「んっ、んっ」

喉の奥が苦しくて、つまったような声しかでない。こくこくとうなずけば、肩胛骨《けんこうこつ》の間に口づけた彼がゆっくりと指を抜き差ししながら、閉じた脚の間にあるものを握りしめてくる。ぎゅんっと体内のなにかが圧力を増して、三矢は軽くパニックになった。

「あぁあ、やだっやだっ、いっしょ、やっ！」

「いいこだから、怖がらなくていいから」

いって……と耳のうしろにささやきかけられ、身体のなかとペニスの先端を両方、まるく円を描くように刺激されたとたん、三矢は全身をこわばらせた。

「うやっ、あっ、んー……っ！」

不規則に身体が揺れて、上狛の色の薄い目にじっと見守られながら射精する。うしろに含まされた指をきつく締めつけながらの絶頂は、いままで経験したこともないほど強烈なものだった。

「……すごい」

熱っぽい声でつぶやいた上狛が喉を鳴らす、なまなましい音が聞こえた。全身に力がはいらず、ぐったりとなった三矢のなかから、ゆっくりと指が引き抜かれていく。

「ん……っ、ふ」

抜け落ちる感覚に思わず声が漏れた。自分でも、とんでもなくあまったるいそれだと思うけれど、もう隠す気力もない。

「いい？」

なにを問われたのか、もうさすがにわかる。弛緩《しかん》しきった身体でようやくうなずくと、横向きになっていた身体を仰向けに転がされた。

（うわ）

身体の脇に手をついた上狛が、あの目でじっと見つめてくる。もう笑っていない表情は真剣で、視線はこちらを焼き焦がすのではないかというくらいに強い。

頬にキスをされながら、脚を抱えあげられた。密着する肌が汗に湿っていて熱い。力のはいらない腕を持ちあげ、背中にふれると、あの場所にかたいものがふれた。

びくん、とすくんだ三矢の頬に、もういちど上狛は口づける。彼はもう、なにも問わない。聞いたところで意味がないと、無言で教えてくる。

(する、んだ)

覚悟はしていたけれど、押しあてられたものの熱さと、それを受けいれるのに充分やわらいだ自分の身体の双方に、三矢は怯《おび》える。

(なに、これ。こわい)

いつされるのか、はいってくるのか。それともはいってこないのか、なにもしないのか。わからなくてどきどきして、怖い。

ぬるぬる、こすりつけてくるだけのペニスは熱くて硬い。さきほどまでしつこくいじられまくったあの場所が、呼吸するようにひくんと動いた。ねちゃ、くちょ、と粘液の音がして恥ずかしい。そして押しあててくる上狛にも、この動きが伝わっているのが恥ずかしい。

(心臓が、身体中にあるみたいだ)

どこもかしこも脈打って、期待と不安で破裂しそうになっている。与えられた過度の快感と、引き延ばされた絶頂のおかげで、肌が焦《じ》れて、熟れて、もうどうにかなりそうだ。

「三矢」

名前を呼ばれただけで、びくん! と腰が跳ねた。耳の奥で、どっどっどっどっ……と、うるさい音がする。そのせいでよく聞こえないはずなのに「三矢」とささやく吐息混じりの声だけが、鼓膜から神経に直接突き刺さってくる。

「……うあ」

両肩を軽く押さえられ、逃げ場をなくされた。上狛の上体が、ぐうっと伸びるように三矢に近づいてくる。縮まった距離のぶん——押しあてられていたものが、進んでくる。

「は、はいっちゃ、はいっちゃう」

「いれてるからね」

「え、なに……えっ、えっ？」

指とも、舌とも違う、太くてまるくて硬いなにかが身体を開いた。圧迫感がすごくて、なのにまったく痛くなくて、三矢は逆にパニックになる。

指を最初にいれられたとき、かなりきつかった。いくら慣らされたとはいえ、さすがにつらいだろうと固唾《かたず》を呑んでいたのに。

「なんで？　い、痛くない、なんで？　え？」

「時間かけて、そうしたからね。……ほら、もうちょっと」

ぐい、と腰のうしろに手をまわされ、膝の裏を押されて、尻をシーツから持ちあげられる。すらりとして見えるのに上狛の腕は強くて、開かされた両脚がものすごい格好になっているのに、自分ではもうどうにもできない。

「口あけて、あーって言って」

「えあ、あ……ふゃ、あぁあ！」

わけもわからず言うとおりにしたとたん、一気にそれを押しこまれた。ぱん！　とお尻をたたかれたような音がして、聴覚で認識したあとに『なにが』そうしたのかを理解する。

「――……っ！」

耳がちぎれそうなくらいに熱い。おなかの奥が重たくて、のしかかっている上狛の呼吸が荒れているのが、なまなましい。

「息して、三矢」

「くは……っ、は、はあ、はっ……ふ、ふぃ、あ」

言われるまで、自分が呼吸を止めていたことにも気づかなかった。軽く頬をはたかれ、息をしたとたんに、犬が走ったあとかのような忙しない呼気が漏れる。そしてそれはすぐに、情けない涙声へと変化した。

「ひ……ん」

「泣かせて、ごめんね」

やさしく告げて、上狛が汗まじりの涙をなめる。べろりと広げた舌が頬を這うのもぞくぞくして、怖いのと嬉しいのと、興奮と混乱で、三矢はしゃくりあげた。ぐずりと鼻をすると、頬から耳へと唇をすべらせ、耳朶《みみたぶ》を嚙んでいた上狛がまた「ごめんね」と言う。真っ赤になった目で、三矢は睨んだ。

「ご、ごめ、んて、言うな、ら」

「うん、ごめん。……すっごい気持ちいい」

言うなり大きく揺さぶられて、三矢の声はきれぎれになった。

「も、ひど、あ……っ、あっ、あっ、あっ」

「ほんと、ごめんね。でも、……三矢、やばい」

はあっとため息をついた上狛は、挿入したすぐあとから、ずっと動き続けている。待ってという暇もない。いやらしく浅く突いては引き、胸のうえに這わせた手で乳首をずっと転がしている。

(なにこれ、もう、……もう!)

ちょっと、待って。動かないで。慣れるまでじっとして。ひとつも言葉にできないまま、目をまわした三矢は彼にしがみついているしかできない。

膝裏にまわした手で導かれ、彼の腰に脚が絡むようにとうながされた。腿の内側がひくひくと痙攣し、したくないのに上狛の身体を締めつけてしまう。

そして、身体の奥の奥、なんだかすごいものでいっぱいになったそこもまた、勝手に痙攣しては濡れた音を立てた。

「なか、か、かきまわさ、ないで」

「ん？　やだ」

「や、やだって……やっ、あ、ああ！」

泣きながらお願いしたのに、上狛はにっこり笑ってまた腰を揺すってくる。みっちりと奥までいれて腰を基点に円を描くようにされると、身体のなかがぐるぐるした。

ものすごくねっとりしたいやらしい動きに、三矢の目も口も開きっぱなしで、声が溢れるのを止められない。

「ふわ、あっ、あああっ」

こすられているのは、挿入された内側だけではなかった。火照った肌のあらゆるところ、開いた脚の内側と上狛の腰がふれあった場所、抱きあう体勢の胸と胸、しがみついた広い背中と手のひら。

「あ、な、なんか……なんか、すごい」

「すごいんだ」

ふ、と嬉しそうに笑う目、視線が心臓にまっすぐ突き刺さる。身体がつながっているせいか、気持ちもぜんぶ見透かされているようで怖いのに、ふしぎな安心感があった。

「ゆっくりするの、好きそう」

「んん、ん、わ、かんないっ」

ゆるゆるとした動きに身震いして、三矢はのけぞった。刺激が弱いせいか、激しいだしいれをされるよりも素直に気持ちいいと感じた。爪先も皮膚もびりびりじんじんと痺れるようで、彼のものがはいった場所から溶けていきそうな気がする。

「気持ちよくなってきた？」

「ふあ……」

さんざん馴染まされ、攪拌《かくはん》された粘膜はほころびきって、もう自分ではコントロールもできない。とろけ、ゆるんだそこを今度はうねうねと進み、引いてはずるりともぐりこむ長くて硬いものに、「やだ、いや」と泣きじゃくった。

さっき、指をいれられながらいったときの何倍もの感覚が襲ってくる。だしてもいないのに、ペニスの奥からくる強烈な快感が絶えず三矢の神経を揺さぶり、涙も声も止まらない。

「いや？　痛い？」

「やあっ、やっ、やっ、怖いっ」

問いながら、上狛は腰のグラインドを止めようとしない。楽しそうに目を細めながら三矢の痙攣する腿を撫で、首筋や耳元にキスを繰りかえす。

「怖くない怖くない。気持ちよくて、身体がびっくりしてるだけだから」

「うそ、そんな」

「だってほらここ、ぬるぬる」

「……あああっ！」

引き締まった腹筋にこすられ、痛いほどになっていたペニスのさきを指でつまむようにされると、たしかにあきれるほどのぬるつきがあった。粘液をこそぐように指の腹で何度もいじられ、過敏な先端だけをしつこくされて悲鳴をあげた三矢の腰が、ひきつりながら勝手に浮く。

「やめ、それ、お願いっ」

「あは……すっごい、締まる」

熱っぽい息を吐いた上狛が、奥までぴったりとはめこんだまま身体を揺すると同時に、ぬるついたそこをくるくると撫でる。軽く握った手で、すべりを利用して弾《はじ》くようにすぼめ、ざらっとした手のひらで切れこみをこすられると、シーツから浮いた尻に力がこもり、ぎゅうぎゅうと上狛を締めつけた。

「知ってる？」

「な、なに」

「さきっぽだけいじめ続けると、男の子でも潮吹きするんだって」

上品な唇からこぼれてたあまりにもな淫語に、三矢は目を瞠って硬直した。その反応をおもしろがるように、わざと耳元に唇を寄せ、彼はささやいてくる。

「……すごく、いいらしいよ。おかしくなるくらい」

「ひ……」

息と同時に吹きこんでくる言葉に、ぞわっとなった。敏感だと気づかれたあとから、上狛はしつこく耳を愛撫してきた。指で穴をくすぐり、手のひらにくるんで耳朶をもみ、むろん噛んだりなめたりもされた。

けれどなにより弱いのは、あまくて低い、この声なのだ。

「射精でも、おもらしでもないの、でるって。経験ないよね？　してみる？」

三矢にはわかりづらいことばかり言う、そのくせ心を捉えて離さないあの声が、いやらしいことをささやいてくる。身体中でいやらしいことをしながら、脳まで犯すというように。

「……して、いい？」

たっぷりと含まされた吐息に全身総毛だち、ぶわっと目に涙を浮かべた。

「ひ、や……いやだ、や！」

「三矢？」

「やだ、こわい、そんな、そんなのやだっ」

怯えた三矢はぶんぶんとかぶりを振り、腕から逃れようとした。執拗な愛撫をやめた上狛は両手でぎゅっと身体を抱きしめてくる。

「うそ、しない」

「う、うえ……っ」

「ごめん、かわいいからいじめすぎた」

耳を何度もついばみ、食《は》んで、ごめんごめんと上狛は笑った。そんなことしないでと泣いてすがれば、「わかったよ」となだめてはくれたけれど——。

「じゃ、ふつうにするから。ね」

「えっ、あ……や、やっ！」

言うなり、三矢の肩を強く押さえつけ、小刻みに揺すってくるからやっぱり意地が悪い。

「続き、してるだけだから。これはいいよね？」

「もう、やだ、それやだっ」

「んん？　なんで。さっきはこれ、やだって言わなかったのに」

うそつき、と三矢は内心でつぶやいた。さっきとは、あたる場所が違う。動きもずっと複雑で、ぐねぐねして、身体のなかをいじめるやりかたがねちっこい。

（そんなん、言えない……っ）

ぎゅっとしがみついたとたん、肩ごしに、上狛の背中と腰、引き締まったお尻が見えた。筋肉をうねらせながら、上下に、波打つように動く身体を目でたしかめた瞬間、内圧がぐうっとあがる。

ああ、と声にならない声をあげたと同時に、上狛の身体がぶるりと震えた。頰をすり寄せられ、軽く耳をついばみながら、あまい声をかすれさせる。

「三矢、ぎゅって……いまの、いい」

はあっと、たまらないような息を語尾に交え「もっとして」とささやかれて、三矢は意味もなくかぶりを振った。心臓が破裂しそうなくらいにどきどきしていて、それが興奮しているからなのか、自分がどうなるかわからないから怖いのかわからず怯えた。

「いやいやじゃなくて、もっと」

「や、ちが、あっ」

「してるよ、ほら。ね？　ほら……」

ささやく声があまいのにいやらしくて、耳が犯されているようだった。だから反応してしまうのに、したくてしているわけではないのに「じょうず」と笑われて、羞恥心が焼き切れそうだ。

「あああ、いや……ああ、ああっ」

「かわいいね。すごくどきどきしてるの、あそこの動きでもわかる……」

やさしく煽ってくる声につられて、心臓がばくばくと乱れる。どっと汗が吹きだし、思うままに身体を揺すぶられて、情けない声をあげて泣くしかできなかった。

目を開けていられなくて、ぎゅっとつぶっていると「こっち見て」と耳に噛みつかれる。涙に重くなった目をしばたたかせると、三矢を押さえこんだ上狛が、あの灰色の目を細めてじっとこちらをうかがっていた。

「う、うあ……」

笑うように歪んだ唇の端、上唇をなめるようにして舌が覗いている。瞳孔が、いつもより大きい。まばたきもすくなく、集中しきったまま、三矢の身体で快楽を貪《むさぼ》り、与えようとしているのがわかってぞくぞくした。

「いいね、三矢。すっごく、いい」

「あ……あっ、あっ」

「気持ちいいよね？　あってるもん。ここ、おれにぴったり……」

嬉しそうに言うなり、ぐんっと腰をまえにつきだされ、三矢は声をあげた。ああん、とか、あふん、とか、ものすごくあまったれていやらしい声。自分にびっくりして手のひらで口をふさごうとしたのに「だめ」とその手を捕まえられる。

「声かわいい、聞かせて。すっごい、くる」

「ふあっ、やっ、やああっ、やっ」

髪を撫でまわされ、耳元にかかるそれをかきあげて、あまい声を吹きこまれた。反対の手は痙攣しそうな心臓のうえを撫でまわし、痛いほど尖った乳首を撫でたり押しつぶしたりしたかと思えば、するりと脇腹から背中にまわり、背骨近くの薄い肉をさすって腰を摑む。

律動する身体から、汗が滴《したた》る。上狛のものと自分のそれが混じって、肌という肌がびしょ濡れになった。尻の肉を両手でぎゅっと摑まれ、ふれあった胸のうえ、硬くなった突起がお互いの胸でつぶれてちりちりする。

（痛い、苦しい、息、できない）

酸欠気味になりながら、浅くあえぐ喉元を噛まれた。激しく腰をたたきこまれ、刺激が強すぎて、快感を快感だと認識できない三矢は、いや、いや、と力なくつぶやく。

おおきなものでめちゃくちゃにされて、全身が破裂しそうで怖かった。なのに必死になって彼の肩に、腕にしがみつき、離さないでとせがんでいるのも三矢なのだ。

「三矢くん、三矢、かわいい。舌、だして。吸ってあげるから」

「んっ、んーっ、んっ」

言われたとおり求められるまま舌をなめさせ、あまつさえ自分から吸いつく。尖らせた舌のさきだけを、さきほどペニスにされたのと同じ力で吸われると、その愛撫を教えこまれたいけない場所がひくついて濡れる。

「びっしょり……」

「うやっ、ああ！」

濡れそぼったものを手のなかでぎゅっと摑まれたと同時に、上狛のものを身体の奥で締めつける。脳に電流が突き抜けるような強烈な快感に、三矢は四肢をこわばらせた。

もう、声もでなくなった。上狛の荒れた息が、噛まれる耳から直接響く。ぬちぬちと、身体のなかを出入りする音が徐々にその間隔を狭めていき、大きな手に撫でまわされるそれがびくんびくんと痙攣した。

「あ、いきそう……」

かすれた色っぽい声で、上狛がつぶやいた。どんな顔をしているのかものすごく見たくて、涙に重たい瞼をどうにかこじ開ける。

（うあ）

至近距離で見つけた上狛の表情に、三矢の心臓がばくん、と跳ねた。汗に濡れ、苦しそうに眉を寄せたままあえぐ上狛は、紅潮した顔で目を閉じている。ぶるっと動物のようにかぶりを振ると、長い睫毛が震えて、徐々にあの目が開かれた。

「……なに、見てるの」

意地悪く笑って、ぐりっと上狛が腰を動かした。すこし照れているかと思ったけれど、その目はどこまでも楽しげで、三矢は身体をのけぞらせて悲鳴をあげた。

「あっ……あ、れ、零士、さんっ……」

「おれのイキ顔見たいの？　やらしい」

「ちが、うあっ、それだめっ、だめ！」

「いいよ、ちゃんと見てて。顔背けたらだめ、目、見て」

大きな手で顎と頬を固定され、よりによっていちばん恥ずかしいことを強要された。ゆらゆら揺れるきれいな顔を間近に見たまま、浅く抜き差しされるのはとんでもない気分だった。自分も彼を見つめるけれど、こちらもつぶさに、すべてを見られるのだ。

かあっと、頭が煮えそうになった。あのふしぎな目から送られる視線には、眼球を通して、脳のなかまで、いやらしいことでいっぱいの頭のなかまで、見られてしまう。

「は、はずか、しい……っ」

「泣いてもだめ」

ぐずった三矢が顔を隠そうと腕をあげる。肘を摑まれ二の腕の内側に嚙みつかれ、きつく吸われて痕が残った。そこを嬉しげになめた上狛が「ぜんぶするからね」と宣言する。

「なに、を?」

「身体だけじゃなく、頭のなかまでぜんぶ、おれでいっぱいにする」

そんなのはもうとっくにだ。言おうとした言葉を吸いつくすように、強引なキス。脚の間と同じく、口のなかもいっぱいになる。

心はもう、おさまりきらずに溢《あふ》れている。

「目、見ててね。逸らしたらもっとひどくする」

「む、無理……っ」

ますます激しくされて、思わず目をつぶったら、さらにいじめられて。

「やだむり、いく、あ、あああ……っ」

どうにか頑張って目を開けていたのに、最後に上狛が腰を引き、ひと息に強く突き入れるから、三矢は身体を反り返らせ、目をつぶったまま——射精した。

「ひっ……あっ、あっ」

さきほどよりもっとすさまじいうねりに巻きこまれ、びくっびくっと全身が痙攣する。閉じることもできずゆるんだ口の端は唾液に汚れていて、上狛がそれをなめとった。

「……こっち見てて って、言ったのに」

わざとなのか本気なのか、すこし拗ねたように言った上狛は頬をかじってくる。そんなささいなことにすら、がくんと身体が跳ねてしまう。

「ご……っ、あ、え？」

ごめんなさいと言う間もなく、三矢は悲鳴をあげた。目を見開き、どうして、と視線で訴えたのに、上狛は腰の動きをやめてくれない。

「言っただろ。もっとひどくするって」

「や、うそ、やっ……も、もう、ゆる、ゆるして」

本気で泣きをいれた三矢に、上狛は目をまるくした。そしてにっこり微笑むと「やだ」と三矢を突き落とす。

「なんでぇ!?」

「だっておれまだ、いってないよ？　三矢くんだけじゃ、ずるいよね」

今度はちゃんと、いくとこ見てて。悪魔のような顔で笑う彼が終わるまで、三矢は延々とつきあわされた。そして、それがまた、とんでもなく長かった。

「も……むり、ほんと、むり……！」

何度もやめてとお願いしたのに、そのたび「いや」と叩き落とされ。

宣言のとおり、三矢はひと晩中かけての大人扱いに泣くはめになった。

そしてその顔を上狛はじっと見つめながら「かわいい、かわいい」と熱っぽくささやいてくる。

（そういえば、なんて言ってたっけ）

――泣き顔かわいくて、でも、かわいそうで。

あのあと、泣きやんでほしいとか笑えばいいとか言ってはいたけれども、思えばのっけで惚れられたのは、三矢の情けない泣きっ面だということだ。

「ほんとに、すごく、かわいい」

嬉しげに涙をなめる上狛の腕で揺らされながら。

もしかしてこのひと、とんでもないSなんじゃなかろうか、と三矢は遠い意識で考えた。

「言えなかったけど、おれ、好きなひとがいるから……ごめんね」

涙をこらえる田端を見おろしながら、三矢は頭をさげた。

告白を受けたのと同じ、人気のない廊下のまんなか、気丈にもかぶりを振り、手の甲で顔をぬぐい、彼女は「いいんです」と言った。

「なんとなくわかってたんです。だから、断ろうとする先輩の言うことはぐらかして……ずるくて、ごめんなさい」

「ずるくなんかないよ。おれのほうこそ、返事遅くなってごめん」

ぺこぺこと頭をさげあい、「おれが」「わたしが」と言いあううちに、だんだんおかしくなってきた。目を見あわせて笑うと、田端の目からこらえていた涙がぽろりと落ちる。

「しばらくだけ、わたし、ぎこちないかもだけど」

「……うん」

「こ、これからも、仲よくしてくれると、嬉しいですっ……」

しゃくりあげる彼女に罪悪感を覚えたけれど、頼まれたことについては「こちらこそ」と答えた。

「ありがとうございましたっ」

髪の毛がぶんっと揺れる勢いで頭をさげ、田端はその場を走り去っていく。傷つけてしまったなあという苦しさは感じるけれど、このきつさは田端の思いの深さだ。

「せーえしゅーん」

「うおわっ」

いきなり顔を覗かせた一坂に、三矢は声をあげてのけぞる。にやにやしながら、きょうもまた目のしたのクマが濃い一坂は、無精髭《ぶしょうひげ》の生えた顎を撫でて言った。

「サイダーってさあ、じつは案外モテモテだよな」

「告白されたの、彼女がはじめてですけど？」

「あれ、久保はノーカン？」

「ノーカンです」

ふむ、と一坂はまた顎を撫でる。

「でも夏木はどうなん？」

「あれは、なんつうか……ダチ？　でもないのかな。なんか、そういうのです」

「なんかそういうの。ははは」

なにがおかしいのか、一坂は声をあげて笑った。いったいなんなんだとうろんな顔を見せれば、頭をわしわしとかきまわされる。

「おれがいくら言っても、ちーっとも変わりやしなかったのに。サイダーと話したら、なんかあいつ目覚めたらしいじゃん」

「一坂さんが言うと、やらしい意味に聞こえるんですけど……」

最近の夏木はちょっとだけ思考転換し、いままでは自分のキャラとまったく違う役をやることに燃えている。だが一坂とは相変わらずやりあっていて、あれはあれで楽しいのかもしれないと、最近三矢は考えている。

「おれはやらしい男だからね。というわけでサイダー、今週頭にしばらく休んだのと、でてきてからもえっらいよれよれしていた理由と、教えてくれまいか」

「……いやですよ」

やはり気づかれていたかと、三矢は赤面した。

とんでもなくめくるめいた初体験は、いろんな面でうぶすぎた三矢の心身ともに負荷が大きく、翌日は熱をだしてしまった。身体中の関節は痛いし——こんなところに筋肉はあったのかと思うような場所までも筋肉痛になって、セックスはハードだ、となんだか妙に悟ったような気分になったものだ。

「赤くなってる時点でばれてんだからさあ。おれのゲスな好奇心満たしてよ！」

「自分でゲスとか言うの、どうなんすか！」

「だっておれゲスいもん！」

意味不明なことで絡んでくるあたり、また寝ていないのだろう。

「あまずっぺー恋が、どのようにエロス満載のうふんあはんに変化したのかを！　さあ！」

「言わないっつってんでしょーが！」

もう先輩だろうと知ったことか。思いきり鳩尾《みぞおち》をどついて、三矢はその場から逃げだした。大声をあげた一坂のおかげでけっこうな注目を集めたけれど、ほかのサークルの面々からは「また演劇部か」とため息をつかれるだけだ。

（もうほんと、田端だけがまともなんだよなあ）

どいつもこいつもクセだらけで、三矢と同じ小市民は、彼女くらいだ。しばらくは苦しい思いをさせてしまうかもしれないけれど、やっぱり仲よくしてほしいと思う。

そして勇気をだして告白してくれた彼女のおかげで気づいたことも、本当にたくさんあった。

泣いている田端にはひどく同情したくもなったけれど、三矢はやっぱり「じゃあつきあおう」とは言えない。むしろ傷つけたくないからこそ、ちゃんと断るべきだと考える。

そういう感覚については、三矢と上狛はそう違わないという確信がある。だからたぶん、上狛から本当に好きになってもらえてはいると――同情なんかではないと、思うのだ。

思うのだ、けれど。

（いまいち、おれの尺度じゃわかんないんだよなあ）

身体を重ねれば、もうすこし彼の本音が見えると思った。けれど蓋を開けてみれば、予想外すぎたワイルドな面を見せつけられ、ますます困惑は深まってもいる。

ただ、案外独占欲は強いらしくて、田端についでは早く断るようにとせっついてもいた。

――かわいそうだけどね。三矢くんにいつまでもくっついてる子がいるのって、やっぱりちょっと、おもしろくないかな。

夏木や一坂の話をしているときも、本当はいらいらしていたよと、言葉と裏腹のにこやかな顔で言われ、三矢は冷や汗をかくしかなかった。

(すきだけどさ)

好きで、大好きで、いまだによくわからない上狛は、これからもずっと三矢にとっての『すこし、ふしぎ』な存在で居続けるのだろう。

とりあえず大事にもされているし――ベッドのこと以外で泣かされた覚えはないので、これはこれでいいのかな、とも考える。


エブリデイ・マジック。誰かが夢をいきなりかなえてくれる、日常のふしぎ。

それは、『恋』という現象、そのものかもしれない。

めんどくさがりの恋

舞台上では、役に扮した男女が、退屈そうな顔をしながら長い台詞《せりふ》のやりとりをしていた。

『恋愛って、綱渡りってより、うんていみたいだよね』

『うんてい？』

『小学校のときの、はしご横にしたみたいな』

『ああ、ぶらさがりながら渡ってくやつか』

『最初は元気に飛びつくわけよ。それこそはしごあったり、補助があったり。んで、摑《つか》まりながらぶらさがりながら進む一手、二手、そのへんまでは元気に楽しくやるわけ。体力もあるし興奮してるし』

『でも？』

『だんだんきつくなってくるわけ。で、はたと気づけば足は地面についてないし、自分の身体《からだ》はびっくりするくらい重たいし、痛いしつらいし』

『腕力がないと、支え切れなくなるわな』

とある喫茶店という設定のため、男女ふたりはセンターに置かれたテーブルに向きあって座り、観念的な台詞をしゃべっている。

動きのない台詞の応酬。正直、よくしゃべるんだなあと上狛《かみこま》は思う。

そんな彼らの背後では、合間に観客を飽きさせないためか、BGMにあわせてダンスをしたり、無言でうんていをわたるパントマイムなど、いろんな役が配置されていた。

そして上狛零士《れいじ》の恋人——赤野井《あかのい》三矢《みつや》はといえば、パントマイムの横でずっと、片膝をついておろおろしているだけの役だ。

『そ。で、補助してくれるひとがいるはずって思いこんでたのに、気づいたらダレもいなくてひとりでぶらさがって、すごく怖い』

『あー』

『んで、あきらめて心が折れた瞬間、ふっとしがみつけなくなって、真っ逆さまに落ちるのね。摑まったときはたしかに、両手で持ってたはずなんだけどなーって思いながら』

言葉と同時に、舞台中央の男女の背後、すこし高い段差のついたセットのうえで、うんていを渡っていたパントマイムの男が落っこちる動きをする。はっとして立ちあがった三矢は、自分より大柄な彼を支えきれず、一緒につぶれて倒れた。

(ああ、あれは痛そうだ)

一瞬、三矢が本当に苦しそうな顔をして、上狛はひそかに眉をひそめた。好きで演劇サークルにはいったわりには、三矢は芝居がさほどうまくない。ふだんは裏方がほとんどで、今回もこの一瞬のパフォーマンス以外には舞台上にでてくることはないのだそうだ。

痛いめを見てかわいそうにと思う。だがどうして彼があんな顔をしたのか、その要因はおそらく自分にあるだけに、苦笑を禁じ得ない。

——あの、ちょっと、手かげんしてほしいんですけど……。

きょうは本番があるし、落下してくる役の人間を受けとめないといけないから、あんまりしないで、とお願いされていた。むろん、挿入に関しては一回だけ、という約束は守った。けれどその代わり、けっこう長い時間をかけて、かわいがってあげてしまったのだ。

口と手を使っての前戯はたっぷりこまやかに。身体がほぐれてからも、じらしてじらして、一度もいけないまま泣きだした三矢の腿が痙攣《けいれん》しはじめ、お願いします、ごめんなさいと、意味もわからず言わせてからようやく、いれた。そこからはまた、当然のごとく長かった。

(腰、抜けてたしなあ)

表情だけはまったく平常のまま、脳内で再生した恋人の痴態を上狛は堪能した。

二十歳《はたち》になって間もない、まっさらだった男の子に対して相当なことをしている自覚は、むろんある。だからこそ三矢が成人になるまで待ったのだし、上狛にとってはお預けの時間すら、いささか歪《ゆが》んだ快感でもあった。

基本的に上狛は、大変に、めんどくさがりだ。恋をするにしても、相手からの積極的アプローチではじまることが大半だし、あとくされのない関係を持ったこともすくなくない。

正直に言えば、八つも年下の純情そうな子どもというのは守備範囲外で、好みとは大きくはずれていた。メンタルが不安定な相手のフォローは大変だし、そこまで思いやり深い性格でもない自覚はある。

けれどあの雨の日、泣きそうな顔で笑った三矢に、恥ずかしながらひと目ぼれをしてしまったのだ。三矢本人もどうやら薄々勘づいているようだけれど——もっと泣かせたいという性的な衝動がまずあって、そのあとゆっくりあまやかしたい気持ちになった。

だまされたことにも、自分のセクシャリティの目覚めにもショックを受けている三矢は、素直で健全だった。初対面の相手に無防備に打ちあけ話をするなんて、不用心だと驚きもしたが、しっかり機転をきかせてやりこめているあたり、頭もなかなかよさそうだと認めた。アンバランスで未熟。そういうものをおもしろいと思える自分にも驚き、いっそのこと、この未知の感情を育ててみようかなと思って一年。

ころりころりと手のなかで転がしていた三矢は、狙ったとおりにばかり転がるわけもなく、それなりに振りまわされたと上狛は思っている。

しかしその間、ひとりでぐるんぐるんと考えこんでいた三矢にとっては、さきほど聞いたばかりの芝居の台詞に同じく、不安定な時間だったろうけれども、自分のことで悩み抜いている姿はかわいらしく——ときにその鈍さにいらっとしつつも、愉《たの》しかったのは否めない。

(うんてい、ってのはうまいな)

たしかに、恋に予想はつかないものだ。ただし上狛は怖いとは思わず、スリルをもてあそんでいた節はあるけれど。

「……あ」

その瞬間、思わず声をあげたのは、上狛だけではなかった。パフォーマーに押しつぶされていた三矢が舞台をはけようとしたとき、大道具にけつまずいて、顔から転んだのだ。

まずいな、と上狛は顔をしかめる。ハプニングに弱い三矢は真っ白になっているらしく、舞台センターでうずくまったまま動けない。妙ななりゆきに、一瞬、しん、と静まりかえった場内の沈黙を蹴《け》散らすように、テーブルについていた男がいきなり立ちあがった。

『おめーはさっきから、なにやってんだよ！』というなり三矢に近づき、どうしていいかわからず固まっていた彼の尻を蹴り飛ばした。

『おめーは、おれと彼女の概念をビジュアル化してんだよ！ ひとの別れ話のまんまえで概念が転ぶんじゃねえよ、あほか！ おかげでシリアスなシーンが台無しだよ！』

眉のきりっとした彼の、よくとおる声でのメタ発言に、客席はどっと笑った。おかげで、蹴られた三矢が『ご、ごめん、ごめんっ』と半泣きで去っていく姿も舞台上の演出のひとつととらえられたらしい。ハプニングをうまいことフォローし、なおかつその後の台詞につなげるやり口も、その後すぐ、本筋の芝居に戻るタイミングも見事だった。

（あれが夏木《なつき》くんか）

ちょこちょこと三矢の口から聞かされていた、同期で才能のある男。なるほど、学生演劇にしてはずいぶんクセのある芝居をやりこなし、人心を掌握する術を心得ているのはよくわかった。聞くに、いまはまだ自意識や自尊心に振りまわされているようだけれど、いろいろと吹っ切ったら、役者としてとてもおもしろい素材だと思う。

ただし、と上狛は腕を組み、じっと夏木を見つめた。

（あんまり三矢と仲よくなりすぎるのは、好まないなあ）

薄い灰色の目で、ひたすらに夏木の顔を追いかける。妙な視線に気づいたのか、ほんの一瞬だけ舞台から、上狛に向けての視線が返された。ばちりとラインがぶつかって、上狛は笑い、夏木は顔をしかめる。

そのあと、一時間半にわたる芝居が終わるまで、ふたりの目があうことは一度もなかった。

＊　＊　＊

終演後、あらかじめ教えられていたサークル棟へ赴くと、めっきりと落ちこんでいた三矢が、泣きそうな顔で床にしゃがみこんでいた。

「お疲れ、三矢くん」

「上狛さん！」

「転んじゃったねえ。そんな顔しないでほら、差しいれ持ってきたから」

サークルの皆さんのぶん、と、車からとってきた簡易保冷ボックスを差しだす。なかにはいっているのは、上狛が作ったサンドイッチとキッシュ、ホールのタルトがふたつ。

「え、こんなにいいの？」

「みんな、がんばってたからね。それと……きのうのお詫び」

声を落としてささやくと、三矢はいきなり赤くなった。素直な反応を、感情があまり顔にでない上狛がこっそり愛でていると「なんだなんだ」とにぎやかな声がかけられる。

「サイダー、なによ。こちらさんが、あの彼氏？」

「ちょ、一坂《いちさか》さん、声でかっ……」

「もうみんな知ってるって。あ、どうも、サークル長の一坂です」

にこりと笑う一坂は、一見インテリふうな優男だ。しかし腹に一物、どころか四、五物は抱えていそうな相手に、上狛も穏やかに微笑《ほほえ》んだ。

「上狛です。お噂はかねがね」

「どうもどうも。いやしかし、サイダーの話どおり、すんげえイケメンっすね」

「先輩、よけいなこと言わないでくださいよ……！」

おろおろしている三矢を、上狛と一坂は同時に見やった。そしてふたたびお互いの目を見交わし、に、と笑う。その笑みに、三矢はなぜか震えあがった。

「な、なんすかふたりとも、その顔」

顎を引いた三矢に対し、同時に「なんでもないよ」と告げるその目つきはそっくりだ。一瞬で、愛でる対象を共有しつつも、愛情の方向性が違うことを見抜いたふたりはにやにやと笑いあう。その表情に、同類のにおいを嗅ぎとった上狛はこっそり、心のなかのライバル帳から一坂の名前を削除した。

「今度鎌倉いったら、お店に寄らせていただきます」

「どうぞご贔屓《ひいき》に。ところでこれ差しいれなんで、皆さんでどうぞ」

「うお、超うまそう！　おーい、差しいれいただいた！　タルトとサンドイッチ！」

一坂が保冷ボックスを頭上に掲げて声を大きくすると、メンバー全員から嬉しげな悲鳴と感謝の声が飛び交った。女性メンバーがフットワーク軽く立ちあがり、紙皿やナイフ類をどこからか調達して、あっという間に宴会がはじまった。

「なんだこれ、うっせ！」

不機嫌そうな声が背後から聞こえ、入口付近にいた上狛と三矢は振り返った。

「あ、夏木。さっきはごめん」

「ごめんじゃねえよ、あほ」

べしっと遠慮なく頭をたたかれた三矢が、ひゃん！　と肩をすくめる。とっさにその肩に手を置いて、上狛は夏木へ「こんにちは」と微笑みかけた。「……彼氏か」と、ちょっとおもしろくなさそうに吐き捨てる彼を見て、やっぱりなあ、と思う。

「いつも三矢くんがお世話になってるみたいで」

「べつに世話とかしてねっすよ？」

舞台上で目があった男だと気づいたのだろう。夏木はまだ未成熟ながら、男の色気もたたえはじめた顔に、不敵な笑いを浮かべた。

「とんでもない。さっきもフォローしてくれたみたいだしね」

保護者まるだしの発言に、夏木はすっと眉を寄せた。

「そいつがアホなだけだし、べつにフォローとかじゃねえんで」

「ご、ごめん。でもさあ、蹴ることないじゃんか」

「邪魔だったんだよ、ばーか」

眉をひそめたまま言うなり、ふいっと夏木は背を向け、その場から離れた。三矢は「やばい、怒らせた」と青ざめ、上狛は首をかしげた。

「んー、気むずかしそうな子だね。いまはむずかしいし、あとで謝っておいたら？」

「あ、うん。そうします」

素直にうなずく三矢の頭を撫でていると、頬のあたりにちりちりとしたものを感じた。メガネの奥で目だけを動かすと、おもしろくなさそうにこちらを見る夏木がいる。

三矢は夏木がなぜ機嫌を損ねたのかわかっていないだろう。そしておそらく夏木自身も。

（無自覚なうちに摘んでおいて、正解か）

上狛は三矢が二年にあがってからこっち、彼の口からやたらと夏木の名前が増えたのが気になっていた。自分以外の存在によって気持ちが乱れているのは、あまりおもしろいとは思えなかったのだ。

「転んだとき、怪我《けが》しなかった？」

「してないです。っていうか、あ、あそこで転んだの、誰のせいだと……」

もごもごとちいさな声になる三矢に「うん、ごめんね」と誠意のない笑みを浮かべる。

いきすぎたセックスと、そして三矢自身がけっして気づかないだろう、首筋のうしろにある愛咬の痕《あと》。面倒を引き起こすであろう刻印を、めんどくさがりの上狛がわざわざ残した理由に気づくのは、おそらく一坂のみだろう。赤い痕が背の高い夏木からよく見える位置であるのは、計算どおりだ。ひとのものに手をだすことを、たぶんプライドの高い彼はよしとしない。というわけで、淡すぎる芽はこれできれいに摘めたと、上狛は機嫌をよくする。

可能性のみの恋心にさきまわりする、そんな自分は本当にめんどくさいけれど、ここで看過していては、逆にさらなる面倒を呼ぶだろう。なにしろ三矢は奇跡的に鈍いし、本人無自覚ながら、あれこれひとを惹きつけている。

「ほんとに三矢くんは、面倒起こすねえ」

「えええええ、なんですかいきなり！」

抗議する恋人の頭を撫でる上狛は、ああめんどくさい、と愉しそうに笑った。

あとがき

今回はひさしぶりに、シリーズ外の新作書きおろしとなります。鎌倉を舞台にした話は何本か書いておりますが、今回もまた地元をネタにしております。

はじめて私がいま住んでいるこの街を舞台にしたのは十年まえ、先日続編も刊行されました『きみと手をつないで』というお話でした。当時はまだ住みはじめたばかりで、観光客的な視点が多々あったなあと思います。

じつは今回、商店街ものっぽい感じにしよう！　と思ってお店やその周辺の設定をがっつり作りこんでいたのですが、主役の三矢を大学生にしたため、彼の感覚上、大学とサークルでのできごとがメインとなってしまいました。おかげで当初名前まで考えていた複数の脇キャラは出てくることすらなく、あれ、なんか違った……と思うころには、現在のストーリーがすっかりできあがっておりました。

自分的な意気込みとして、今作については、あえて事件的な要素は省こう、と考えていました。このところちょっとサスペンス仕立てだったりが続いておりまして（設定上、そうならざるを得ないものも、ままあるのですが）ど真っ正面から「恋！」という話をひさびさにやろうかなと。

未熟で若くて「恋愛ってなあに」に振りまわされるキャラでいこうと考えたはいいのですが、おかげでふしぎくんの上狛にぶんぶん振りまわされるうえ、一坂、夏木という濃いキャラにも振りまわされまくり、純情素朴な三矢を滑車を走るハムスターのような状態に追いこんでしまいました。

あと、上狛をいかにふしぎくんに書くかに血道をあげた部分もありますが（笑）、彼に関しては毎度ながらの「むっつり」になった感は否めないっていうか皆さん好きですよね腹黒むっつり……好きですよね？（哀願）

冗談さておき。

これは前述した本の続編『きみの目をみつめて』のあとがきでもふれておりますが、昨年秋より身内の不幸が続いたため、しばらく、私生活でも書くことでも思い悩むことの多い時期をすごしておりました。刊行の予定が変更になるなど、多大なるご迷惑もおかけして、心のなにかが折れていたなあ、といま振り返っても思います。

そんな状態の私が苦さ全開の本を書くと、本当にとんでもなく苦々しいストーリーになってしまいそうな気もしましたし、あえての甘味を求めた部分や、いろいろあってもういちど、初心に返ろうと考えた部分もあってのことでした。

しかしながら、これといった派手な事件もなく、人間ふたりが出会って恋して変わっていくうえでは、逆にきちんとした書きこみをしないとならず……本当に土壇場での加筆でページ数を増やしていただくなど、結局はまた数々のご迷惑をおかけしましたが、待っていてくださった担当さん、及び関係者さま、読者さんには感謝の言葉しかありません。

状況的にも気持ち的にも不安定な時期はどうやら通り越しまして、いまはずれきったスケジュールをどう戻していくかと考えつつ、次の作品をどうするか、なにがしたいのかに、やっと真っ向から取り組めるようになってきた気がします。

今回のような、半径数メートルのところでおたおたする話も、もっといろいろ書いていきたいと思いますし、逆にけれんみたっぷり、派手に物事が動くものや、重たい部分のある、事件性の高いものも、またチャレンジしたいです。

さてページも残り少なくなってまいりました。

今回、何度も進行が変わり、大迷惑をおかけした鰍ヨウさん、初の文庫挿画で大変な目に遭わせてしまい、申し訳ありません。もろもろの直しをお願いしてしまって、お疲れになったと思いますが、繊細なイラストでの挿画、本当にありがとうございました。

担当さま、どこから謝ればいいかわからないくらいのご迷惑をおかけしましたが、立て直しの時間をくださったこと感謝します。次も、がんばります。

毎度のチェック担当Rさんに橘さん、そして演劇部関係のチェック冬乃さん、感謝。

そして久々の新作書きおろし「崎谷さんが楽しんで書いた本を待っています」と言ってくださった読者の皆様に感謝しつつ、また次の本でお会いできれば幸いです。

✦初出　エブリデイ・マジック—あまいみず—　…………書き下ろし
めんどくさがりの恋……………………………書き下ろし

崎谷はるひ先生、鰍ヨウ先生へのお便り、本作品に関するご意見、ご感想などは
〒151-0051 東京都渋谷区千駄ヶ谷4-9-7
幻冬舎コミックス　ルチル文庫「エブリデイ・マジック—あまいみず—」係まで。

幻冬舎ルチル文庫
エブリデイ・マジック—あまいみず—

2012年5月20日　第1刷発行

✦著者　崎谷はるひ　さきや はるひ

✦発行人　伊藤嘉彦

✦発行元　株式会社 幻冬舎コミックス
〒151-0051 東京都渋谷区千駄ヶ谷4-9-7
電話 03(5411)6432［編集］

✦発売元　株式会社 幻冬舎
〒151-0051 東京都渋谷区千駄ヶ谷4-9-7
電話 03(5411)6222［営業］
振替 00120-8-767643

✦印刷・製本所　中央精版印刷株式会社

✦検印廃止

ISBN978-4-344-82499-7　C0193　Printed in Japan